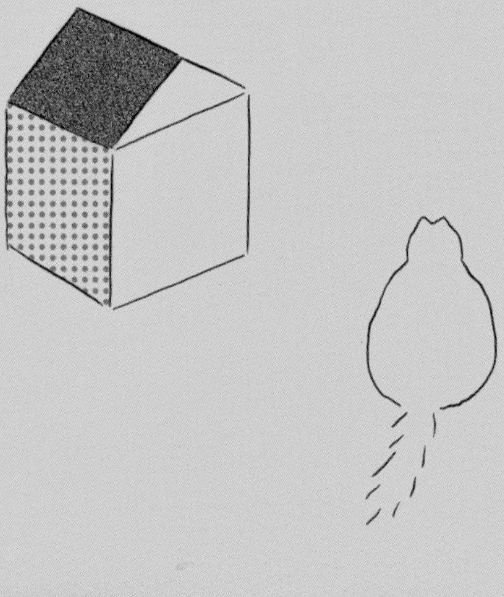

셋이서 집 짓고 삽니다만

우엉 부추 돌김 지음

목차

3 우리만의 집을 지을 시점

4 슬기로운 동반 생활을 고민할 시점

5 지속 가능한 삶을 그려갈 시점

Editor's Note

집까지 짓고 같이 사는데, 왜 가족이 될 수 없을까?

이 책은 이런 질문에서 시작되었습니다. '함께 살아가는데 왜 가족이 될 수 없을까? 심지어 공간과 경제를 공유하고 정서적 유대를 느끼는데!' 여전히 사회에서 규정하는 가족이란 엄마와 아빠, 아이 한둘로 이루어진 전형적인 모습에 갇혀 있는 것 같습니다. 우리 주변에는 이미 다양한 모습의 가족이 있는데 말이죠. 결혼하지 않고 함께 사는 동거 커플부터, 마음 맞는 두셋이 모여 사는 집까지. 혈연이나 결혼으로 엮여 있진 않지만 서로가 서로의 생활 동반자가 되어 함께 살아가는 일명 '비친족' 가구는 이미 3년 전에 34만 호를 넘었다고 합니다. 이 책을 쓴 세 사람도 조금은 다른 모습으로 함께 살아가는 가구 중 하나이고요.

셋이 함께 살게 된 이유를 설명하자면, 이 숫자를 빼놓고 이야기할 수 없습니다. 다섯 번, 열세 번, 서른 번. 세 사람이 지금껏 각자 경험한 이사 횟수입니다. 요리를 포기하고, 햇빛을 포기하고, 취향을 포기할 수밖에 없었던 셋의 주거 이력은 1인 가구로 살아본 경험이 있다면 결코 낯선 이야기가 아니죠. 결혼을 할 때까지 혹은 아이가 생길 때까지. 인생의 본편이 시작될 때까지는 부록처럼 사는 게 당연하다고 이야기하는 사회이지만, 셋은 '지금' 행복하게 살 방법을 찾고 싶었습니다. 그래서 다른 선택을 해보기로 합니다. 하나보단 둘이, 둘보단 셋이 낫지 않겠냐며 함께 살아보기로 한 거죠.

도시의 집값이 높은 것이야 알았고, 이제 30대인데 나중에 어쩌려고 그러냐는 참견도 예상했습니다. 그런데 셋이 공동 명의로 땅을 사고 집을 짓기로 하고부터 이 선택은 꽤나 '특별한' 일이 되어버립니다. 셋의 관계에 대해 의문 가득한 눈초리를 받는 건 덤이고, 믿었던 주거 지원사업은 일반적인 가족이 아니라는 이유로 세 사람을 제외시킵니다. 관공서와 은행에선 '이런 경우는 처음'이라며 허둥대기 일쑤. 과연 세 사람의 '우리 집 마련'의 꿈은 어떻게 되었을까요? 세 사람은 정말 가족이 될 수 있을까요?

주거와 가족에 대한 새로운 상상, 현실적인 선택지

이 책에는 2인 가구였던 부추와 돌김, 1인 가구였던 우엉이 만나 조금 다른 형태로 함께 살아가게 된 과정이 세 사람 각자의 시선으로 담겨 있습니다. 셋의 만남부터 함께 살기로 결심한 순간, 공유 주택 짓기의 험난함과 그 속에서 끈끈한 '대출 공동체'이자 '생활 공동체'가 되어가는 과정, 조금 다른 형태의 가족으로서 받는 각종 오해와 참견들, 본격 동반 생활을 시작하며 마주한 갈등과 화해, 그리고 강화도로 터를 옮긴 셋의 먹고살기에 대한 고민까지. 때론 진지하고 때론 유머러스하게, 각자의 캐릭터대로 풀어나갑니다.

세상이 말하는 정답에 질문을 던지고, 새로운 시도를 하는 '요즘 것들'의 이야기를 기록하는 '요즘문고'. 그 시작이 될 이 책은 밀레니얼 세대가 가진 주거와 가족에 관한 질문의 새로운 대답입니다. 셋의 목소리로 생생하게 담긴 이들의 경험담은 낯설지만 꽤 현실적입니다. 누구나 고민했던 지점이고, 어쩌면 한 번쯤 상상해본 모습이기 때문이죠. 어렴풋했던 상상에 '이렇게도 가능하겠네'라는 구체성을 더해주는 세 사람의 이야기가, 자신의 속도와 방식대로 살고 싶은 당신에게 새로운 '선택지'가 되길 바랍니다.

등장 인물 소개

우엉

본명 김민정. 결혼은 싫지만 마음 잘 맞는 누군가와 함께 살아가고 싶었다. 운명처럼 만난 부추, 돌김을 가족이라 여기고 살고 있다. 강아지 '전등'이와 '마니'의 주 양육자다. 셋 중에 가장 신문물에 밝아 '인싸'로 통하고, 뭔가 막힐 때마다 꽤 쓸 만한 방법을 내놓곤 하는 아이디어 뱅크. 원대한 목표를 세우기보다는 오늘을 잘 살아내는 것이 중요하다고 생각한다. 학교에서 아이들을 가르치는 일을 한다.

부추

본명 조은선. 하는 일에 이름 붙이길 좋아한다. '시점'이라는 이름을 지었다. 뭐든 착실하고 꼼꼼하게 준비하는 모범생 스타일이지만, 할 말은 하는 성격. '시점 프로젝트'에서 관공서 담당자들을 설득하는 역할을 주로 맡았다. 셋이 한집에 살게 되면서 "나는 원래 그래"라는 말의 무책임함을 깨닫고 다정함의 의미를 배우는 중이다. 우엉과 동종업계에 종사한다.

돌김

본명 안병일. '책방시점'의 책방지기를 하고 있다. 신문사 편집기자, 협동조합 실무자 출신답게 실패한 일도 잘 회고하고 분석하는 것을 중요하게 여긴다. 셋 중 가장 신중한 편이지만, 모두가 망설일 때는 앞장서서 지르는 편. 직업이 바뀔 때마다 월급은 줄고 있지만 삶의 질은 갈수록 높아지는 경험을 하는 중이다. 머리가 복잡할 때면 호미를 들고 텃밭에 간다.

1

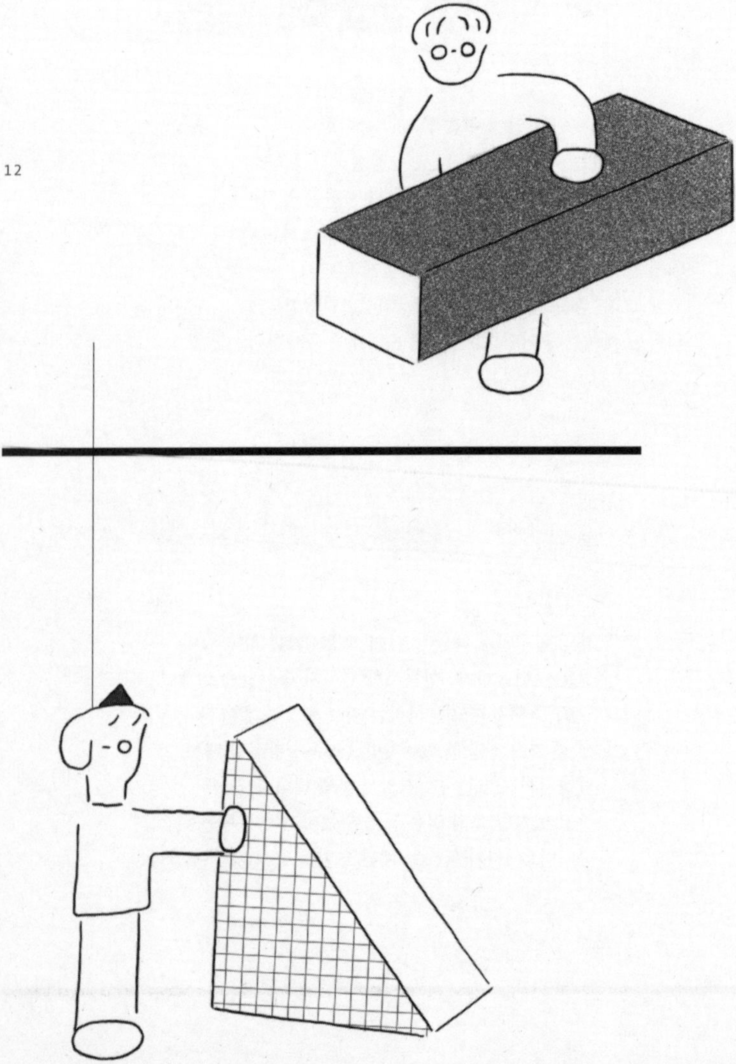

각자의 시점

우
엉

세상에는 혼자 살기 어려운 1인 가구가 있다

다른 사람들이 "왜 셋이 함께 살아요?" 물어오면 내 대답은 항상 같았다. "혼자 살기 힘들어서요." 그리고 이렇게 덧붙인다. "같이 살면 재밌을 것 같아서요." 이 글은 인생이 재미있어지기 전, 평범한 여자의 상경기다.

지방 중소도시에서 살아온 볼 통통한 이십 대 여성에게 혼자 살기는 꽤 어려운 일이었다. 자취할 때 겪었던 크고 작은 경험을 자기소개서에 쓴다면 아마 토지주택공사 정도는 넘볼 만하지 않을까. 일단 나는 철없던 대학교 1학년 시절 싸리눈 내리듯 쌓인 벌점 때문에 기숙사에서 쫓겨난 이후로 10년의 자취 경력이 있다. 게다가 얄궂은 직장운으로 구도심에서 구도심으로 옮겨 다니며 살았으니 도시재생사업부나 주거복지사업부 쪽엔 꽤 잘 맞는 1인 가구 주거 경험 아닌가.

기숙사에서 나와 처음으로 구한 집은 대학 앞의 풀옵션 원룸이었다. 신축이라 깨끗하긴 했지만 너무 좁아서 이부자리에 누워 있으면 몸이 가구 사이에 끼어버릴 것 같은 기분이 들곤 했다. 게다가 불타오르는 청춘들이 주민 대부분인 터라 소음에 취약했다. 첫 자취 경험은 여러모로 색달랐는데 눈 오는 겨울날, 어떤 놈이 술에 취해 공동 현관문 도어락을 불로 지지는 것으로 화룡점정을 찍었다. 애인(아마도) 이름을 고래고래 소리치는 어떤 놈의 목소리를 들으며, 어렴풋이 깨달았다. 혼자 살면 별일이 다 일어날 수 있다는 것을. 그리고 별일이 일어나는 순간을 혼자서 감당해야 한다는 것을.

'별일'은 잊을 만하면 일어났는데, 사생활의 집합체라 할 수 있는 쓰레기봉투를 뒤지는 주인 할아버지를 발견했을 때라든가 오밤중 집 앞 골목에서 여자의 비명 소리가 들릴 때, 틱틱틱틱-도어락 키를 두드리는 소리가 우리 집 현관에서 나는 것 같은 불길한 느낌이 들 때 등을 말한다. 어떤 날은 믿고 아끼던 후배를 집에 초대해 밤늦게까지 영화를 보고 바닥에서 재웠다가 성추행을 당한 적도 있다. 비명을 지르거나 반항하면 정말 험한 일이 생길까 봐 밤새 자는 척을 하다 그 XX를 택시를 태워 보냈던 아침, 도시괴담이라 여겼던 '여자 혼자 살면 위험해'가 사실이며 그 뒤에는 '위험하지 않은 것도 위험해져'가 생략되어 있다는 것을 깨달았다.

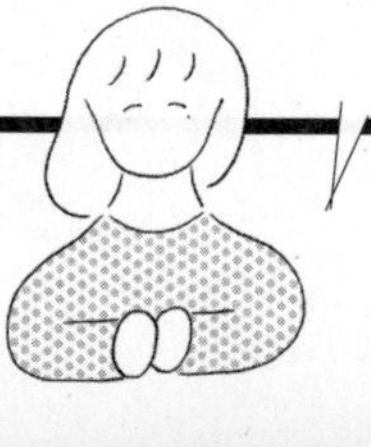

두 번째 살던 집은 처음보다는 조금 넓은 1.5룸이었다. 시장과 가까운 빌라촌이었는데 옆 건물과 거리가 심하게 가까워서 햇볕이 잘 들지 않았다. 혼자 쓰기에 적당하다고 했던 부동산 사장님의 말씀과는 달리 매우 좁은 부엌에서 나는 음식을 해본 기억이 없다. (1인 가구라고 작은 부엌을 쓰고, 좁은 방에 사는 것이 정말 적당한 걸까?) 입주하고 얼마 지나지 않아 모 학교 교장으로 퇴임했다는 건물주는 1층 상가에 마트를 열었고, 나는 하루 종일 마트에서 흘러나오는 신나는 가요를 배경음악 삼아 살아야 했다.

세 번째 이사한 집도 조금 이상했다. 원래 한 집으로 허가를 받아놓고, 벽을 세워 두 집으로 나눠 세입자를 받는 곳이었다. 억지로 반으로 나뉜 옆집에는 외국인 남성 3명이 모여 살았다. 복도에서 마주치면 자기들끼리 히히덕거리며 날 곁눈질하곤 했다. 그럴 때면 손바닥으로 도어락을 가리고 누구보다 빠르게 비밀번호를 누른 후 문을 쾅 닫았다.

자취 경력이 쌓이고, 나이를 먹어도 혼자 사는 건 여전히 어려웠다. 종종 별일을 겪으면서 생긴 버릇이 지금도 남아 있는데, 택배 받을 때 '무조건 문 앞에 놔주세요'라는 메시지를 덧붙인다든가, 자기 전 창문이 잠겼는지 발가락으로 밀어본다든가 하는 것들이다.

대학을 졸업하고 취직한 곳은 인천의 한 부둣가에 자리한 학교였다. 운동장에는 갈매기가, 복도에는 파리가 날아다니는 곳이라 부둣가에서는 조금 떨어진 용현동의 빌라촌에 방을 구했다. 용현동에서는 꽤 오래 살았는데 놀라운 우연으로 부추와 재회하게 해준 고마운 곳이기도 하면서, 동시에 혼자 살기가 나에게 맞지 않다는 사실을 인정하게 된 곳이기도 하다.

사실 혼자 사는 것이 나쁘지만은 않았다. 세탁기에 젖은 빨래를 며칠씩 방치해도, 방바닥에 머리카락이 미용실 저리 가라 할 만큼 쌓여 있어도, 화장실을 물로만 청소해도, 저녁까지 침대에 누워 있어도 누구도 뭐라 하는 사람 없이 자유와 방종을 실컷 맛볼 수 있었다.

그리고 지나친 자유는 곧 독이 되어 돌아왔는데, 끼니를 거르는 습관이 들다 보니 몸은 물론이고 멘탈까지 함께 무너진 것이다. 세상엔 야무지게 잘 사는 사람들이 많겠지만 안타깝게도 나는 그런 사람은 아니었다. 혼자 살면서 가장 힘들었던 것은 날이 쌀쌀해질 때마다 찾아오는 우울감이었다. 우울은 폭발적인 소비로 이어졌다. (실제로 이 시기에 내가 저축한 돈은 0에 수렴한다.)

집 분위기를 밝게 해보려 노란 커튼을 달아도 기분은 나아지지 않았다. 커튼을 통과한 빛이 침대를 노랗게 물들여도, 가만히 누워 천장을 바라보고 있으면 세상에 혼자 남겨진 것 같은 기분이 되곤 했다. 새벽까지 잠을 설치다 고통스럽다는 생각이 들 때면 옷장이며 수납장에 있는 것을 꺼내 100L짜리 쓰레기봉투에 집어넣어 내다 버리고, 몇 블록 떨어진 집으로 이사를 했다. '이렇게 힘든 건 이 집에서 겪은 힘든 기억들 때문이야'라고 합리화를 하며 더 밝은 집으로, 더 깨끗한 집으로 옮기면 무엇이든 새로 시작할 수 있을 거라 믿었지만 막상 이사해보면 아니었다. 채광이 더 좋은 집에서 나는 여전히 우울했다. 실제로 부추, 돌김과 살기 전 마지막으로 구했던 집은 지

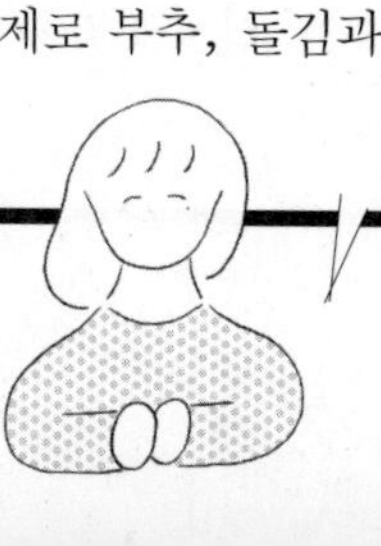

금까지 살았던 집 중에서 가장 넓고 햇볕이 잘 드는 집이었다.

집의 환경도 중요하지만 개인의 성향이나 정서적인 성숙도, 삶을 주체적으로 꾸릴 수 있는 능력도 독립에 중요한 요소다. 나와 같은 많은 청년들이 대학 진학이나 취업 등의 이유로 이십 대 초반에 아무 준비 없이 독립을 한다. 19살까지 공부만 하면 된다고 하니 정말 공부만 하다가 내 삶을 스스로 꾸려나갈 생활 기술들을 익히지 못한 채 덩그러니 혼자 살게 된다. 생활이 무너지면 정서적인 불안이 따를 위험이 커진다. 독립은 하되 자립하지는 못하는 것이다. 뿐만 아니다. 취업을 하더라도 사회가 보여주는 조직 문화는 다소 폭력적이고 꼰대스러우며 불공정하다. 답답한 직장생활, 불안정한 주거, 부족한 생활 기술은 결국 청년들의 자존감을 낮추고 정서적인 어려움을 겪기 쉽게 하는 요소가 된다. 나처럼 정서적 어려움에 빠진 사회초년생 청년들을 위한 사회 구조적 안전망은 아직 제대로 구축되어 있지 않다. '열정'으로 대변되는 청년이기에 우울함, 정서적 혼란을 쉽게 드러낼 수도 없다. 청년 정책은 고용 대책이나 직업 교육 등 취업 쪽으로 집중되어 있다.

소라게처럼 몸만 쏙 빠져나가 집을 옮겨 다니는 기행이 나만의 문제는 아닐 거라 믿는다. 우리나라 1인 가구 수가 500만이 훌쩍 넘는다는데, 그중에는 나처럼 예민하고 겨울에는 쓸데없이 우울하며 천장만 바라봐도 눈물이 나는 사람들이 분명 있을 것이다. 퇴근하고 집으로 돌아와도 '수고했어. 힘들었지?' 하고 반겨주는 이가 없어 쓸쓸하고, 그렇다고 결혼 생각은 없고, 원(原)가족들과 살기도 답답해서 결국 혼자서 어두운

밤을 견뎌내야만 하는 사람들.

노란 커튼으로는 해결할 수 없는 우울함은 집 때문이 아니었다. 사실 내가 채워 넣어야 했던 것은 물건이 아니라, 사람의 온기였던 것이다.

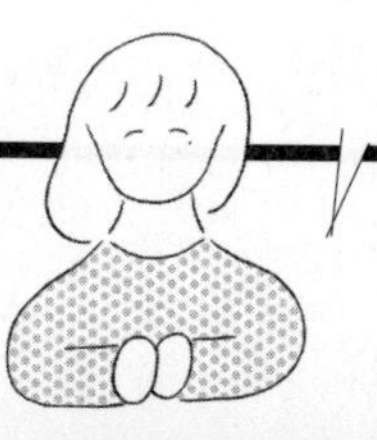

우엉

"세상에는 혼자 살기 어려운 1인 가구가 있다"

부
추

도시의 햇빛은 비싸다

"이 세상 어디에나 태양이 비추듯이, 누구나 행복할 권리가 있다는 것을…."

대학 시절, 선배들을 따라다니다가 알게 된 노래 하나가 꽤 오랜 시간 기억에 남아 있다. 아마도 가사 때문이었으리라. 누구에게나 공평한 햇빛처럼 우리 모두에게 동등한 권리가 생긴다면 얼마나 좋을까. 한낱 외침으로 흩어지는 구호 앞에서 나는 무너졌고, 그럴 때마다 자연을 찾았다. 햇빛을 받으며 걷고, 계절마다 다른 나무들을 보며 마음을 달랬다. 누구나 누릴 수 있는 자연이 좋았다. 하지만 대학을 졸업함과 동시에 나는 처절한 현실과 마주했다. 이 세상 어디에나 태양이 비추는 것이 아니라는 것을.

대학을 졸업하며 가장 아쉬웠던 점은 기숙사에서 나와야 했다는 것이다. 나는 대학 시절 내내 기숙사 생활을 했다. 기숙사 시설이 좋았던 것은 결코 아니다. 세 사람이 각자 이불을 펴면 창문이 있는 안쪽 벽부터 신발이 있는 입구까지 딱 맞아떨어질 만큼 빠빡한 온돌방이었다. 일찍 일어날 때나 늦게 잘 때나 눈치 보이고, 슬픈 일이 있을 때 엉엉 울어젖힐 수도 없는 그곳에서 나는 계속 버텨야 했다. 이유는 간단했다. 자취할 돈이 없었다. 이 돈으로 어디 가서 이만큼 뜨거운 물을 펑펑 틀 수 있으며, 추운 겨울에 땀을 삘삘 흘리며 지낼 수 있단 말인가. 가성비로 봤을 때 기숙사만 한 곳이 없다는 걸 잘 알았다. 그런 곳을 나와야 한다니, 눈앞이 캄캄했다.

학교를 졸업했지만 취업을 하지 못했던 나는 마땅히 갈 곳도 없어 대학 근처 자취방을 알아보았다. 시골에서 엄마 아빠가 올라오셨다. 세상 물정 모르는 내가 집을 구한다니 미덥지 않으셨을 것이다. 나도 혼자 알아보는 것보다 어른들이랑 함께 다니는 것이 마음이 놓였다. 부모님이 올라오시기 전까지, 드디어 나만의 공간을 가진다는 생각에 살짝 들떠 있었다. '내 방이 생기면 어떻게 꾸밀까?', '음식도 잘 해 먹고 다녀야지' 온갖 계획을 세우던 부푼 마음은 부모님과 함께 부동산을 돌아다닌 지 채 한 시간도 되지 않아 한껏 쪼그라들었다.

부모님은 경제적으로 넉넉한 편이 아니었다. 그렇다고 이제 갓 대학을 졸업했을 뿐인 내가 모아놓은 돈이 있을 리 없었

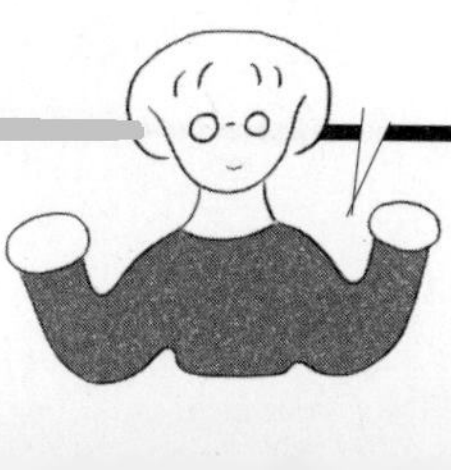

다. 전세는 구할 수 없어 월세방만 보러 다녔다. 적당한 공간에 깔끔하다 싶으면 월세가 50만 원이 넘었고, 가격이 괜찮다 싶으면 구석진 곳이거나 낡고 허름했다. 대여섯 곳을 둘러보다가, 보증금 300만 원에 35만 원짜리 월세방을 보러 갔다. 현관문을 열면 정면에 작은 싱크대와 상부장이 보이고, 왼편으로 두 명 이상 자기 힘든 방이 이어지는 작은 원룸이었다. 혼자서 밥 먹고 잠만 자기에 적당한 곳이었다. 위치도 너무 구석지지 않았고, 지어진 지 얼마 되지 않아 깔끔한 편이었다. 이 정도면 꽤 괜찮다는 생각이 들었다.

마음속으로 이 방을 찜하고 뒤로 돌아 나오려는 순간, 함께 간 부동산 사장님께서 전등 스위치를 눌렀다. 순식간에 어둑해진 방을 보며 벌써 저녁이 된 줄로 착각했다. 시계는 오후 5시를 가리켰다. 해가 지려면 아직 시간이 한참 남아 있었다. 2층인데도 불구하고 바로 옆 건물과 거의 붙어 있어 햇빛이 잘 들어오지 않는 방이었던 것이다. 아, 그럼 그렇지. 300에 35짜리 방인데, 어쩐지 괜찮다 싶었다. 부모님께 손 벌리는 판에 더 좋은 조건을 따지긴 염치가 없었다. 햇빛을 포기하기로 했다.

첫 자취방에 대한 좋은 기억은 별로 없다. 경제적으로 독립해야 할 시기였지만, 난 취업을 못 했다. 교대를 졸업했지만 임용시험을 보지 않았다. 다른 직장에 취직하고 싶은 생각도 없었다. 그냥 이대로 안정적인 교사라는 직업을 갖게 되는 게 너무 싫었다. 여유를 좀 가지고 내가 하고 싶은 걸 하고 싶었다. 이렇게 이야기하면 내가 꽤나 강단 있고 소신을 가진 사람처럼 보이겠지만, 사실은 그렇지 않았다. 당시의 나는 하고 싶은 일이 무엇인지도 몰랐다. 그저 내게 시간을 주고 싶었다. 그러나 해야 할 것 같은 일들을 하다 보니 금방 지쳤고, 어영부영 시간을 보내는 일이 많아졌다.

부모님께는 두 번이나 임용시험에 떨어졌다고 거짓말을 했다. 부모님과 싸울 자신이 없었다. 부모님과 멀리 떨어져 있는 기회를 살려, 열심히 공부를 하는 척했다. (부모님이 알기로는) 내가 두 번째 임용시험을 앞두고 있을 때, 엄마는 힘들어하는 딸 밥 챙겨준다며 며칠간 내 자취방에 와 계셨다. 나는 도서관 가는 척 집을 나와서 눈물을 글썽거리며 길거리를 배회했다. 임용시험 당일에는 새벽같이 일어나 시험을 보러 가는 척하고, 산에 다녀왔다. 그 과정을 겪으니 이건 못 할 짓이다 싶었다. 방황의 시간 동안 벌였던 일을 모두 정리하고 결국 다시 시험을 보기로 결심했다.

그 뒤로는 기억이 잘 나지 않는다. 해가 잘 들지 않아 늘 시계를 확인하고 아침을 맞이했던 기억, 잠자다가 몇 번이나 가위에 눌린 기억, 책상에 앉아 머리를 쥐어뜯으며 시험을 준비하던 기억들 몇 개뿐. 불안하고 비겁했던 시간들이 캄캄한 자취방에서 뒤엉켜 마구 구겨진 채로 버려져 있다. 다시 들춰 보고 싶지도 않다.

올해는 뭔가 해야 한다는 간절함 때문이었을까. 다행히 나는 임용시험에 한 번에 합격하고 교사가 됐다. 내가 그토록 경계하던 안정적인 직업은 나에게 전세자금 대출 3000만 원을 가져다주었다. 덕분에 부모님으로부터 경제적으로 온전히 독립할 수 있었다.

두 번째 자췻집은 조금 커졌다. 현관문을 열면 부엌부터

시작되는 것은 마찬가지였지만, 방으로 들어가는 미닫이문이 하나 더 있었다. 부엌과 방이 분리된 집이었다. 이사하던 날, 날 도와주러 왔던 가족 네 명 모두가 누워서 잘 수 있을 만큼 방의 크기도 넉넉했다. 햇빛을 받는 시간도 늘어났다. 여기서 오해하지 마시길. 다시 말하지만, 전세 3000짜리 집이었다. 모든 것은 상대적인 것이다. 드라마에서처럼 따가운 햇볕에 저절로 눈을 뜨는 일 따위는 여전히 일어나지 않았다.

세 번째 집은 돌김과 함께 꾸린 신혼집이었다. 각자 살고 있었던 집 전세 자금을 합치면 7500만 원. 무리해서 빚을 내거나 양가 부모님께 손을 벌리는 일은 하지 않기로 했다. 7500 정도면 어엿한 빌라 전세는 구할 수 있을 줄 알았다. 그러나 돌김과 함께 부동산을 돌 때마다 "그 돈으로는 어려워요."라는 말부터 들어야 했다. 우리가 가진 자금에 맞는 집들은 우리 마음에 전혀 차지 않았다. 어쩌다가 정말 멀끔한 집을 만났다 싶으면, 융자를 낀 신축 빌라였다. 위험을 감수할 것인지, 우리의 눈을 낮출 것인지 둘 중에 하나를 선택해야 했다.

당시 돌김과 나는 번듯한 직장을 다니고 있었고, 크게 사치하는 사람들도 아니었다. 그럼에도 온전히 자기 힘으로 모은 돈으로는 둘이서 살 전셋집마저 구하기가 어렵다는 현실이 서글펐다. 위험을 감수하기에는 가진 것이 너무 없었다. 우리에겐 전세 자금이 전부였다. 비빌 언덕이 없으니, 눈을 낮추기로 했다. 우리는 햇빛이 하나도 들지 않는 집을 선택했다. '햇빛이 있는 낮 시간에는 집에 없으니까'라는 말을 위안 삼았다. 어차피 햇빛 없는 집은 익숙했다.

문제는 다른 곳에서 터졌다. 신혼집은 빌라가 다닥다닥 붙어 있는 동네에 있었다. 방 안에서 옆집은 물론이거니와 다른 빌라에 사는 사람들의 생활상을 다 알 수 있었다. 누군가 잔뜩 신경이 날카로워져서 내지르는 소리는 시시때때로 귀를 공격했다. 반복적으로 소리를 지르는 아이와 그 아이를 크게 혼내는 어른의 소리, 서로 누가 더 잘못했는지 따지는 소리, 누군가를 향해 화를 내는 소리들. 집으로 가는 골목엔 쓰레기가 나뒹굴었다. 무단 투기를 하는 사람들 사진과 함께 협박하는 경고문이 자주 붙었다. 같은 빌라에 사는 분들께 떡과 초대장을 돌리며 집으로 초대했던 날, 층간 소음을 참아달라고 부탁하러 오신 윗집 할머니 빼고는 아무도 오지 않은 것이 이제서야 이해가 됐다. 내 한 몸 건사하기도 벅찬 사람들이 사는 동네였다. 나와 돌김도 그곳에 살았다. 우리는 '햇빛'을 받지 못하는 사람들이었다.

나는 집에 대한 욕심은 전혀 없었다. 허리띠 졸라매고 돈을 모아서 번듯한 아파트를 장만하는 것은 내 꿈이 아니었다. 나는 그저 햇빛이 필요했을 뿐이다. 그러나 도시의 햇빛은 비쌌다. 내 몸이 누울 수 있는 곳엔 햇빛이 없었다. 누구에게나 비춘다는 햇빛은 나를 항상 비껴갔다.

김
돌

이사만 서른 번, 내가 살 집은 어디에

주민등록 초본을 보다가

강화도에 집을 짓고 자잘한 행정 처리를 위해 발급받은 주민등록 초본을 훑어보다가 허탈한 웃음이 났다. 초본 네 장에 걸쳐 스물여섯 번의 이사 기록이 담겨 있었다. 대학 시절 기록되지 않은 이사를 포함하면 거의 서른 번 이사를 했다. 길면 7년, 짧으면 6개월마다 이사를 했다.

직업 군인이던 아빠는 중사로 전역하고 큰 꿈을 안고 꽃집을 열었지만 사기를 당했다. 망한 거다. 빚을 한가득 떠안은 채로 노력에 따라 많은 돈을 벌 수도(!) 있다는 신문 판촉 일을 시작했다. 하지만 가난은 진드기처럼 질기게 따라다녔다. 그런 아빠와 단둘이 살았던 나는 한 번도 집다운 집에서 살아본 기억이 없다.

연탄가스가 새서 큰일 날 뻔했던 집, 창문을 열면 사람 발목만 보이던 반지하 월세는 양반에 속했다. 미군 기지에서 밤마다 쏘아대는 서치라이트 불빛이 방 안을 삼십 초에 한 번씩 훑고 지나가던 집, 옥상 위 무허가 콘테이너 건물에서도 살았다. 세상엔 참말로 다양한 형태의 말도 안 되는 집이 있었다. 딱 하나, 내 집만 없었다.

아빠가 출장 가고 없을 때면 꼭 집주인이 찾아와 밀린 월세를 내라고 타박했다. 툭하면 공과금이 밀렸다며 다음 달에 전기, 가스를 끊겠다는 독촉장이 날아왔다. 불안과 결핍. 집은 내게 이 두 단어의 지루한 반복이었다.

뜻밖의 이른 독립

그런 집이 지긋했고 빨리 독립하고 싶었다. 고등학교 2학년, 신문기자가 되겠다고 결심했다. 멋있어 보였고, 무엇보다 기자는 현장을 누비는 직업이니 독립하기 딱인 직업이었다. 수능시험에서 수학 주관식 문제를 찍기로 맞힌 덕분에(무려 3점짜리였다) 원하던 대학 신문방송학과에 들어갔다.

아빠는 입학하던 날 차 안에서 조심스레 독립을 권했다. 입학금과 첫 학기 등록금, 매달 월세는 내줄 테니, 그 외엔 직접 해결하라고 했다. 나중에 안 사실이지만 신문은 그때 이미

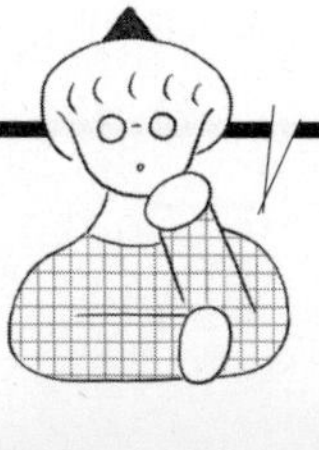

사양 산업이었고 아빠의 일 역시 녹록지 않았다. 일을 더 많이 해도 수입은 줄었고, 그나마도 일거리가 마땅치 않아 전국 구석구석을 돌아다녀야 했다. 아들을 빨리 독립시키고, 자신은 아직 해결 못 한 빚을 갚아야 했던 것이다.

내색은 안 했지만 아빠의 제안에 해방감을 느꼈다. 지긋지긋했던 집에서 벗어나 마음대로 살 수 있을 것 같았다. 학교와 가까운 하숙집에서 첫 독립생활을 시작했다. 그땐 집에서 나와 혼자 사는 것만으로 어른이 된 것 같았다. 어떻게 살겠다는 밑그림을 그리기보단, 빨리 혼자 살고 싶은 생각만 가득했다.

하숙집에 살 땐 월세와 용돈을 받아 경제적으로 부족함을 못 느꼈다. 하지만 너무 답답했다. 집주인 할아버지는 고등학교 담임보다 엄격했다. 게다가 주인 바로 옆방이라 도무지 사생활이랄 게 없었다. 6개월 만에 학교에서 더 가까운 월셋집으로 탈출하듯 이사를 했다. 자유를 택한 대가는 찌질한 B급 드라마에 가까웠다. 당장 다음 학기 등록금을 마련해야 했는데, 생활비도 쪼들렸다.

장학금 준다는 소문에 전공 경험도 살릴 겸 입학 첫 학기부터 학보사 활동을 했고 용돈벌이를 위해 아르바이트도 시작했다. 그땐 등록금과 생활비를 버니 이미 자립했고 치열하게 살고 있다고 믿었지만, 지금 돌아보면 형편없는 삶이었다. 집은 그저 잠만 때우는 공간에 불과했기 때문이다. 청소, 빨래 할 것 없이 생활 면에서 무엇 하나 제대로 할 줄 아는 게 없었다. 혼자 살고 싶었지만, 혼자 살아갈 힘은 하나도 없었던 셈이다.

동거, 쉽게 생각할 일이 아니었다

대학 졸업하고 지역 일간지에서 기자 생활을 했다. 이때부터 주거를 포함해 온전한 독립생활을 시작했다. 첫 직장 월급이라고 해봐야 뻔하니 처음 2년은 친한 선배와 함께 살았다. 생활비를 줄여보자는, 당시로선 합리적 선택이 서로에게 족쇄가 됐다.

삶도 기술이다. 특히 다른 사람과 사는 것은 고도의 기술력이 필요하다. 나와 저 사람은 어떻게 다른지, 그 다름을 어떻게 맞추려고 노력할 것인지, 어떻게 싸우고 해결할 것인지 알아야 한다. 그러나 당시에는 그 부분을 간과했다. 대학생일 때부터 알고 지냈던 선배기 때문에 그런 노력이나 준비 없이도 당연히 잘 살 수 있다고 생각했지만, 불행히도 정말 모든 게 안 맞았다. 내가 알던 사람이 맞나 싶었고, 선배 역시 '생각했던 것보다 훨씬 이상한 애다' 싶었을 거다. 2년을 꾹꾹 눌러 참고 살다가 결국 서로를 위해 찢어지면서, 앞으로는 적어도 돈 때문에 누군가와 같이 살진 않겠다는 결심을 했다.

첫 동거 생활이 그렇게 악몽으로 끝나고 처음으로 직접 월셋집을 알아보고 이사를 했다. 그동안 왜 아빠가 말도 안 되는 집들만 골라 다녔는지 이해할 수 있었다. 모아놓은 돈 없이 쥐꼬리만 한 월급으로 살 수 있는 집은 뻔했다. 1층이었지만 담벽이 높아 한낮에도 빛이 들지 않아 음침했다. 사는 내내 자주 아팠고, 우울감에 빠져 있었다. 2년을 그렇게 버티다 탈출을 감행했다.

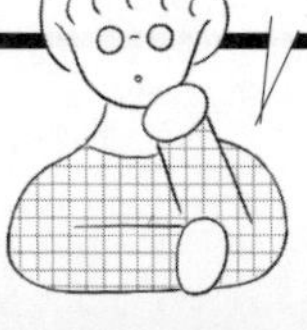

10년 만에 맛본 독립

감옥 같았던 월셋집에서 탈출하려고 2년 내내 열심히 돈을 모았다. 내가 살던 춘천에선 전세금 4000만 원이면 제법 아늑한 원룸을 얻을 수 있었다. 전셋집으로 이사한 첫날의 감동이 아직 선하다. 그때가 서른 살쯤이었는데, 어릴 때부터 꿈꿨던 나만의 공간을 그제야 만난 것 같았다. 그래봐야 주방과 화장실 딸린 열두 평 원룸에 불과했지만 방은 아늑했고 전망이 끝내줬다. 햇빛도 잘 들어 아침엔 늦잠을 잘 수 없었다. 동네도 조용하고 산책하기 좋은 곳들이 많았다. 현관문을 열고 방에만 들어오면 신이 나 혼잣말을 하거나 말도 안 되는 노래를 즉석에서 지어 불렀다. 공간과 환경에 따라 행복할 수 있다는 걸 실감했다.

따지고 보면 이때가 진짜 독립생활의 시작이었다. 혼자 생활한 지 10년쯤 되어서야 나를 위해 잘 살고 싶다는 생각을 처음으로 할 수 있었다. 사람답게 건강하게 살아야겠다는 다짐이 섰고 음식을 직접 해 먹기 시작했다. 책을 읽고 혼자 여행을 시작했다. 지금 할 줄 아는 소소한 생활 기술 대부분은 이때 배운 것들이다. 혼자서 충만한 시간을 보낼 수 있게 되자, 비로소 주변 사람들이 보이기 시작했다.

뜻밖의 연애, 뜻밖의 모험

그 무렵 주변 친구, 직장 동기들은 집에 관심을 갖기 시작했다. 신혼집을 준비하는 친구도 있었고, 벌써부터 재테크를 시작한 녀석도 있었다. 그들의 관심은 대출을 받아 아파트를 사고 집값이 오르면 되팔 계획에 집중돼 있었다. 나도 어릴 때부터 내 집을 갖고 싶은 욕망이 강했지만, 그건 내가 편히 쉴 수 있는 공간에 대한 욕망이었지 부동산 부자가 되고 싶다는 뜻은 아니었다. 점점 그들과 나누는 대화가 피곤해졌다.

그땐 결혼 생각이 전혀 없었다. 혼자 살 거라면 지금처럼 원룸 정도만 돼도 충분했다. 좋은 사람을 만난다고 해도 집을 시작으로 해서 파생되는 경제 문제를 맞춰가는 건 현실적으로 불가능한 일이었다. 결혼 안 하거나 못 한 친구들과 만나는 술자리에서 "결혼 안 할 거니까 마흔 살 되는 해에 생일 선물 대신 축의금 줄 것을 줘."라고 말하기도 했다. 하지만 그 말을 주워 담기도 전에 부추와 인천-춘천을 오가는 장거리 연애를 시작했다. (첫 데이트 장소가 강화나들길이었으니 강화도와의 인연이 보통은 아닌 것 같다.) 부추와는 무엇보다 삶에 대한 태도, 가치관이 통했다. 집에 대한 생각 역시 그랬다. 부추와 인연이 깊어지면서 자연스럽게 살아가는 방식, 터전에 대한 고민을 시작했다.

나는 중학교 입학할 때부터 춘천에서 계속 살았다. 비록 이사는 수없이 다녔지만 한 번도 춘천을 벗어나 살아본 적이 없었다. 부추와 함께 살려면 많은 변화를 준비하고 감수해야 했다. 그 무렵 세월호 참사가 있었고, 다니던 신문사의 대처와 언론에 대한 회의감으로 나는 퇴사를 결심했다. 그리고 부추와 인천에서 함께 살기로 마음먹었다. 부추를 만나기 전 2년의 충만한 독립생활은 내게 그런 자신감을 선물해줬다. 그렇게 나는 인천으로 이사를 했다.

부추

셋, 만나다

셋의 공통분모는 나, 부추다.

대학교 4학년. 동기들은 모두 임용시험 공부하고 있을 때, 나는 믿고 아끼던 후배 두 명과 함께 학술 동아리를 만들었다. 인문학 공부를 하며 대안 교육을 모색한다는 어설픈 동아리였다. 홍보를 제대로 하지도 못했는데, 신입 회원이 4명 들어왔다. 그중 한 명이 우엉이다. 우엉은 여러모로 톡톡 튀는 후배였다. 대화하다가 멈칫하게 되는 지점이 몇 번 있었다. 나와는 결이 안 맞는 것 같았다. 나중에 알고 보니 우엉은 동아리

창립 멤버였던 한 후배를 마음에 두고 있어, 그와 가까워지기 위해 우리 동아리에 가입한 것이었다. 그 사실을 알고는 우엉이가 곧 동아리를 그만두고 나갈 거라고 생각했다.

얼마 되지 않아 우엉은 본인이 마음에 둔 후배와 연애를 시작했다. 솔직히 나는 연애 관계가 어긋나기라도 하면 동아리는 어떻게 하나 걱정됐다. 동아리에서 캠프를 가면 어느 순간 둘이 사라지곤 했다. 나는 둘을 불러놓고 다 같이 있을 때는 우리 전체의 관계를 생각해주었으면 좋겠다고 부탁했다. 나는 부탁이라고 생각했지만, 그들에게는 꼰대의 지적질이었을지도 모르겠다. 당시는 내가 창립 멤버였던 후배를 더 아꼈기 때문에 마음속으로는 우엉을 못마땅하게 여겼다. 둘이 연애를 시작했으니 우엉이가 그만두고 나가는 것도 안 되는 일이었다. 나는 이러지도 저러지도 못하고 아슬아슬하게 둘을 바라보았다.

정말 사람 일은 모른다. 금방 나갈 것 같았던 우엉은 끝까지 동아리에 남아 있었다. 여러 가지 사정상 동아리가 해체되는 순간까지도 뒤에 들어온 후배들을 챙긴 건 우엉이었다. 나는 시간이 갈수록 우엉을 좋아하게 되었다. 우엉은 솔직하고 과감하고 다정했다. 서로 다른 결을 가졌지만, 우리는 나란히 앉아 같은 곳을 바라보며 이야기하는 관계였다. 우엉과 후배가 헤어지게 됐을 때, 난 우엉이 곁에서 후배 놈을 욕했다.

내가 먼저 사회생활을 시작하고, 우엉이 임용시험 준비를 하게 되면서 서로 연락하는 일은 뜸해졌다. 내가 처음 발령 받은 학교는 여러 가지로 '헬'이었다. 각오를 단단히 하고 들어

왔음에도, 역시 사회생활은 힘들었다. 집에 들어가면 지쳐 쓰러져 잠들기 바빴다. 첫 학기를 마치고 한숨 돌릴 시기가 왔다. 봄 방학 내내 휴식기를 가지며 집에서 빈둥거리고 있는데, 밖에서 우엉의 음성과 비슷한 소리가 들렸다. 나는 설마 하는 마음으로 귀를 쫑긋 세우고 문 바깥에 온 신경을 집중했다. 영락없이 우엉의 목소리였다.

문을 슬며시 열었더니, 정말 우엉이 서 있었다. 우리 둘 다 눈이 휘둥그레진 상태로 서로를 바라봤다. 우엉은 임용에 합격했고, 이제 막 발령받은 학교 근처 집을 알아보고 있다고 했다. 마침 내가 살던 곳 바로 옆집이 비어 있었고, 우엉이 그 방을 둘러보고 있던 참이었다. 그렇게 우엉은 나의 옆집으로 이사 왔고, 다시 인연이 이어지게 되었다. 학기가 시작되고는 서로 바빠서 자주는 못 만났지만, 종종 함께 산책을 하고 수박을 나눠 먹었다. 우엉과의 만남은 나에게 영감을 주었다. 힘든 학교 생활을 하다 지쳐 우엉을 만나면 에너지가 생겼고, 새로운 시도들을 하게 되었다. 수업을 연구하는 교사 모임도 만들어 활동했다.

우엉과 함께 교사 모임을 하며 숨통이 좀 트이면서도 한편으로 여전히 해결되지 않은 무언가가 남아 있는 듯 답답한 기분이었다. 내가 학교와 어울리지 않는 사람이라는 생각이 들면서도 학생들과 함께 있는 시간이 좋아서 계속 교사를 하고 싶다는 마음도 컸다. 이중적인 마음을 저울질하다 보니 어느새 나는 29살이 되었다. 아무것도 한 것 없이 30대를 맞이해야 한다는 사실이 억울했던 나는 스페인 산티아고 순례길로 여행을 떠났다. 길을 걸으며 생각하고 또 생각했다. 그동안의 시간이 내게 어떤 의미였는지, 앞으로 내 삶은 어떻게 살 것인지. 여행을 마치고 한껏 충만해진 마음으로 한국으로 돌아왔다.

하지만 현실은 냉정했다. 내가 할 수 있는 일은 여전히 약소했다. 갑작스럽게 닥친 일상과 내가 산티아고 길에서 꿈꿨던 삶 사이에서 내가 해나가야 할 일들을 찾고 싶었다. 잠시라도 혼자 길을 걸으며 마음을 다잡고 싶어 인터넷을 뒤적거리던 중에, 한 여행 게시판에서 ‘서른둥이+1의 씬나는 도보여행’라는 시리즈 글을 보게 되었다. 나랑 비슷한 나이라 공감이 갔고, 이렇게 기록으로 착실히 남겼다는 것에 호감이 생겼다. 글쓴이의 블로그를 뒤적거리기 시작했다.

그의 글은 꾸밈이 없어서 좋았다. 쓸데없이 어려운 말을 쓰거나 지나친 수식을 하는 일이 없었다. 자신의 생각을 진솔하고 담백하게 썼다. 나와 정치적 성향도 맞았다. 오래 사귄 애인과 헤어진 상태라는 것을 짐작할 수 있는 글들을 발견하기도 했다. 나는 그에게 메일을 썼다. 한번 만나서 도보 여행을 같이 하고 싶다고. 얼마 뒤, 그에게서 답장이 왔다. 내가 그랬던 것처럼 조심스러우면서도 기분 좋은 설렘이 묻어 있는 글이었다. 우리는 계속 메일을 주고받았다. 내가 하고 싶은 말을 여러 번 고쳐 쓰며 보내고, 그의 답장에는 어떤 이야기들이 담겨 있을지 기다리는 시간들이 행복했다. 그 전까지는 전혀 모르던 사이였는데, 서로가 절실히 필요했던 사람들처럼 하고 싶은 말이 많았다. 어떻게 살아온 사람인지, 지금은 어떤 생각을 하고 있는지, 어떻게 살아가고 싶은지를 나눴다. 다섯 번

정도 메일을 주고받았을 때 우리는 강화도에서 도보 여행을 함께 하기로 했다.

나는 약속 장소에 늦게 도착했다. 버스에서 내려 터미널 대합실로 총총 걸어가다가 입구에 마중 나와 있던 그와 마주쳤다. 글에서 느꼈던 푸근한 이미지와는 다르게 앳되고 여린 느낌이었다. 이미 눈치챘겠지만, 그가 바로 돌김이다. 우리는 강화나들길을 걸으며 좀처럼 멈출 줄 모르고 대화를 이어갔다. 그와의 대화는 기분 좋은 간지러움이었고 위로였다. 잠시 쉬어 가려고 의자에 걸터앉아 간식을 꺼냈을 때 우리 둘은 피식, 웃고 말았다. 둘 다 똑같은 양갱과 에너지바를 두 개씩 쥐고 있었기 때문이다.

돌김과 나는 그 뒤로도 별다른 일정이 없는 주말이면 함께 도보 여행을 다니며 빠르게 가까워졌다. 청산도 여행을 마치고 돌아가는 길이었다. 청산도에서 완도로 가는 배에 단체 관광객들이 우르르 모여들었다. 나와 돌김은 겨우 엉덩이만 대고 서로를 마주 보고 앉게 되었다. 같이 탄 분들은 대부분 50~60대 어르신들이었다. 어르신들이 노래를 부르기 시작했다. "야이야야 내 나이가 어때서, 사랑하기 딱 좋은 나인데." 노래 가사가 내 가슴을 절절하게 파고들었다. 지금 이대로 멈춰도 좋을 만큼, 내 앞에 있는 돌김을 진심으로 사랑한다는 것을 깨달았다. 그날 집으로 와서 돌김에게 받은 메일함 이름을 '이 사람일까?'에서 '이 사람이구나'로 바꿨다.

돌김은 나를 용감하게 만들었다. 나는 30년 인생 처음으로 부모님과 맞서 싸우기로 결심했다. 그동안은 한 번도 부모님께 내 신념을 진지하게 이야기해본 적이 없었다. 어차피 말해봤자 이해받지 못할 거라고 생각했다. 충돌이 생기면 거짓으로 일관하며 회피해버렸다. 돌김과 만나는 것을 반대하던 부모님께 내가 살고 싶은 삶이 어떤 모습인지를 말씀드렸다. 내가 원하는 모습으로 살기 위해서 돌김과 함께하고 싶다고. 지난한 갈등의 과정이 있었지만, 결국 나는 부모님을 이겼다.

서로 천천히 연하게 물들어간 우엉과 나, 빠르고 진하게 물들어간 나와 돌김. 당시에 내가 가장 아끼던 두 사람이 만나는 것은 자연스러운 일이었다. 우리 셋이 처음 만나던 순간은 정확히 기억이 나지 않는다. 어떤 상황에서 어떻게 첫인사를 나눴을까. 돌김이 우리 집에 자주 왔으니, 아마 옆집 살던 우엉이와 우연히 마주쳤을 것이다. 호기심 가득한 눈으로 어색한 인사를 나누며 서로를 소개했겠지. 그때 우린 이렇게 함께 살게 될 거라고 상상이나 했을까?

돌
김

인생을 책으로 배웠어요

첫 직장에 들어만 가면 고생 끝, 행복 시작일 줄 알았다. 그러나 첫 직장이었던 지역 일간신문사는 놀랍게도 소통과 논리적 의사 결정이 멸종된 곳이었다. 사회부장은 아무렇지 않게 실내에서 담배를 피웠고, 어리바리한 수습기자들에게 생전 들어보지 못한 욕지거리를 상습적으로 내뱉었다.

일을 하면 할수록 '이게 맞는 걸까?', '어떻게 살아야 할까?' 같은 질문이 떠나지 않았다. 그렇게 5년을 버티던 어느 날, 사건이 터졌다. 편집국 동료의 사내 메신저 대화 내역이 유출된 것. 하지만 회사에선 누가 어떤 경로로 대화 내역을 유출

했는지는 안중에 없었고, 대화 당사자들만 큰 곤욕을 치렀다. 문제 해결 의지도, 원인 제공자 처벌 의지도 없었다. 그냥 조용히 묻고 싶어하는 게 역력했다. 그 순간 첫 직장에서 품었던 꿈과 포부, 기대 같은 것들이 수면 아래로 가라앉았다.

대체 행복은 무엇일까? 왜 하고 싶은 일을 하는데 행복하지 않고 고통스러울까? 편집국장의 얼토당토않은 훈수가 모두를 얼어붙게 한 그 무렵, 부추와 우엉도 첫 직장에서 평등하지 않은 관계 때문에 힘들어하고 있었던 터라 대화가 잘 통했다. “우리 독서 모임 한번 해볼까?” 가벼운 제안이 오갔다. 그땐 뭐라도 해야 할 것 같았다.

부추와 우엉, 둘의 학교 후배인 J, 강화도에서 대안학교 교사로 활동하던 T까지 다섯 명이 함께했다. 독서 모임 이름은 ‘똑서모임’으로 지었다. 똑소리나게 똑똑하게 책 읽자는 의미였다. 사실 모임 자체는 그렇게 짜임새 있지도, 구체적인 목표의식을 갖추지도 않았다. 그저 서로 지금의 답답함을 책으로 풀어보고 싶을 뿐이었다. 다들 첫 직장에서 고군분투하던 중이었기 때문에 모임은 한 달에 한 번 진행했는데, 내 기억이 맞다면 다 해서 딱 세 번 열렸다. 하지만 우리가 그때 읽었던 책들은 알게 모르게 우리의 삶을 조금씩 바꿔놓았다.

처음 함께 읽은 책은 ‹우리도 행복할 수 있을까›(오연호, 오마이북)였다. 누가 이 책을 제안했는지 기억나지 않는 걸로 봐선 적어도 내가 제안하진 않았던 것 같다. 모두 박수를 치며 금방 합의했던 것만은 선명하다. 사실은 제목만 듣고도 모두 혹했다. 우리 모두 행복하지 않았고, 도무지 행복해지는 방법을 몰

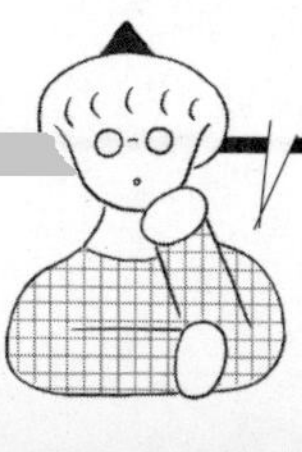

랐기 때문이다. 행복한 사람들의 이야기를 공부해보면 우리도 행복해지는 나름의 팁을 얻을 수 있지 않을까? 그땐 책을 통해서라도 구체적인 성공 사례와 작은 가능성을 확인하고 싶은 욕구가 컸다.

책에선 덴마크가 '행복 지수 세계 1위'인 이유를 직장과 노동 정책, 복지, 공동체, 협동조합, 교육 등 6개의 키워드로 분석했다. 나는 신뢰할 수 있는 공동체와 각자의 필요를 협동조합 방식으로 충족해나가는 그들의 삶에 반했다. 나머지 네 명은 학교에 있다 보니 교육과 관련해 많은 이야기를 했다. 우스갯소리로 우리 중에서 교육감이나 교육부 장관이 나와야 한다고 했던 기억이 난다.

첫 독서 모임을 마치고 묘한 감정이 일었다. 함께 책 수다를 나눌 땐 다들 '행복하게 읽었다', '작은 희망을 느꼈다'고 말했는데, 현실로 돌아가선 금세 무력감이 들었기 때문이다. 나뿐 아니었다. 이 글을 쓰며 5년 만에 독서 모임 밴드에 다시 들어가 보니, 우엉은 독서 모임 뒤에 이런 게시글을 남겨놨었다. "다들 책 잘 읽고 있음요? 저 뉴스 보고 있는데, 우리나라가 바뀌는 것보다 덴마크 영주권 따는 게 더 빠를 듯…. 휴."

두 번째 모임에선 내가 제안한 《협동조합 참 좋다》(김현대 외, 푸른지식)를 읽었다. 그때 나는 머릿속에 퇴사 생각이 가득했다. 만약 일을 그만둔다면 협동조합에서 일해보고 싶단 생각이 막연하게 머릿속을 맴돌 때였다.

이 책을 읽으면서 우리는 '마침 다섯 명인데, 우리끼리 협동조합을 하나 만들자. 수학여행 협동조합도 괜찮고, 학교를 대상으로 하면 잘될 것들이 많다' 같은 말을 하기도 했다. 나는 책에 나온 한살림소비자생활협동조합에 매우 관심이 갔다. 잠시간의 백수 생활을 즐긴 끝에 이듬해 이곳에서 두 번째 직장생활을 시작했다. 여담이지만, 아버지는 아들이 일 그만두고 협동조합에 취업했다고 하니까, 본인이 알고 있는 유일한 협동조합인 새마을금고 본사에 취업한 줄 알고 지인들에게 그렇게 자랑을 했다고 한다.

비록 독서 모임에서 만들자고 한 협동조합은 시도하지 못했지만, 협동조합에 대한 이야기는 훗날 우리의 생활 방식에 꽤 많은 영향을 끼쳤다. 혼자라면 엄두도 못 낼 집을 짓고 책방을 시작한 것도 함께 뜻을 모았기 때문에 가능한 일이었다.

마지막 모임에선 부추가 제안한 ‹조건 없이 기본소득›(바티스트 밀롱도, 바다출판사)를 읽었다. 지금이야 기본소득이 꽤 익숙한 개념이지만 그땐 처음 접한 아이디어라 꽤 충격적이었다. '행복'을 꿈꾸지만 정작 무엇을 할 때 가장 행복한지는 잘 몰랐던 우리는 직업과 나이, 성별 상관없이 누구나 행복한 삶을 누리기 위해 기본소득을 받을 권리가 있다고 말하는 이 책에 매료되었다. 우린 어른이 되면서 많은 것을 잃는다. 상상할 자유, 작당 모의할 여유 같은 것들 말이다. 그럴 시간에 일하고 돈 벌어야 하니까. 누가 야근하고 싶고, 투잡을 뛰고 싶을까? 누가 하루에 3시간씩 출퇴근해가며 살고 싶을까? 그런데 이 책에선 '만약 우리 모두에게 60만 원씩 기본소득이 매달 들어온다면?'이라는 도발적인 질문을 던진다.

우리는 매달 기본소득 덕분에 통장이 두둑해지는 기쁨보

다, 돈에 구애받지 않고 우리가 하고 싶은 일에 더 에너지를 쏟을 수 있겠다는 즐거운 상상을 함께 이야기했다. '마을 책방, 동네 오케스트라, 남녀노소 모두가 참여할 수 있는 마을 생태학교같이 재미있는 일을 우리도 해볼 수 있지 않을까?' 하는 날것 그대로의 이야기들도 나왔다. 그 이야기엔 직업인으로서의 성취 욕구 못지않게, 진짜 내가 하고 싶은 것들에 대한 상상이 가득 묻어났다.

아쉽게도 T의 근무지가 바뀌면서 독서 모임은 흐지부지 끝이 났다. 모임은 끝났지만 부추와 우엉과는 그 후로 더 자주 만났다. 생각이 모두 같을 순 없지만, 결이 비슷하고 대화가 통했기 때문이다. 무엇보다 그때 우리 셋 다 뭔가 재미있는 일을 해보고 싶어한다는 걸, 한번 뭔가에 꽂히면 깊이 고민하기보다 저지르길 좋아한다는 걸 알게 됐다.

그땐 몰랐지만 우린 책을 통해 이미 함께 같은 공간에서 무언가를 할 준비를 차근차근 하고 있었던 셈이다. 독서 모임은 끝났지만, 우리 삶은 이미 조금씩 바뀌고 있었다.

우엉

함께 사는 삶을 꿈꾸다

우리가 독서 모임에서 나누었던 수많은 대화를 한마디로 요약하자면 ‘빵과 장미를 모두 누릴 수 있는 삶을 원해!’였다. 우리는 적당히 일하고 자신만의 취향을 가질 수 있는 삶을 꿈꿨다. 빵으로 치자면 크루아상을 좋아하는지, 브레첼을 좋아하는지 정도는 탐구할 수 있는 삶. 하지만 도시의 젊은이들은 취향을 탐구할 여유가 없다. 가장 큰 이유는 ‘주거의 불안정함’ 때문이다.

꼬박꼬박 빠져나가는 월세와 2년마다 돌아오는 재계약은 자신의 취향을 잃어버리게 만든다. 나도 그랬다. 마음 같아서

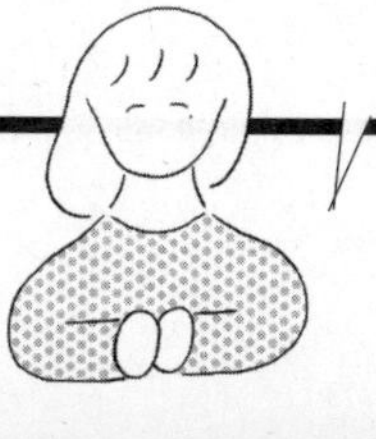

는 새하얀 호텔식 침구와 빔 프로젝터 화면이 잘리지 않는 여유로운 흰 벽, 콜라를 한가득 채워 넣을 수 있는 대형 냉장고를 갖고 싶었다. 하지만 공간을 꾸미는 것에는 돈이 들고, 정작 내가 구입하는 물품은 모든 것이 다 있다는 '다O소'의 것이었다.

집이 없던 시절 무엇보다 억울했던 것은 이사를 할 때마다 대출이 늘어난다는 점이었다. (스스로 말하긴 그렇지만) 꽤 안정적이고 번듯한 직장이 있는데도 불구하고 월급으로 감당할 수 있는 면적은 약 15m² 밖에 되지 않았다. 싱글 침대와 책상, 옷장을 두면 꽉 차는 이런 쪼그마한 방이 사회가 내게 허락한 공간이라니. 언제부터 집이 사는(Live) 것이 아니라 사는(Buy) 것이 된 거지?

자본주의는 무지하게 각박하고 가차 없었다. 그럼에도 불구하고 나는 우울이 터질 때마다 집을 옮기고 방을 하나씩 늘릴 수밖에 없었다. 도시의 집값은 정말 정말 비쌌다. 사회초년생이었던 나는 집이 조금 넓어질 때마다 통장 잔고가 너덜너덜해졌다. 뿐만 아니라 '은행에 약 3년 동안 노동의 대가 일부를 꼬박꼬박 제공하겠습니다. 미래의 나야, 화이팅!'이라는 동의서에 사인해야만 했다.

그렇게 새집에 살게 되어도 세입자 신분인지라 집주인의 눈치를 보는 것은 당연했다. 용현동 1.5룸에 살던 시절, 건물주 할아버지가 가장 심했다.(참고로 이분은 1장의 '쓰레기봉투 뒤지는 집주인' 에피소드 주인공이시다.) '절대 구멍은 안 된다'고 하시는 통에 인터넷 선을 집으로 끌어오지 못해 몇 주간 인터넷 없이 지내기도 했고, 어느 날은 불쑥 찾아와 배관 청소 상태며 장판에 밀리거나 찍힌 흔적은 없는지, 벽지는 깨끗한지 불시 검사(?)를 하기도 했다. 이 모든 서러움은 내 명의의 집이 없기 때문이었다. 다시 한 번 강조하지만, 내게는 번듯한 직장이 있었다. 하지만 도시에서 집을 구입하는 것은 어림도 없었다.

그때 나의 고민은 '기본 생활권이 보장될 만큼 적당한 면적이면서 주거인의 취향이 반영된 곳에서 마음 편히 살고 싶다'였고, 부추와 돌김 역시 비슷한 고민을 하고 있었다. 그리고 셋의 공통된 꿈은 '공동체적 삶'이었다. 개인의 취향을 누리면서도 사람들과 어울려 함께 살 수 있길 바랐다. 그러려고 그런 건 아닌데 우리는 함께 했던 여행에서 만난 인연들에게서 힌트를 얻을 수 있었다.

첫 번째 힌트를 제공한 이는 강원도 정선에서 살고 있는 부추의 지인, 고래 님이다. 부추가 "자립과 공존을 꿈꾸며 동강에 사는 청년들이 있어. 가보지 않을래?"라고 말을 꺼냈을 때 돌김과 나는 당장 만나러 가자고 했다. 참고로 우리 셋은 결이 맞는 사람을 보면 '이렇게 멋진 사람이 있다니!' 하며 무작정 만나러 가는 걸 좋아했다. 그렇게 정선으로 떠난 것이 셋이 함께 떠난 첫 여행이다.

그때 당시 나는 세월호 특별법 제정 시위를 함께 하던 '사슴'과 자주 만나고 있었다. 참고로 사슴은 내가 대학 시절 불순한 의도로 접근했던 동아리 '그분'의 어머니다. 나는 그분과 헤

어지고 나서도 사슴과는 친밀한 관계를 유지했다. 사슴을 꼬드겨 넷이서 고래 님을 만나러 가기로 한 날. 강원도에서 살아온 돌김의 자신감을 믿고 버스를 타고 정선으로 향하려 했으나, 무계획으로 도착한 동서울터미널에는 정선행 표가 없었다. 어쩔 수 없이 정선이 아니라 근처의 다른 도시로 가는 표를 구했고, 고래 님께서 우리를 데리러 오기로 했다. 신중하고 꼼꼼한 부추는 강원도로 향하는 버스에서 '왜 미리 예약을 하지 않았을까'를 되뇌며 괴로워했지만 나머지 셋은 그저 신이 났다.

강원도 어느 허름한 버스 터미널에서 만난 고래 님은 친구 둘과 함께 동강 근처의 주택을 구해 살고 있었는데, '농촌 에너지 자립과 적정 기술 보급'이라는 멋진 목표를 지닌 공동체였다. 독서 모임에서 읽었던 책에 나올 것 같은 멋진 사람들을 만나자 우린 일단 즐거웠다. 아름다운 동강, 그리고 그 옆에서 사는 청춘들은 피는 섞이지 않았지만 생각이 섞인 사람들이었다. 우리는 정선에서 산길을 걸으며 도토리를 줍고, 같은 풍경을 바라보았다. 그때부터였던 것 같다. '어쩌면 우리도 이렇게 살 수 있지 않을까' 하는 생각이 자라나기 시작한 것은.

'공동체적 삶'에 대해 고민하던 우리가 좀 더 구체적인 힌트를 얻은 곳은 인천 검암동에 있는 '우리동네사람들(이하 우동사)'이다. 우동사는 마음 맞는 사람들 몇몇이 출자금을 모아 집을 구입하고 함께 살아가는 청년들의 주거 공동체다. 쌀농사를 짓거나, 펍을 운영하는 등 다양한 사람들이 모여 대안적 삶을 멋지게 살아내는 곳이다. 우동사의 기사를 접한 우린 '이런 사람들이 있다니!' 병이 도졌고, 시간을 내어 우동사에서

운영하는 '커뮤니티 펍 0.4km'에 방문했다.

펍에 갔으나 술을 마시지 못하는 나와 부추는 논알콜 음료를 홀짝거렸고, 우리 셋 중 술을 마실 줄 아는 돌김만 맥주를 시켜놓고 일하는 사람들을 힐끔힐끔 관찰했다. (그분들이 짓는 미소조차 뭔가 있어 보였다.) 막상 가긴 했는데 말을 붙일 용기가 안 났다. "저희… 우동사에 관심이 있어서 왔는데요…." 기어 들어가는 목소리로 겨우 말을 걸었다. 그들은 우리 이야기를 듣더니 '해보고 싶으면 먼저 한 달이라도 같이 살아보라'고 어깨를 토닥토닥 두드려줬다. 그분들과 진한 대화를 나누지는 못했지만 주거 공동체라는 힌트를 얻게 해준 감사한 곳이기에, 아직까지도 우동사에 관한 기사를 발견할 때마다 내적 친목이 폭발하곤 한다.

초창기 우리는 '같은 집에 살자'보다는 '함께 사는 삶'을 꿈꿨다. 그 시절 나는 세월호 참사를 겪으며 '역세권'보다 서로를 위로해줄 '사람권'이 필요하다고 느꼈다. 부추와 돌김은 다정하고 착한 사람들이었기에 내 인생에 그들이 가까이 있길 바랐다. 둘 또한 나를 소중히 여겨주었고, 셋이 함께 무언가를 작당하는 것은 어김없이 재미있었다. 그렇게 지내다 보니 부추와 돌김은 곧 작은 결혼식을 올렸고, 우리의 본격적인 작당 모의가 시작되었다.

주거가 안정되면 삶의 안정성이 높아진다. 삶의 안정성이 높아지면 삶의 질도 높아진다. 삶의 질을 높이고 싶은데 돈이 없다? 그럼 우리 셋이 힘을 합쳐볼까? 그런 마음으로 시작하게 된 것이 대망의 '시점 프로젝트'다.

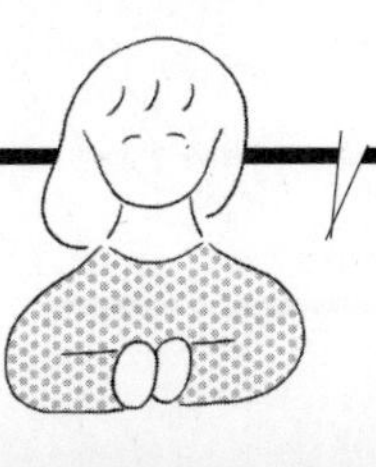

2

우리가 함께 살

시점

우
엉

우리,
같이 살까?

부추와 돌김은 가을이 끝나갈 무렵 소박한 결혼식을 올렸다. 결혼식 당일, 나는 함께 독서 모임을 하던 J와 일찍 만나 조화로 된 화관을 샀다. 부추가 "식장에서 춤추면서 들어와 줘."라고 부탁했기 때문이다. 주례가 없는 대신 신랑 신부, 양가 어머님, 지인들까지 춤을 추며 입장해야 하는 이상한 결혼식이었다. 그러나 그게 오히려 돌김과 부추다워서 좋았다. 지금 생각하면 부끄러움 많은 내가 어떤 정신으로 춤을 췄는지 모르겠다.

부추김(부추+돌김) 부부는 결혼 후 얻은 신혼집의 인테리어를 직접 했는데, 당연히(?) 나도 그 작업에 동원되었다. “페인트칠 하는 것 좀 도와줄래?” “응. 당연하지.” 우선 대답해놓고 들은 사연에 따르면, 집을 꾸미려는데 벽이 너무 안 예뻐서 아예 하얀색 페인트로 덮고 있다는 것이었다. ‘음. 하얀색 페인트가 어디든 잘 어울리긴 하지.’ 고개를 끄덕이다가도 대체 얼마나 대공사길래 부추와 돌김이 내게 도움을 청하는 것인지 궁금했다. (둘은 보통 알아서 잘하기 때문에, 나한테 손을 빌리는 일이 드문 편이다.)

둘의 신혼집에 처음으로 방문한 것은 12월의 아주 추운 어느 날이었다. 굽이진 오르막길을 오르며 부추에게 받은 신혼집 주소를 괜히 자꾸 들여다봤다. 내가 아끼고 사랑하는 두 사람의 공간에 초대받았다는 사실이 기뻤고 설레었다. 드디어 신혼집에 발을 들이는 순간! 나는 “와~” 하고 짧은 감탄을 내뱉었다. 생각보다 아늑하면서도 넓은 공간이었다. 다행히 부지런한 두 사람 덕분에 이미 벽은 거의 하얀색이었다. 둘은 대충 칠했다고 했지만, 심지어 천장까지 꼼꼼하게 칠해놓은 상태였다.

“자. 이제 여기가 남았어.” 부추가 가리킨 곳은 세탁기가 있는 다용도실 문짝. 소매를 걷어붙이고 파란색 페인트가 묻은 붓을 들고 요리조리 문을 칠했다. 원래 단순노동을 하면 생각도 단순해지는 법이다. 셋 다 무의식적으로 붓을 움직였고, 대화 역시 의식의 흐름대로 흘러갔다. 뜬금없이 서로를 칭찬하다가, 잘 살라고 했다가, 싸우면 우리 집에 와라 했다가.

그러다 이제 거의 파랗게 덮인 다용도실 문짝을 가리키며

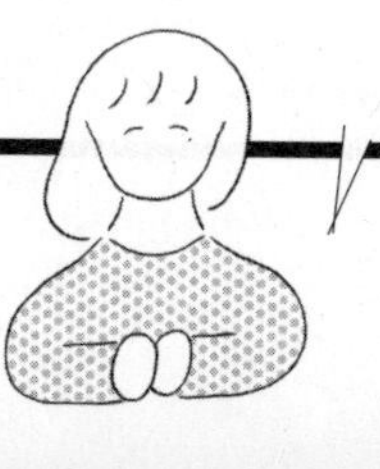

"여기 내 지분 있는 거야! 나중에 나 집 없어지면 세탁실에 살게 해줘." 하고 낄낄거렸다. 관대한 부추와 돌김은 오냐오냐 해주었다. 누가 먼저랄 것도 없이 이런 말이 튀어나왔다. "진짜 셋이 같이 살면 어떨까?" "글쎄. 재미있겠지?" "우리도 같이 살면 좋겠다."

그때는 별생각 없이 꺼낸 말이었는데 생각해보면 그게 시점 프로젝트의 투박한 밑그림이었다. 그 위로 '독서 모임', '정선 여행', 그리고 수없이 나누었던 대화들이 물감처럼 덧씌워졌다. 셋이 함께 사는 건 아무리 생각해도 재미있을 것 같았다. 게다가 나와 부추, 돌김 모두 전세로 살고 있었기 때문에 셋의 경제력을 합치면 더 좋은 집을 구할 수 있지 않을까 하는 생각은 꽤 합리적으로 느껴졌다. (비록 나중에 밝혀진 사실에 따르면 그건 그다지 합리적이지 못한 생각이었지만 말이다.) 좀 더 알아보니 이미 가족 관계가 아닌 사람들이 공동주거를 넘어 조금 다른 삶을 추구하고 있는 공동체들도 있었다. 하지만 우린 누가 차려놓은 밥상에 수저만 얹는 것보다는 우리만의 공간을 찾는 것이 더 맞겠다고 마음을 모았다.

'함께 살자'가 셋의 마음에 동시에 들어차 있다는 것을 깨달은 순간부터 가슴이 뛰기 시작했다. 대안도 없고 구체적인 계획도 세우지 못했지만 셋이서 뭔가 재미있는 것을 우리만의 공간에서 작당해보고 싶었다. 우리는 일단 할 수 있는 것부터 시작하기로 했다. 회사가 멀어 바쁜 돌김 대신 상대적으로 여유가 있었던 부추와 내가 집을 알아보기로 했다. 우린 동인천

일대 부동산을 돌아다니며 주택 매매를 알아보았다. 주택으로 알아본 이유는 당시 내가 인터넷 모 커뮤니티의 '오래된 주택 셀프 리모델링 하기'라는 글에 빠져 있었기 때문이다. 돌김과 부추도 주택에 사는 것에 찬성했다. 셋 다 창문이 빽빽한 아파트에는 살기 싫었고, 사람들과 교류하면서 사는 데는 지면과 가까운 주택이 어울리겠다고 생각했다.

'이 넓은 광역시에 우리 세 명 몸뚱아리 누일 집 한 채는 있겠지' 하며 호기롭게 부동산을 돌아다녔다. 결과부터 얘기하면 우린 너무 순진했다. 사실 우리가 알아본 동인천은 구도심으로, 오래된 주택이 많은 곳이다. 그럼에도 불구하고 집 매매가는 7억, 8억을 호가했다. 알고 보니 동인천은 옛날 부자들이 살던 동네라 기본 평수가 넓어서 비쌀 수밖에 없었다. 게다가 두 가구가 함께 살 예정이니 각자의 공간과 공용 공간이 모두 필요했다. 기본적으로 30~40평은 되어야 셋이 살 수 있을 것 같았지만 넓을수록 당연히 집은 더 비쌌다.

정신을 차린 우리는 눈을 낮춰 집값이 더 싼 동네로 알아보았다. 그나마 부추가 찾아낸 주택이 2억 3천 정도였다. 하지만 오래된 집은 저렴한 만큼 배관도 낡고 수리할 곳이 많았다. 보일러를 새로 깔고, 벽지를 바르고, 인테리어를 새로 한다 치면 리모델링 비용만 1억 가까이 들었다. 현실적으로 무리였다.

부추와 돌김이 결혼한 다음 해 나와 부추는 같은 학교로 근무지를 옮겼다. 기대를 안고 부임한 학교에서 나는 3학년, 부추는 5학년에 배정받았다. 같은 학교에 있었지만 너무 바빠진

우리가 실제로 대화를 나눈 것은 얼마 되지 않았다. 자연스럽게 '함께 살자'는 이야기도 일상의 바쁨 어딘가로 흘러가버렸다.

그래도 다행이었던 것은 우리가 물리적으로든 심적으로든 가까이 있었다는 점이다. 지금 생각하면 잊혀질 뻔했던 '함께 살자'는 주제를 다시금 부여잡은 것도 부추와 같은 학교에 근무했기 때문이다. 서로 다른 층에 있었지만 나는 부추가 있다는 사실만으로 마음 한편이 든든했다. 부추의 동반자가 된 돌김의 심적 지지도 함께였다. 우울함에 빠져 바다 위 부표처럼 둥둥 떠다니던 내게 둘은 잠시 쉬어 갈 땅을 내어주곤 했다.

특히 돌김과 부추의 소중함을 깨달은 사건이 있었다. 당시 동학년 교사 중에 날 미워하던 K라는 사람이 회식 날 내게 커피를 들이부었던 것이다. 그 사람과는 같은 학교에 있을 수 없다는 나의 주장은 학교에서 받아들여지지 않았고, 결국 그 후에도 K는 옆 옆 교실의 담임 교사로 재직했다. 몇 달 동안 나는 혹시라도 K가 앙심을 품고 교실로 찾아올까 봐 아이들이 하교하면 바로 문을 잠그고 두려움에 벌벌 떨었다.

그 사건 때문에 공황 장애와 우울증이 찾아왔다. 나는 병가를 내고 습관처럼 이사할 집을 알아보았고, 곧 제물포역 근처에 있던 햇빛이 잘 드는 쓰리룸 빌라로 이사했다. 사건이 마무리되는 동안 부추는 학교에서 나와 함께 싸워주었고, 돌김은 무한한 지지와 격려를 보내주었다. '괜찮아져야 해'와 '그래도 사람이 무서워' 사이를 빙글빙글 돌다가 부추와 돌김을 만나면 마음의 안정을 찾을 수 있었다. 지치지 않고 "너는 아무 잘못 없어."라고 말해주는 부추와 돌김을 나는 진심으로 믿고 따르기 시작했다. 서로에 대한 신뢰가 쌓이고 단단해지길

1년. 그 1년 덕분에 본격적으로 '시점 프로젝트'가 발동하기 전, 아무것도 내놓을 이야기가 없던 시기에도 우리는 언젠가 같이 살자는 생각의 끈을 놓지 않을 수 있었다.

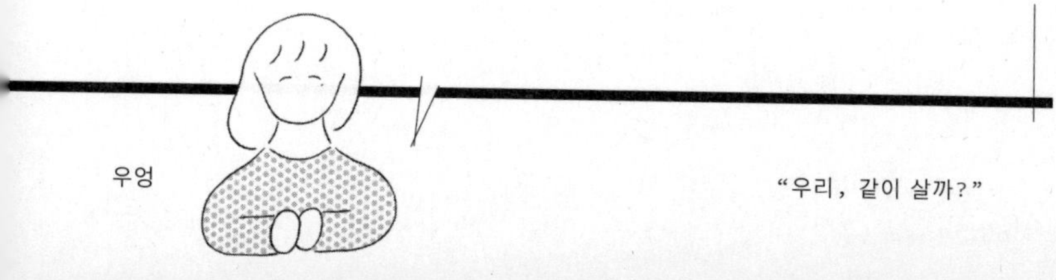

돌
김

어쩌다, 정신 차려보니 땅을 샀습니다

책방지기는 생각보다 질문을 많이 받는 직업군 중 하나다. "원래 책을 좋아했어요?", "책 팔아서 밥은 먹고 살아요?" 같은 전국 책방지기 공통 질문은 애교다. "왜 시골에 책방을 차렸어요?"를 시작으로 "여기 땅 몇 평이에요? 이런 좋은 땅 알아보려면 어떻게 해야 되죠? 평당 얼마인가요? 강화도에 또 좋은 땅 추천해줄 곳 없어요?" 같은 질문이 쉴 새 없이 쏟아진다. 책방 개업 날부터 따라다니는 이 질문에 나는 "그건 대외비입니다."라거나 "대답은 유료입니다. (책을 사야 답해드립니다.)"라고 나름 재치 있게 답을 피하곤 한다. 이렇게 대답을 얼버무리는 건 대답하기 싫은 까닭도 있지만, 사실 땅을 산 과정이 전혀 논리적이지 않기 때문이기도 하다. 비가 오던 어느 날 아는 사람의 소개로 땅을 구경했고, 그 땅에 반해 그 다음 주에 덜컥 땅을 샀다. 그게 끝이다.

땅 이야기를 하려면 2016년 7월로 돌아가야 한다. 그때 우리는 '함께 살아보자'고 결심한 뒤 인천의 동네 주변 부동산을 자주 들락거리던 중이었다. 서울로 출퇴근하던 나를 대신해 부추와 우엉이 몇몇 부동산을 다녔다. 지금에야 하는 이야기지만, 그때 나는 공간에 큰 기대를 하지 않았다. 그 즈음 다니던 직장 사무실 이전 때문에 어지간한 매물은 다 확인하고 다닐 때였는데, 서울은 고사하고 인천에서도 우리가 원하는 수준의 공간은 찾기 어렵다는 걸 일찌감치 알아차렸다.

허한 마음을 달랠 겸, 대책도 마련할 겸 금요일 밤 우리의 아지트, 강화도의 책방 '국자와주걱'으로 달려갔다. 아, 국자와주걱 사장님이 바로 함께 정선 여행을 갔던 '사슴'이다. 사슴의 나이는 우리 엄마뻘인데, 작당 모의를 기가 막히게 하고 추진력도 끝내준다. 그날도 우울해하는 우리에게 "저기 옆 동네 온수리에 기가 막힌 땅이 나왔어. 마음 같아선 내가 거기다 집 짓고 싶은데 여력이 안 돼서 말이야. 뭐 땅 보러 가는 거 돈 드는 것도 아닌데 내일 구경이나 가자."라고 제안했다. 우리는 다음 날 가벼운 마음으로 사슴과 함께 온수리로 향했다. 땅은 국자와주걱에서 차로 7~8분 거리였다. 사슴은 정족산 자락 아래 평탄한 땅을 가리키며 "여기야, 어제 그 땅."이라고 말했다. 그날은 비가 종일 내렸다. 정족산 허릿자락에 옅은 구름이 걸쳐 있었고 공기는 상쾌했다. 정족산은 전등사를 품고

있는 낮은 산인데 그때나 지금이나 묘한 기운을 풍겼다. 별생각 없이 갔던 우리는 뭔가에 홀린 것처럼 그 땅에 꽂혔다. 거기에 사슴이 쐐기를 박았다. "여기 땅 위에 저기 보이지? 저기에 시인도 집을 짓고 살 거래." 그 시인은 우리 모두가 가장 애정하는 시인이었다. 지금은 우리가 '피노키오 아저씨(동네 꼬끼오 매장을 자꾸 피노키오 매장이라고 잘못 불러 그렇다.)'라고 부를 만큼 친한 동네 아저씨가 되었지만 그때까지만 해도 그는 우리 마음속의 아이돌 같은 존재였다.

사슴은 "어차피 나는 못 사고, 너네 인천에서 살 집 못 찾았다면서. 여기에 집 짓고 국자와주걱 2호점 열자."라고 꼬셨다. 사슴의 책방 제안과 상관없이 내 마음속에선 강화도에서 살아야겠다는 알 수 없는 욕구가 꿈틀대기 시작했다. 당시 감정을 블로그에 남겨놨는데, 이 글을 쓰면서 게시글을 다시 찾아 읽다가 깜짝 놀랐다. 게시글은 고양이 두 마리 이야기로 시작했는데, 거기엔 내가 강화도살이를 결심한 이유가 나름 명확하게 정리돼 있었다.

그때 국자와주걱에는 요리와 조리라는 두 마리 고양이가 살고 있었다. 두 고양이는 서로 남남이었다. 조리는 태어난 지 얼마 안 돼 엄마 고양이에게 버림받고 국자와주걱에 무단 침입했다. 그런 조리를 수컷 요리가 살뜰히 돌봤고 조리는 요리를 엄마처럼 따르며 젖을 달라고 보챘다. 이 둘의 모습은, 같이 살아보자고 잔뜩 들떠 있다가 작은 난관에 부딪혀 금세 식어버릴 것 같은 우리의 불안감을 달래주는 것 같았다. 블로그엔 그때의 생각이 이렇게 쓰여 있었다.

> 요리와 조리의 이야기는 신기한 듯하면서도 대수롭지 않은 일상일 수도 있어요. 헌데 제겐 꽤 인상적이었지요. 우리가 꿈꾸는 삶을 요리 조리를 통해 봤거든요. 서로를 보듬어줄 수 있는 사이, 그게 가족이고 공동체 아닐까요? 요리와 조리 같은 관계를 만드는 게 우리가 고민하는 모습이었네요.

함께 살기로 결심한 게 중요하지 장소는 큰 문제가 아니란 생각이 들자 일은 일사천리로 진행됐다. “집을 못 구하면 땅 사고 직접 짓자! 시골이니까 그렇게 해도 훨씬 적은 돈으로 할 수 있을 거야!” 우린 정확히 일주일 뒤에 땅을 분양하던 부동산 중개인과 만나기로 약속했다. 다른 땅은 볼 필요도 없었다. 사슴과 피노키오 아저씨, 우리가 사랑하는 사람이 이미 거기에 있었다. 부추와 나는 강화도 나들길 위에서 처음 만났고, 우엉과 부추에게 강화는 제법 친숙한 공간이었다. 함께라면 잘 살아갈 수 있을 것 같았다.

그렇게 7월 18일 땅을 처음 구경했고, 일주일 만인 25일 땅 주인과 만났다. 호기롭게 나섰지만 지금껏 전세 계약서나 써봤지, 땅 매매 계약은 한 번도 해본 적 없었기 때문에 덜컥 겁이 났다. ‘기획 부동산 사기에 당하면 어떡하지?’ 그때 마침 뜻밖의 희소식이 들려왔다. 국자와주걱을 다니면서 알게 된 동네 아저씨에게 공인중개사 자격증이 있다는 얘기였다. 계약하던 날 우리 셋이 혹여나 일을 그르치진 않을까 싶어 사슴과 동네 아저씨, 사슴의 아들(그렇다, 우엉의 전남친이다.), 그 아들의 친구(인디 밴드 ‹악어들› 보컬을 맡고 있다.)가 총출동했다. 지금 생각해도 참말로 이상한 조합이다.

계약하던 그날도 비가 왔다. 사장님은 우리를 보고 놀란 기색이 역력했다. 땅 계약하러 이렇게 많은 사람이 온 걸 처음 봐서 놀랐고, 계약 당사자가 너무 젊어서 또 놀랐다. 사장님은 우리를 어떻게 불러야 할지 혼란스러워했다. 한참을 고민하다가 '젊은 사장님'이라고 부르면서 계약을 진행했다. 믿었던 동네 아저씨는 '공인중개사'다운 전문성을 발휘하지 못했지만, 우리는 '강화도 사람이 이렇게 잔뜩 와서 두 눈 부릅뜨고 지켜보는데 설마 사기를 치겠어?' 하며 안심했다. 오히려 우리가 사기를 쳤다. 원래 우엉은 사슴을 '엄마'라고 부르는데, 굳이 땅 주인 아저씨에게 구구절절 설명하지 않은 것이다. 땅 주인 아저씨가 계약 이후 우엉을 볼 때마다 '어머니 잘 계시냐, 가까이에 딸이 들어와서 사니까 좋겠네'라고 한 걸 봐선 아마도 사슴을 우엉의 진짜 엄마라고 생각한 것 같다.

어수선하고 복작복작한 상황에서 계약서에 도장을 찍었다. 내 집은 고사하고 한 번도 마당 딸린 집에 살아본 적 없던 우리가 졸지에 땅 주인이 됐다. 신기하면서도 기가 찼다. 물론 인천 부동산을 알아볼 때 우스개로 차라리 빈 땅 사서 집 올리는 게 더 빠르겠다고 말한 적은 있지만, 진짜 그럴 줄은 몰랐다. 대체 우리 무슨 사고를 친 거지?

자, 이것이 그동안 손님들에게 '대외비'라며 뭔가 그럴싸한 게 있는 듯 감췄던 사건의 전말이다. 남들은 땅을 계약하기 전에 입지가 어떤지, 어떤 장단점이 있는지 꼼꼼히 살핀다던데 우리는 그것마저 뒤늦게 확인하기 시작했다. 초지대교에서 10분 거리라 김포, 인천으로 나가기 편하고 화도와 강화읍을

잇는 2차선 도로가 집 앞을 지났다. 서울과 인천을 오가는 버스도 다녔다. 서울로 치면 초역세권인 셈이다. 정족산 위엔 단군이 세 아들에게 성을 쌓으라고 해서 만들어졌다는 전설의 삼랑성이, 성 안쪽엔 전등사가 포근하게 자리 잡고 있다. 땅에서 걸어서 10분 거리에 100년 넘은 한옥 성당이 있고 강화나들길(제주 올레길처럼 강화를 대표하는 도보 여행 코스 명칭) 3코스가 마치 운명처럼 이 모든 곳과 우리 땅 사이를 가로질렀다. 뭘 해도 재미있게 풀어갈 수 있는 정말 좋은 위치라는 걸 땅을 사놓고 확인한 셈이다. 역시 저지르고 볼 일인가 싶다.

우
엉

저희 금수저 아닙니다

우리가 아직 집 짓고 살기엔 젊어서 그런지 종종 '금수저'로 오해받기도 한다. 그랬다면 좋았겠지만, 달라도 너무 다른 나, 부추, 돌김에게 유일한 공통점이 바로 돈이 없다는 점이다. 함께 살자고 뜻을 모았을 때, 서로 잘 맞을지 궁금해서 타로 상담을 받은 적이 있다. 타로 봐주시는 분의 지시대로 각자 본인을 나타내는 카드를 뽑았는데, 셋 다 재력과는 거리가 먼 카드였다. "어머, 세 분 다 돈이랑은 거리가 머시네요." 타로 카드엔 이성과 감성, 재물, 열정을 나타내는 카드들이 있는데 우리는 모두 재물과 관련된 카드가 하나도 없었던 것이다. 그 말을 듣고 우리는 겉으론 웃었지만 속으로는 울었다. 셋 중에 한 명이라도 금수저였다면 우리의 함께 살기 프로젝트가 좀 쉽게 진행됐을는지 모르겠다. 하지만 우리는 금수저가 아니었으며, 독립적인 데다 부모님께 손 벌리기 싫어하는 사람들만 모여 있었다.

우리가 가진 자금은 부추김 부부의 7500만 원, 내가 가진 5000만 원이 전부였다. 모두 당시 살고 있던 집의 전세금이었다. 집을 짓기는커녕 땅을 사기에도 턱없이 부족한 돈이었다. 궁리 끝에 참여자를 한 명 더 모집해보기로 했다. 함께할 사람이 늘어나면 자금도 모이고, 공동체의 다양성도 넓어질 테니 일석이조였다. 부추와 돌김은 SNS에 문외한이었기 때문에 그나마 부추, 돌김 기준 '인싸'였던 나의 SNS에 홍보글을 올리게 되었다.

팔로워도 별로 없는 비루한 인스타그램 홍보글을 보고 연락해온 몇 사람들은 공동체에 관심 있는 예술가들이었다. 기쁘고 감사했지만, 결과적으로는 모두 불발이었다. 함께 집을 짓기 위해서는 현실적으로 어느 정도 목돈이 필요했고, 이 시대의 젊은 예술가들은 슬프게도 돈이 없었기 때문이다. 게다가 지금은 블로그나 인스타그램 등 다양한 소통 창구를 운영하고 있지만, 당시에는 우리가 어떤 사람들인지 알 수 있을 만한 매개체가 하나도 없었다. 나 같아도 누군지도 모르는 사람들과 살아야 된다고 하면 고개를 절레절레 저을 것이다. 결국 우린 다시 세 명이 되었다.

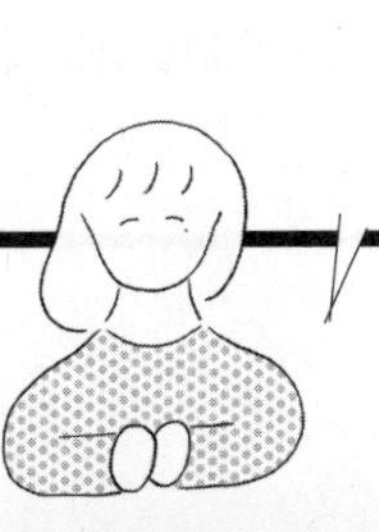

우엉 "저희 금수저 아닙니다"

당시 강화도 정족산 아래 그 땅은 평당 80만 원. 텃밭까지 더해 땅값만 1억이 넘었다. 쫄보인 나와 돌김이 머뭇대는 순간, 고맙게도 부추가 먼저 대출을 받겠다고 선뜻 나섰다. 우린 부추가 받은 신용대출로 일단 땅을 샀다. 물론 땅은 세 사람의 공동 명의로 했다. 서로 남남인데 대체 뭘 믿고 그러냐는 사람들도 있었지만, 우리는 집을 짓는 과정 내내 그때그때 돈을 마련할 수 있는 사람이 일단 내고, 마지막 총액만 1/n로 맞추기로 했다. 지금 생각해보면 서로에 대한 엄청난 신뢰가 있었기에 가능한 일이었다.

돈에 대해서는 할 말이 참 많다. 완공 6개월 후에도 주택담보대출을 받았으니 집 짓기와 돈은 떼려야 뗄 수 없는 관계다. 바꿔 말하면 돈이 계획적으로 준비되어 있으면 모든 과정이 수월하다는 얘기다. 일단 부추 덕분에 땅을 구입한 직후 토지 등기 비용으로 500만 원이 필요했다. 다행히 내가 모아둔 비상금을 털어 등기 비용을 충당할 수 있었다. 500만 원짜리

토지 소유증은 두툼했고, 우리를 뿌듯하게 만들었다. 만날 때마다 서로 두 손을 공손히 모으고 "아이고~ 지주님~." 하며 깔깔 웃곤 했다. 집을 짓기 위해 건축 회사와 계약할 때는 돌김이 계약금 200만 원을 선뜻 내놓았다. 그렇게 각자의 비상금이 털리고 그 다음부터 본격적인 '쩐의 전쟁'이 시작되었다.

공사 대금은 약 6개월 동안 총 3회에 걸쳐 냈는데, 공사

시작 전 미리 계약 기준 건축비의 10%를 지불했다. 건축비의 10%는 약 1600만 원이었는데, 내가 신용대출을 받아 지급했다. 그리고 공사가 진행됨에 따라 잔금을 치렀다. 계약서상으로 우리는 착공 한 달 전에 40%(1차)를 지급하고, 골조 타설 완료 후 40%(2차), 준공 접수 전 잔금 10%(3차)를 내야 했다. 그 외에도 건축 인허가 비용이며, 감리비며 자잘하게 내야 할 비용이 많았다. 건축 인허가 비용 900만 원과 설계비 계약금 200만 원은 돌김이, 설계비 잔금 950만 원과 감리비 400만 원은 내가 은행에서 신용대출을 받아 충당했다. 부추에 이어 돌김과 나도 본격적으로 빚이 생기기 시작했다. (시작했다고 표현하는 것은 앞으로 더 있다는 점을 강조하기 위함이다.)

집 짓기는 철저한 계획과 계산이 필요한 과정이었다. 여유 자금이 없었기 때문에 전세 계약 종료일이 언제인지, 보너스가 언제 들어오는지 등 돈이 생기는 타이밍을 미리 염두에 둬야 했다. 건축비를 언제 내야 하는지, 어떻게 돈을 준비할지도 생각해놓아야 차질 없이 진행할 수 있었다. 생활비도 크게 줄였다. 필요 없는 물건과 가구들은 중고 물품 거래 어플을 이용해 내다 팔았고, 외식은 한 달에 한 번만 하기로 했다. 티끌 모아 티끌이라지만, 그거라도 모아야 했던 시기였다. 처음으로 큰돈이 필요했던 1차 건축비는 1억이 조금 넘었다. 부추와 돌김은 살던 집에서 나와 전세금을 고스란히 건축비로 내놓았다. 그래도 부족한 부분은 나와 돌김이 대출을 받아서 보탰다. 1차 건축비는 부추김 부부 전세금이 큰 역할을 해주었지만, 문제는 2차였다. 또 1억이 넘는 돈이 나올 구멍이 없었다. 남

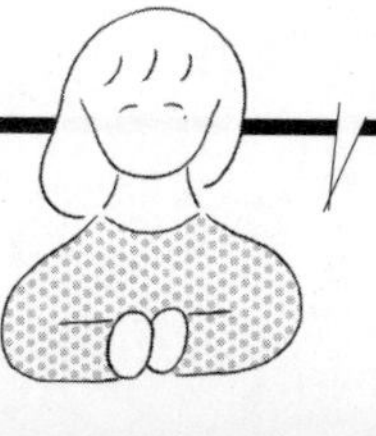

은 것은 나의 전세금이었는데, 당시 내 전셋집에 셋이 모여 살고 있었기 때문에 집을 빼려야 뺄 수도 없었다. '이대로 길바닥에 나앉아야 하나' 싶었던 순간 우리에게 한 줄기 희망이 비쳤다. "맞아! 땅을 샀으니까 담보로 대출을 받을 수 있잖아?" 그길로 토지담보대출을 알아보았다. 6300만 원까지 대출받을 수 있었다. 다행이었다. 남은 금액은 내가 3000만 원, 부추가 1700만 원으로 나누어 교직원공제회에서 대여받기로 했다. 교직원공제회는 대출 과정이 그리 복잡하지 않았다. 재직증명서를 제출하는 순간만큼은 교사라는 직업에 감사할 수밖에 없었다.

2차 회비를 치르고 정화조를 설치하는 데 약 450만 원이 들었다. 일반 가정집이 아니어서 생각보다 비쌌다. 아니, 사실 예전에는 정화조가 얼마인지 생각해본 적조차 없었다. 똥통이 이렇게 비싸다니. 똥통이 아니라 똥통님이었다. 정화조 설치비는 부추가 부담했다. 나는 훗날 집에 방문한 친동생에게 "야, 정화조 얼마짜린 줄 알아? 물 내리면서 감사하게 생각해." 하고 생색을 많이 냈다. 2차 건축비를 내고 나니 어느새 집은 골조가 완성되어 있었다. 내·외장재 작업을 하기 전에 전기 공사와 에어컨 배관 설치를 하기로 했다. 그렇게 해야 보기 싫은 전선들을 벽 속으로 숨길 수 있었기 때문이다. 전기 공사는 원래 100만 원으로 예산을 잡았는데, 에어컨 때문에 100만 원을 더 내야 했다. 최근까지 우리 속을 썩인 에어컨은 방마다 1대씩, 그리고 1층 거실까지 총 5대였다. 실외기가 비싸서 800만 원가량 들었다. 부추는 땅을 구입하면서 먼저 돈을 많이 부담했기 때문에, 자잘한(?) 비용들은 돌김과 내가 되는 대로 준비했다. 몇백만 원, 몇십만 원씩 드는 비용은 추가 대출을 받거나, 모은 돈으로 어찌저찌 해결했다. 마지막 3차 회비가 문제였다. 집을 지으면서 추가 비용이 들었고 총 건축비는 2억 6천만 원으로 늘었다. 건축비의 10%가 2600만 원이었다. 원래 계획은 집 완공과 내가 살고 있던 전셋집 계약 종료 시기를 맞추는 것이었다. 내 전세금이 생기면 그 돈으로 잔금을 내고 우리는 강화도에 바로 들어가자고. 그러나 인허가며 각종 절차가 늦어지면서 완공이 예정보다 늦어졌고, 내 전세 계약 종료일도 다가오고 있었다. 추가로 대출받을 곳도 없어서 정말 막막했는데 다행히 집주인의 배려로 집이 완공될 때까지 3개월 정도 계약을 연장할 수 있었다.

집은 목표했던 시기보다 두 달 늦은 2월 중순에 완공되었다. 완공 후에도 상수도며 측량이며 준공 검사 등 돈 드는 일들이 우릴 기다렸지만 셋에게 그 정도는 이제 아무것도 아니었다. 다시 한 번 말하지만 돈이 있어서가 절대 아니다. 그때 우리의 경제관념은 좀 이상했다. 평생 아끼며 살아오다 집을 지으며 빚이 억 단위로 생기니 몇십만 원쯤은 별거 아닌 듯 느껴졌다. 물론 요즘은 다시 경제관념이 예전으로 돌아와 십만 원에도 발발 떨긴 하지만.

혹시 우리처럼 집을 직접 짓고 싶다면! 근데 돈이 없다면? 사람을 모으길 바란다. 아무리 시골이라도 땅을 사고 집을 짓는다는 건 혼자 하기 힘든 일이다. 그래도 셋이 모여 힘을 합치니 어떻게든 되더라. 빚도 함께 지면 용기가 생긴다.

우엉

"저희 금수저 아닙니다"

집 짓기 비용 총정리(a.k.a 빚잔치)

땅값 ------------------------ 1억 1400만 원 (부추 대출)

토지 등기 ---------------------- 500만 원 (우엉 비상금)

건축사 계약금 ------------------ 200만 원 (돌김 비상금)

⁂ ⁂ ⁂ ⁂ ⁂ ⁂ ⁂ ⁂ 공사 대금 ⁂ ⁂ ⁂ ⁂ ⁂ ⁂ ⁂ ⁂

선금(10%) ---------------------- 1600만 원 (우엉 대출)

1차(40%) ------- 1억 1210만 원(부추김 전세금 + 우엉, 돌김 대출)

2차(40%) -------------------- 6300만 원(토지담보대출) +

3000만 원 + 1700만 원(우엉, 부추 교직원공제회 대여)

3차(10%) ---------------------- 2600만 원 (우엉 전세금)

건축 인허가 비용 ------------------ 900만 원 (돌김 대출)

설계비 ------------------------- 1155만 원 (우엉 대출)

감리비 -------------------------- 400만 원 (우엉 대출)

정화조 설치비 -------------------- 450만 원 (부추 비상금)

전기공사 및 에어컨 --------------- 1000만 원 (돌김, 우엉)

⁂ ⁂ ⁂ ⁂ ⁂ ⁂ ⁂ 그 외 비용들 ⁂ ⁂ ⁂ ⁂ ⁂ ⁂ ⁂

사전 측량비 ------------------------- 40만 원 (돌김)

상수도 공사비 ---------------------- 100만 원 (부추)

준공검사용 측량비 ------------------- 70만 원 (돌김)

⁂ 인테리어 비용은 제외

왜 셋이 같이 살아? 집까지 짓겠다고?

“얼마 들었어요?” 다음으로 많이 듣는 질문이 “왜 셋이 살아?”, “왜 시골에서 살아?”다. 여기에는 ‘굳이?’, ‘괜찮아?’, ‘특이하다’ 등 다양한 뜻이 함축되어 있다. 특히 내놓을 거(진짜 건물) 없이 셋이 살기로 결정만 한 시기에는 “다른 사람들과 함께 살 단독주택을 지으려고요. 셰어하우스처럼요.”라고 하면 사람들은 마치 자신의 일인 양 걱정 어린 시선을 보내며 별 얘기를 다 했다.

다양한 말말말 중에서도 특히 기억에 남는 것은 A부장님의 말이다. A부장님은 재테크에 관심이 많은 중년 남성이었

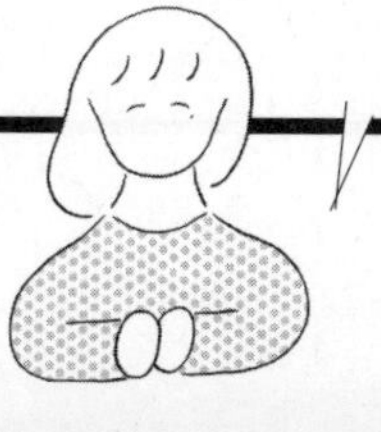

다. 그분께는 새까맣게 어린 후배가 시골에서 친구들과 같이 살면서 책방을 하겠단 말이 그저 사업으로만 느껴지신 모양이다. A부장님은 안타까운 표정으로 왜 하필 강화도냐며, 이왕이면 영종도 땅으로 사지 그랬냐고 책상을 그렇게도 탕탕 치셨다. 비슷한 사례로 덜컥 집 지었다가 집값이 떨어지면 어떡하냐고 걱정(?)해주는 분들도 많았다. 얼마 전 신도시의 고층 아파트를 분양받은 분은 단독주택은 지어봤자 본전도 못 뽑는다며 진심으로 안타까워하셨다.

그래도 이런 식의 질문이나 참견에는 웃으면서 대응하면 무리 없이 넘길 수 있었지만, 여러 가지 의미로 황당스러운 질문들도 있었다. 너무 당황한 나머지 아무 말도 못 한 것이 억울해서 여기서라도 시원하게 답해보려 한다.

우리가 들었던 황당한 질문 몇 가지

Q. 신혼부부랑 같이 살면 불편하지 않아?
(뭉근한 목소리로) 특히 밤에.

A. 놀랍게도 나는 이 질문을 몇 번이나 들었다. 묻는 사람 딴에는 재밌자고 하는 소리였겠지만, 들을 때마다 재미도 없고 무례한 질문이란 생각이 든다. 이런 사람들에게 되레 묻고 싶다.
"넌 부모님이랑 같이 살면 불편하지 않아?
금슬 좋으시잖아."

Q. 한집에 같이 살면 부부관계는 어떻게 하니?

A. 위 질문과 비슷한 맥락인데, 사람들의 관심사는 참 비슷비슷한가 보다. 아니, 방이 다른데 무슨 상관이 있단 말인가. 내가 손가락에 침 묻혀서 문풍지 뚫어 훔쳐볼 것도 아닌데…. 방 한 칸에 자식 5명이 붙어서 자던 시절에도 역사는 잘만 이루어졌다. 그리고 솔직히 말하자면 부추김 부부는 현재 플라토닉 사랑 중이다. (이걸 써도 되냐고 물어보니 부추김은 "사실인걸 뭐…."라며 미소를 지었다.)

Q. 셋이 싸우면 어떡해? 집은? 땅은?

A. 싸우면 화해하면 됩니다! 사실 우리는 일명 '7년의 맹세'를 했다. 7년의 맹세란 서로 머리채를 쥐어뜯으며 '재랑은 도저히 못 살아!' 하더라도 최소한 7년은 같이 살기로 한 약속이다. 나가려면 땅과 집문서를 두고 나가야 한다.(더 자세한 내용은 223 페이지 참고.)

Q. 젊은 사람들이 한참 열심히 일할 나이에 왜 시골에서 자기들끼리 편하게 살려고 해요?

A. 시골살이를 은퇴 후 여유 있게 살아가는 모습으로만 생각하는 것 같다. 젊은 사람들이 열심히 일해서 산업역군이 돼야 한다는 소리도 들었다. 순간 1970년대를 살고 있는 건가 싶더라. 시골에서도 삶은 치열하게 이어지고 있고, 무엇보다 우린 이 공간이 좋고 여기에서 하고 싶은 일들이 명확하게 있다. 우리 엄청 바쁘다!

우엉

"왜 셋이 같이 살아? 집까지 짓겠다고?"

가족들의 반응은?

많은 사람들이 우리를 놓고 왈가왈부 잔소리를 했기에 원가족에게 이야기했을 때 어떤 말을 들을지도 두려웠다. 어엿한 성인이고 독립하여 각자의 삶을 잘 꾸려나가고 있으니 당당하려 했지만 사실 시골에서 집 짓고 책방 하며 살겠다는 20~30대 자식이 세상에 몇이나 있겠는가. 하지만 실제 가족들의 반응은 걱정과는 사뭇 달랐다.

1. 우엉의 가족

나, 우엉의 원가족은 부모님과 연년생 여동생, 6살 차이의 막내 남동생, 강아지 1마리, 고양이 1마리로 이루어져 있다. 나의 독립적인 성격은 원가족에게서 비롯되었으며, 가족들은 서로에게 크게 터치하지 않는다. 부모님은 "나 오늘 클럽 갔다 올게." 하면 그러든가 말든가 다음 날 첫차를 타고 와도 별다른 말씀이 없는 타입이었다. 덕분에 나는 보수적이라는 경상도에서 또래 친구들에 비해 자유롭게 살아왔다.

솔직히 고백하자면 부모님의 첫 반응은 "만다고 그라노! (뭐 하러 그러니?)"였다. 곧 결혼도 하고 애도 낳으며 살아야 하는데 왜 그러냐는 거였다. 시골로 이사한다는 것도 "나중에 나이 먹으면 가면 되는데, 젊은 나이에 만다고 그라노." 하셨다. 평소 우리 부모님은 개방적이셔서 별다른 말씀이 없을 거라 생각했는데 대한민국에서 '정상가족'이라는 틀이 얼마나 견고한 성역인지 다시 한 번 느꼈다. 다행히 격렬한 반대는 아니었고, '굳이 뭐 하러 그러지? 참 이상한 딸이야' 정도에서 그쳤다. 물론 내가 결혼도 안 하고 애도 안 낳으려고 하는 것에 대해선 "언니(부추)랑 노니까 그렇지!"라며 놀지 말라고 하신 적도 있지만, 나중에는 셋이 쓰라며 건조기도 사주시고 갈비도 재워 보내주셨다. 참고로 그 갈비는 우리보다 손님들이 많이 먹었다.

2. 부추의 가족

부추의 가족들은 셋이 사는 것에 대해서는 별말씀 없이 그러려니 했다. 부추는 평소 "우리 집은 좀 보수적이야."라고 말하곤 했는데, 실제로 부추는 원가족으로부터 꽤 성공적으로 독립한 상태였던 것이다. 돌김과의 결혼 이후로 부추가 마음대로 살게 놔두신다. 참고로 부추의 시아버지(돌김의 아버지)는 처음에 내가 남자라고 생각하셔서 화들짝 놀라셨다가 여자인 걸 아시곤 "그럼 됐다." 하셨다.

번외로 부추의 가족은 우리 셋의 가족 중에서 이 집에 가장 많이 방문해주셨는데, 친척들까지 함께 오시기도 했다. 부추의 가족이 처음 놀러 온 날, 돌김이야 '안서방'이자 부추의 남편이니 이미 그들에겐 소중한 가족이지만 나에 대해서는 말만 들었지 실제로 조우한 건 처음이었다. 부추의 가족들은 나의 어색한 인사에 "안녕하세요. 반가워요~." 하고 경어로 인사를 받아주셨다. 그리고 바리바리 싸 온 쑥개떡이며 호빵을 꺼내시며 계속 먹어보라 하셨다. 마치 시골 할머니 댁에 온 것 같은 기분이었다. (덕분에 나는 부추의 가족을 무척 좋아한다.)

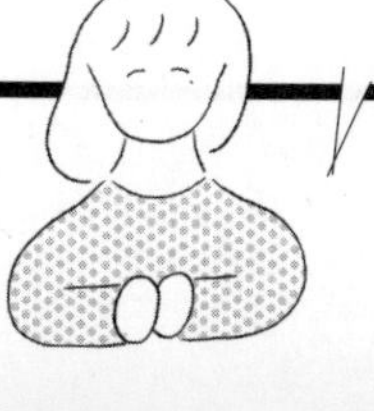

우엉

"왜 셋이 같이 살아? 집까지 짓겠다고?"

3. 돌김의 가족

돌김의 아버지는 전혀 무반응으로 대응하셨다. 돌김이 이미 오래전부터 하도 자기 마음대로, 하고 싶은 대로 살아왔기 때문에 이골이 나신 모양이었다. 어머니는 셋이 사는 것 자체에 대해서는 이렇다 할 반응이 없으셨다. 웬 모르는 여자(우엉)와 같이 산다는 충격보다 멀쩡히 직장 잘 다니던 돌김이 일을 그만둔다고 하니 그게 더 걱정이셨다. 돌김 어머니는 지금도 이틀에 한 번꼴로 전화하셔서 하고 있는 일은 잘되는지 물어본다. 또 하나 걱정이 있다면 강화도에 산다는 것인데 이유는 북한과 너무 가까워서다.

결론

최대한 너그러움을 발휘해 받아들이면, 주변인들은 나름대로 각자 자신의 경험에 따라 우리에게 걱정 어린 조언을 아낌없이 베풀었다고 할 수 있다. 어떤 이에게는 안정적인 수입이, 어떤 이에게는 행복한 가정이 우선순위이니까. 다만 우리는 그들에게 “뭐 하러 결혼해서 애 낳고 살아요? 육아 힘들지 않아요?”, “왜 답답하게 아파트에 살아요? 전원주택이 훨씬 좋은데.”라고 조언하지 않을 뿐이다.

책방은 돈이 안 되고, 시골에 사는 건 생각보다 쉽지 않을 거라는 식의 이야기들을 웃으며 넘겨왔지만 솔직히 그런 말을 했던 사람들은 과연 자립이나 공동체에 대해 얼마나 생각해봤을까? 우리는 ‘시점 프로젝트’를 하며 우리가 목표로 하는 가치를, 스스로 서서 더불어 살아가기 위한 삶의 방식을 수차례

묻고 생각해왔다. 자본주의적 이득을 노리며 한 선택이 아님에도 불구하고, 어떤 사람들은 결국 후회하게 될지도 모른다고 우리에게 겁을 준다. 어쩌면 주변인뿐만 아니라 사회 분위기가 그렇다. 젊은이에게 인생은 한 번이라며 하고 싶은 것을 해보라고 하면서도, 막상 뭔가를 시작하면 "그게 되겠니?" 하고 헛기침하며 아는 체한다. 그럼에도 불구하고 하고 싶은 것이 있고 그 가치를 확신한다면, 흔들리지 않아도 된다. 듣기 싫은 말은 귓등으로 흘리자. 어차피 내 인생에 대해 가장 깊이 생각한 사람은 나 자신이니까.

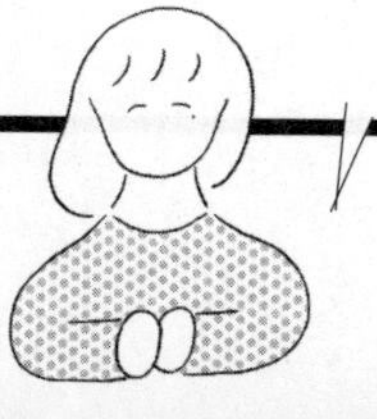

우엉

"왜 셋이 같이 살아? 집까지 짓겠다고?"

돌
김

뭘 하면서 먹고살까?

중고등학생 시절 나는 문방구나 책방 주인의 아들로 다시 태어나길 바랐던 적이 많다. 그때 아빠는 신문 판촉 일을 하느라 일주일씩, 열흘씩 전국 출장을 다녔다. 아빠가 주는 용돈은 늘 빠듯했기 때문에 갑자기 학교에서 준비물이나 책을 사라고 하면 여간 당혹스러운 게 아니었다. 반에는 꼭 문방구나 책방 주인 아들이 한 명씩 있었는데 필요한 게 있으면 그냥 가져올 수 있는 그들의 여유가 참말로 부러웠다.

책방집 아들이 되고 싶었던 내가 시골에서 책방을 열었다. 인생은 정말 모르는 일이다.

강화도에서 뭐 하고 살까?

2016년 여름, 강화도에 땅을 샀다. 그것도 꽤 큰 돈을 빚지고서 말이다. 저지르고 나서 수습하기, 내 인생은 늘 이런 식이었다. 문제는 부추와 우엉도 마찬가지란 거였다. 그제야 현실적인 질문들이 꼬리에 꼬리를 물었다. 출퇴근을 할 수 있으려나? 강화도에서 서울 광화문 직장까지 얼마나 걸리는지 알아보려고 지도 어플을 켜봤다. 대중교통 편도 2시간 30분, 3회 환승이라는 안내를 보자마자 화면을 꺼버렸다. 직장은 어떻게 하지? 특별한 기술이 있는 것도 아닌데, 시골 강화도에서 무슨 일을 할 수 있을까? 현실적인 고민들이 뒤따랐다. 둘은 교사였고 근무지를 바꿀 수 있었기 때문에 내 일만 해결하면 됐다. 특별한 기술이 있는 것도 아니고 강화도에 일자리가 많은 것도 아니니, 직접 일을 만들어야겠다고 생각했다. 설령 일자리가 많았다고 해도 직장을 선택하진 않았을 것 같다. 직장생활을 9년 동안 했는데 시간이 갈수록 나에겐 맞지 않는 옷이라는 생각이 들었다. 직접 기획하고 실행하고 책임지는 '나의 일'을 하고 싶었다.

강화도에서 살게 된다면 무슨 일을 만들 수 있을까? 생각보다 고민을 오래 하진 않았다. 우리의 결정 방식은 언제나 단순했다. '하고 싶은가? 그렇다면 일단 한다.' 이게 끝이었다. 일단 셋 모두 독서 모임을 시작으로 여기까지 왔을 만큼 책을 좋아했고, 책이 있는 공간을 사랑했다. 가만 생각해보면 평일 내내 아등바등 일해 번 돈으로 주말마다 조용한 동네 책방이나 시골 마을을 찾아다녔다. 우리가 강화도에 땅을 살 무렵 전국

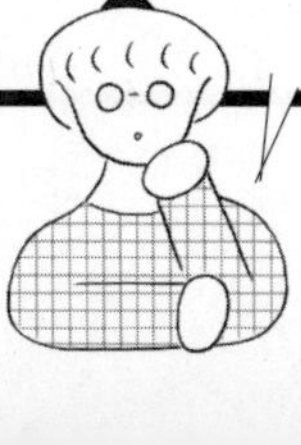

각지에 작은 책방이 하나둘씩 늘고 있었다. 이런 곳들은 판매하는 책의 종수도 많지 않았고 할인도 안 해줬지만 도심 한복판의 대형 서점이나 온라인 서점에서는 경험할 수 없는 '뜻밖의 발견이 주는 기쁨'을 선사했다. 그런 책방만 골라 여행하는 문화가 생길 때라 해봄직한 시도라고 생각했다. 그런 점에서 우리가 살기로 한 강화도는 도시보다 접근성은 떨어지지만 오히려 책 자체에 집중할 수 있는 공간이 될 수 있겠다는 생각이 들었다. 게다가 우리 땅에 직접 집을 지으면 매달 임대료를 안 내도 되니 운영하는 데도 큰 부담이 없을 것 같았다. 우리도 책방을 해보자고 마음을 모았고, 나도 이 일이라면 재미있게 해볼 수 있겠다는 결심이 섰다.

몸풀기만 3년, 전국 책방 여행기

책방을 하겠다고 마음먹었지만 실제 집을 완성하고 책방 공간을 열기까지는 3년 가까운 시간이 필요했다. 돈을 비롯해 현실적인 이유 때문에 생각보다 시간이 많이 걸렸다. 빨리 책방을 열고 싶은 마음에 3년이 참 더디게 느껴졌지만 지나고 보니 새로운 변화를 준비하기 위해 필요한 시간이었다는 생각이 든다.

처음엔 책과 책방을 다룬 책을 미친 듯이 읽기 시작했는데 마스다 무네아키의 ‹지적 자본론›을 읽고 큰 충격을 받았다. 고객 중심의 취향을 제안하는 츠타야 서점으로 큰 성공을 이룬 작가의 책이라 책방을 준비하는 사람들에겐 일종의 기본 입문 교재다. 기존 서점들이 도서관에서 사용하는 십진분류법을 그대로 적용해 책을 분류할 때, 츠타야는 이 분류법을 과감히 폐기하고 고객의 관심과 연관 주제로 서가를 재구성했다. '프랑스'라는 주제를 예로 들자면 기존 서점은 문학, 역사, 여행 섹션에 책들을 나누어 배치해 필요한 책을 하나하나 찾아야 하는 방식인 반면 츠타야는 프랑스와 연관된 모든 책들을 한곳에 모아두고 고객을 향해 제안하는 방식이었다. 이 책을 보면서 어렴풋이 큐레이션 개념을 알게 됐고, 어떻게 책방 공간을 꾸리고 제안할 것인지 진지하게 고민하게 됐다.

그때부터 모든 여행은 책방 탐방으로 집중됐다. 강원도, 제주도, 인천, 충청도 등등. 조금만 똑똑했다면 이때의 기억을 토대로 책을 내는 건데 하는 아쉬움이 들 만큼 많은 책방을 다녔다. (역시 누군가가 최근에 이 주제의 책을 냈다.) 단골이었던 국자와주걱의 책방지기 사슴이 여행을 떠나 나흘 정도 대신 봐줄 사람이 필요하다는 소식을 듣고 사흘 연차를 내고 책방지기를 하기도 했다. 그렇게 꽤 오랫동안 책방에 미쳐 있었다. 직장에선 직접 사내 도서관을 만들어 1년 정도 운영하기도 했다. 퇴사 전엔 본업보다 도서관 관리에 공을 더 들일 정도였다. 한정된 예산으로 책을 고르고 좁디좁은 복도 공간에 책 진열하는 방법을 고민한 경험들이 꽤 유익했다.

우리가 하고 싶은 책방은?

책방을 다니고 공부를 할수록 우리는 어떻게 다르게 운영해야 할까 고민이 깊어졌다. 대부분의 작은 동네 책방들은 유명세와 상관없이 지속적인 운영을 고민하고 있었다. 3년을 버

티면 성공했다는 이야기가 괜히 나온 게 아니었다. 좋아하는 일을 시작하는 낭만은 잠시지만 현실은 그리 녹록지 않았다. 기왕이면 좋아하는 책방을 오래 하고 싶었다. 하지만 현실적으로 책으로만 생계를 유지하긴 어려울 것 같았다. 게다가 시골에서 책방이라니! 내 목표는 책방을 지속적으로 운영하면서 첫 직장 수습 생활할 때 받았던 월급(약 130만 원)만큼은 버는 거였다. 그런데 아무리 낙관적으로 계산해봐도 책방 운영만으로는 그게 불가능해 보였다.

우리는 크게 세 가지 관점에서 고민을 이어갔다. 먼저 강화도라는 공간의 한계와 가능성을 다시 살펴보기로 했다. 강화도는 시골 섬이지만 서울과 인천, 김포를 잇는 대중교통편이 많았다. 주말이면 수도권에서 하루 이틀씩 체류하는 여행객들이 부담 없이 찾는 곳이기도 했다. 체험, 도보 여행 등 여행의 방식도 다양했다. 무엇보다 인구 규모에 비해 독서 모임이나 책방이 많았다. (우리를 포함해 다섯 곳의 책방이 영업 중이다.) 두 번째로 공간을 이용할 사람들, 특히 우리 또래를 중심으로 살펴봤다. 일과 행복, 변화와 안정, 도전과 불안 속에 부유하는 사람들이 보였다. 이들에게 책은 전처럼 정답을 주진 못했지만 여전히 많은 영감과 용기를 주는 매체라는 확신이 들었다. 그렇다면 이들에게 책을 제안하는 방식도 달라질 수 있지 않을까? 마지막으로 라이프 스타일의 관점에서도 고민해 봤다. 여럿이 왁자지껄하게 여행하기보다 혼자나 마음이 맞는 친구 한두 명과 자기 취향대로 하는 여행을 선호하는 경향이 보였다. 번잡한 곳이 아닌 자기만의 '케렌시아(몸과 마음이 지쳤을 때 휴식을 취할 수 있는 나만의 공간을 뜻하는 스페인어)' 같은 공간에서 아무것도 하지 않기 위해 여행하는 사람들도 있었다. 나는 그런 잉여의 시간이 중요하다는 생각이 들었다. 자기만의 시간, 공백이 있어야 새로운 무언가를 모색할 수 있다고 믿기 때문이다.

고민 끝에 우리가 만들고 싶은 공간에 대해 정의를 내렸다. 누군가에게 오래 머물면서 자기 생각을 정리하는 공간, 작지만 새로운 시작을 모색할 수 있는 놀이터, 결이 통하는 사람들끼리 작당 모의할 수 있는 베이스캠프 같은 공간이 되면 좋겠다고 생각했다. 거기에 가장 적합한 방식은 북스테이(책방+게스트하우스)였다. 북스테이를 하면 일주일의 절반 정도는 안정적인 운영을 할 수 있겠다는 계산이 섰다. 책 역시 고민과 질문, 다름과 대안을 모색하는 이야기를 중심으로 큐레이션을 하기로 했다. 화~목요일은 평소 책방을 찾는 손님이 많이 없기 때문에 워크숍 공간으로 대관하고 지역 주민을 위한 독서 모임, 인문학 강좌 등의 프로그램을 만들면 효율적으로 공간을 활용할 수 있을 것 같았다. 3년 공부 끝에 나온 결론이었다. 돈을 벌 자신은 없지만, 적어도 좋아하는 책방 일을 계속 해나갈 수 있겠다는 희망이 생겼다.

여기는 '시점'입니다

집을 짓고 거기서 책방을 열기로 결심한 뒤, 우리에겐 새로운 고민이 생겼다. 바로 책방의 이름을 짓는 거였다. 우엉은 단골 책방이던 '국자와주걱'처럼 주인을 잘 나타내주는 이름이었으면 좋겠다고 했고, 돌김은 통영 '봄날의책방'처럼 떠올렸을 때 따뜻한 느낌이 나는 이름이면 좋겠다고 했다. 나는 경제성을 중요시하는 사람이라, 다양한 의미를 담을 수 있는 표현이었으면 좋겠다고 생각했다. 역시 우리는 참 다르다.

셋 다 이름에서 중요하게 여기는 부분이 달랐지만, '책방'이라는 단어가 앞에 왔으면 좋겠다는 생각만큼은 일치했다.

책방만 해서는 먹고살기 힘들 거라는 걸 알기에 북스테이도 겸하기로 했지만, 우리가 하려던 것은 책을 파는 일이었다. 책방의 정체성을 잃지 않도록 이름 앞에 '책방'을 써서 강조하기로 했다. 이제 책방 뒤에 들어갈 단어만 찾으면 된다. 우리는 책방 뒤에 온갖 단어들을 붙여보며 이름 만들기를 시작했다. 두 시간 동안의 회의에도 끝이 나지 않자, 일주일 동안 각자 책방 이름을 생각해 오기로 했다.

나는 그 뒤로 책방 이름 만들기에 몰입했다. 내가 만든 이름이 뽑힌다면, 책방을 하는 내내 생색을 낼 수 있기 때문이었다. 길을 걷다가 간판들이 보이면 '책방'을 살포시 얹어보았다. '책방 김밥', '책방 천국', '책방 파리', '책방 바게트'…. 버스를 타고 가다 창밖으로 보이는 것들 앞에도 책방을 붙여 보았다. '책방 나무', '책방 하늘', '책방 사람', '책방 가게'…. 집에 오면 책꽂이에 꽂혀 있는 책 제목에 '책방'을 끼워 보았다. '책방 침묵', '책방 마음', '책방 소유', '책방 나와 너'…. 그렇게 책방 이름 짓기 놀이가 한창이던 때 갑자기 내게 '시점'이라는 단어가 훅, 들어왔다.

우리가 터를 잡게 될 곳은 책방 국자와주걱에서 가까운 거리에 있었다. 이미 있던 책방과 경쟁 구도가 되진 않을까 고민이 됐다. 다른 책방들과 콘셉트가 겹치지 않게 우리는 시를 주로 다루는 서점을 해보면 어떨까 생각하던 참이었다. 시집을 파는 서점을 어떻게 표현하면 좋을까 하다, '시 서점'을 줄여 '시점'이라고 만들어보았다. 게다가 시점은 다양한 의미를 가지고 있는 단어라서 내가 생각하는 경제성에도 딱 맞아떨어졌다.

하지만 시점이라는 단어가 딱딱한 느낌이라 이대로 회의에 나가면 밀릴 것만 같았다. 내친김에 책방의 모토까지 지어보기로 했다. '시'라는 단어가 들어가면서 그럴듯한 문장을 여러 개 만들기 시작했다. '시를 읽다, 삶을 읽다', '시하다 실하다', '시름시름 앓지 말고 시를 읽자'…. 오글거리고 말도 안 되는 문장이라도 마구 끄적이다 보니, 다시 한 번 뼈를 때리는 순간이 찾아왔다.

'시점(詩店) - 모든 삶은 시가 된다'

어떤 삶의 흔적을 가진 손님이라도 하나의 시처럼 소중히 여기는 만남을 바라는 뜻을 담았다.

곧이어 나는 노트북을 꺼내 발표 자료를 만들기 시작했다. 비록 우리 셋이 가볍게 만나 이야기하는 자리였지만, 생각을 말로만 전하면 가볍게 날아갈 것만 같았다. 같이 살고 있던 돌김이 무얼 하나 쳐다보면 노트북 화면을 얼른 가리며 철저하게 비밀에 부쳤다. 새벽까지 타닥타닥 키보드 자판을 두드렸다. '이만하면 됐어! 이렇게까지 했으니, 내 노력을 가상하게 봐서라도 통과시켜주겠지.' 벌겋게 달아오른 눈을 한 채 약속장소로 향했다.

나는 자리에 앉자마자 자랑스럽게 노트북을 꺼내 들었고, 나의 철저한 준비성에 다들 학을 뗴었다. 지금은 우엉과 돌김 둘 다 자신이 무슨 이름을 냈었는지 기억이 안 난다고 하는 걸 볼 때, 나만 죽자 살자 달려든 게 아닌가 싶다. 다들 이게 뭐라고 이렇게까지 준비했나 싶었을 거다. 내 예상대로 우엉과 돌김은 나의 고생을 무시하지 못했다. 그렇게 내가 가져온 '책방시점'이라는 이름이 무사히 책방 이름으로 결정됐다.

그날 회의 자리에는 사슴도 함께했다. 그때까지만 하더라도 국자와주걱 2호점을 자청하며 시집 전문 서점으로 방향을 잡았었지만, 본격적으로 책방을 준비하면서 계획을 바꾸게 되었다. 시집만 팔아서는 빚을 갚을 수 없다는 현실도 한몫했지만, 결정적으로 우리 셋 다 시를 즐겨 읽지 않는다는 치명적인 오류가 있었다. 집에 꽂혀 있는 시집은 다섯 손가락으로 세어 볼 수 있을 정도였다. 우리가 즐기지 않는 것을 책방을 찾아준 손님께 권할 수는 없었다. 꼭 국자와주걱과 파는 책 종류를 달리하지 않아도, 책방을 만들어가는 사람이 다르니 자연스럽게 다른 분위기를 풍길 수 있을 거라고 생각했다. 국자와주걱과 어떻게 상생할 수 있을지는 차차 생각해보기로 했다.

'시점'이라는 단어를 떠올리게 해준 '시 서점'은 포기했지만, '책방시점'이라는 이름은 그대로 유지했다. '모든 삶은 시가 된다'라는 모토도 살리기로 했다. 이 무렵 우리의 함께 살기 프로젝트의 이름도 '시점 프로젝트'라고 부르기 시작했다. 이 이름으로 팟캐스트도 진행했고, 책방을 실제로 운영하면서 '시점'의 의미를 더 다듬어갔다.

'시점'에는 세 가지 의미가 담겨 있다. 돌김과 우엉, 나 세 사람의 이야기가 담긴 곳이라는 의미로 '시점(視點, view point)'이기도 하고, 지금 여기를 소중하게 여긴다는 의미로 '시점(時點, time point)'이기도 하며, 이것이 우리 셋이 살면서 시도하는 작은 시작점일 뿐이라는 의미로 '시점(始點,

start point)'이기도 하다.

책방을 찾은 손님들께는 처음부터 의도한 것처럼 '책방 시점'의 의미를 멋들어지게 말한다. 시점에 담긴 세 가지 뜻을 들은 손님들은 이름을 잘 지었다고 말씀해주신다. 그럼 나는 어깨가 한껏 올라가다가, 화룡점정으로 우영이나 돌김이 "그거 부추가 지은 거예요."라고 말해주면, 어깨가 귀에 달라붙는다.

앞으로는 시점이 우리 세 사람만의 공간이 아닌 이곳을 찾는 사람들에게도 의미 있는 곳이 되었으면 좋겠다. 저마다의 이야기를 풀어놓을 수 있는 공간이자, 지금 여기서 나를 행복하게 하는 선택에 대한 답을 찾는 공간이자, 잊고 있던 꿈에 도전하고 새로운 것을 시작해볼 수 있는 공간 말이다.

부
추

집 짓기 대신,
팟캐스트를 시작하다

겁 없이 덜컥 땅을 사고 집을 지어 책방을 하겠다고 했지만, 바로 실천에 옮기지 못했다. 우리가 원하는 공간에 비해 우리가 가진 돈은 턱없이 부족했기 때문이다. 우리는 고민 끝에 건축을 2년 뒤로 미루기로 했다. 그 공백기 동안 돈을 열심히 모으며 다시 심기일전해보자는 거였다.

셋이 착착 힘을 모으다가 갑자기 틈이 생기자, 그동안은 꿈에 취해서 보이지 않았던 걱정들이 스멀스멀 올라오기 시작했다. '2년이 지난다고 뾰족한 수가 생길까?', '무슨 부귀영화를 누리겠다고 땅을 사고 집을 지을 생각을 했을까?', '셋이

정말 잘 살 수 있을까?' 내가 저지른 일에 대한 의구심마저 들 무렵, 돌김이 말했다. "우리, 팟캐스트 시작해볼까?"

돌김의 말인즉슨, 계획했던 것들이 흐지부지되기 전에 셋이 뭐라도 해보자는 것이었다. 원래 우리 셋이 함께한 첫 시작은 독서 모임이었으니, 다시 독서 모임을 한다고 생각하고 책을 다루는 팟캐스트를 해보자는 매력적인 제안이었다. "좋아. 안 그래도 그 사이에 같이 살기로 한 마음이 흐트러질까 봐 조금은 두려웠거든." 우엉이 적극 동의했다. 나뿐 아니라 돌김과 우엉도 주춤거리는 시간이 생기자 현실에 대한 두려움이 커지고 있었던 것이었다.

서로의 마음을 확인한 우리는 즉시 실천에 옮겼다. 팟캐스트 제목은 책방 이름이자 우리의 함께 살기 프로젝트의 이름인 '시점'에서 따오기로 했다. 어떤 역경에도 꼭 함께하겠다는 의지를 담아 '우리가 함께할 시점'으로 정했다. 문제는 이미 독서 팟캐스트 방송이 많다는 것이었다. 독서 분야의 넘사벽 '이동진의 빨간책방'이 있었고, 그 뒤로 이름만 들어도 탄성이 절로 나오는 김영하, 요조, 장강명 등 유명 작가들이 진행하는 방송들이 이어졌다. 살짝 주눅이 들기도 했지만, 어차피 우리에게는 그 방송들이 경쟁 상대가 아니었다. 우리는 어떤 방송도 경쟁 상대로 삼지 않고, 그저 우리 세 사람을 위해 소박하게 팟캐스트를 진행해보기로 했다.

고품격 방송은 진작에 포기하고, 다른 방송들이 하지 않는 방식으로 우리만의 색깔을 살리고 싶었다. 우리 셋이 진행을 하되, 게스트를 초대하기로 했다. 게스트는 유명인이 아닌 우리와 같이 평범한 청춘들을 초대하고, 게스트가 좋아하는 책을 통해 본인의 삶을 마음껏 드러낼 수 있는 방송을 한다는 것이 우리의 목표였다. 게스트가 책을 고르면 우리도 그 책을 읽고, 게스트가 원하는 주제를 가지고 수다를 떨기로 했다. 게스트는 '책손님'이라고 부르기로 했다.

방송 장비는 원래 가지고 있던 아이패드와 영상용 마이크를 활용했다. 팟캐스트를 시작하기 위해 우리가 지불한 것은 영상용 마이크를 아이패드에 연결하는 잭 15000원과 팟빵 서버에 업로드하는 비용 5000원, 총 20000원이 전부였다. 첫 방송을 위해 우엉이네 집 거실에 옹기종기 모여 앉았다. 영상용 마이크라 지지대가 따로 없어서 인형을 받침대 삼아 마이크를 올려놓고, 아이패드에 설치한 무료 녹음 앱으로 녹음을 시작했다.

우리의 포부를 밝히는 인트로 파트를 책손님 없이 셋만 모여 녹음하는데도 긴장이 많이 됐다. 우선 녹음 버튼을 누르지 않은 채로 연습을 했을 때는 합이 잘 맞았다. "오, 우리 정말 잘하는데? 이대로라면 순위권 진입도 문제없겠어!" 처음 해본 것치곤 다들 잘 해내서 자신감이 생겼다. 그런데 녹음 버튼을 누른 순간, 자신에 차 있던 모습은 온데간데없고 다들 얼어버렸다. 딱 대본에 쓴 대로만 이야기하고, 자기 멘트 생각하느라 다른 사람의 멘트에 호응할 겨를이 없었다. 혹여 누군가 우리의 첫 방송을 들으려고 한다면 적극 말리고 싶다.

첫 책손님은 우엉의 친구 '쫄보'였다. 기혼자인 나와 돌김, 비혼주의자인 우엉, 결혼하고 싶어하는 쫄보가 모여 비혼

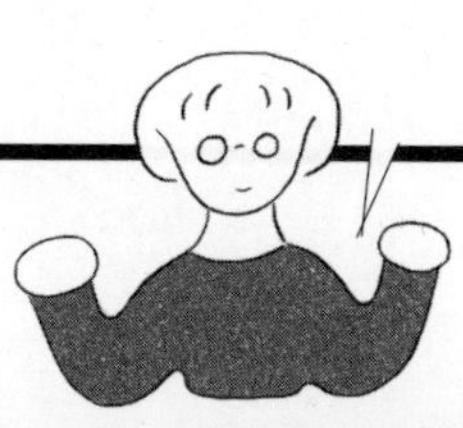

과 결혼에 대한 이야기를 나누었다. 두 번째 책손님은 우리와 떼려야 뗄 수 없는 사슴이었다. 처음엔 이렇게 우리 주변인들을 책손님으로 포섭했다가, 점차 반경을 넓혀갔다. 건너 건너 추천받은 분이 책손님으로 출연하기도 했고, 우리가 적극적으로 들이댄 분들도 있고, 책손님으로 출연하고 싶다고 책손님 신청서를 작성해주신 분들도 있다.

2주에 한 번씩 책을 읽고 대본을 쓰고, 녹음을 하고 편집까지 하는 게 보통 일은 아니었다. 하지만 책손님과 만나는 시간은 우리의 마음과 생각을 넓혀주었다. 평소 같았으면 거들떠보지 않았을 두꺼운 책들을 읽기도 했고, 관심이 전혀 없던 분야의 책도 만났다. 책을 통해 들여다보는 책손님들의 삶은 말 그대로 한 편의 시였다. 2년 남짓한 시간 동안 전국 각지에서 다양한 사람들과 만났다. 사람들을 만나 책을 읽고 수다를 떠는 시간은 우리에게 기대했던 것보다 많은 것들을 선물해주었다.

뱉은 말이 있으니까

팟캐스트를 처음 시작할 때부터 우리는 강화에 집을 지을 것이고, 곧 책방을 열 거라고 떠들어댔다. 심지어 방송에 출연해주신 책손님들께는 아직 존재하지도 않는 책방의 북스테이 숙박권을 선물로 드린다며 공수표를 날렸다. 하고 싶은 일은 많이 떠들면 떠들수록 좋다고 하지 않던가. 우리는 그 명언을 받들어 팟캐스트 방송을 통해 우리의 모든 바람을 소문냈다. 어떤 책방을 하고 싶은지, 실내 디자인은 어떻게 하고 싶은지, 손님들을 어떤 마음으로 대할 건지 등등 온갖 상상력을 발휘했다. 방송만 들으면 우리는 이미 책방을 하고 있는 사람들 같았다.

그렇게 실컷 말을 내뱉고 나니, 어떻게든 꼭 실천으로 보여주고 싶어졌다. 건축을 시작하기 전까지 우리가 할 수 있는 일을 작게나마 계속 해보기로 했다. 돈을 절약했고, 종종 복권을 긁었고, 이야기하다가 불쑥불쑥 나오는 아이디어들은 잘 정리해두었다. 어떻게 보면 팟캐스트 방송은 우리에게 추진력이 되어주었던 셈이다.

우리에게도 팬이 생겼다

어설프게 시작한 팟캐스트였고, 100명만 들어도 정말 성공한 거라고 생각할 만큼 큰 기대가 없었다. 그저 우리 만족을 위해 시작했는데, 어느덧 구독수가 800명 가까이 됐고 '주목할 만한 팟캐스트'에 오르기도 했다. 순위에 연연하지 않는다면서도 독서 분야 20위권에 들었을 때는 한 달에 한 번 외식하는 규칙을 깨고 맛있는 걸 먹으러 갈 정도로 기뻐했다. 하지만 구독자 수와 순위보다 우리를 더 기쁘게 한 것이 있었으니, 바로 청취자들의 정성 어린 후기다. 방송을 들어주는 것만으로도 감사한데 청취자들은 우리에게 응원과 감사의 메시지를 전해주었다.

책방에 찾아오시는 손님 중에는 드물지만 팟캐스트 청취자고 팬이라며 수줍게 이야기해주시는 분들이 계신다. 그럴 땐 다른 어떤 손님보다 더 반갑다. 우리의 어설픈 첫 방송부터

책방을 만들기까지 긴 시간을 함께해준 사람들이기에 뜨겁게 맞이하게 된다. 방송 듣는 걸 넘어 먼 강화도까지 발걸음을 해주신 것만으로도 감사한데, 책을 잔뜩 사시고는 선물도 한 아름 주고 가신다. 존재만으로도 황송하고 고마운 사람, 더 나은 모습을 보여주고 싶게 하는 사람. 우리에게도 팬이 있다. 마음만으로도 든든하다.

계속되는 인연들

훗날 우리가 드디어 책방을 열게 되었을 때, 제일 먼저 연락드린 분들도 책손님들이었다. 방송에 출연해주신 책손님들에게 출연료 대신 공수표처럼 날렸던 북스테이 숙박권을 빌미로 다시 연락을 했더니, 다들 본인 일처럼 축하해주셨다. 개업 선물에 정성 어린 편지까지 보내준 분들도 있다. 북스테이 손님으로 다시 만나게 된 책손님들과는 더 애틋해진 마음으로 못다 한 이야기를 나누게 된다.

책손님들과는 별별 이야기를 다 나누다 보니, 새로운 인연으로 이어지는 경우도 꽤 된다. 종범, 죠니, 온모밀, 백구부부처럼 출판물을 내신 책손님들께는 책을 입고받아 책방에서 열심히 홍보도 하고 있다. 백구부부와는 인연이 더 깊은데, 우엉이 그들이 운영 중인 유튜브 채널에서 '1인 가구 생활동반'에 대한 영상의 패널로 참여하게 됐고, 그 계기로 지상파 방송에도 같은 주제로 우리 셋이 출연하는 기회를 갖게 됐다. 그리고 지금 이 책도 함께 만들고 있으니 신기한 인연이다.

현재 팟캐스트는 2019년 3월 20일자 업로드를 마지막으로 휴식기를 갖고 있다. 책방을 본격적으로 시작하게 되면서 팟캐스트는 잠시 뒷전으로 밀려났다. 새로운 공간과 낯선 일에 적응하느라 좀처럼 방송을 할 시간을 내지 못하고 있다. 하지만 언제까지나 휴식기일 뿐 그만둘 생각은 없다. 불안함을 달래고자 시작했던 팟캐스트는 힘이 돼주는 우리 편을 많이 만나게 해주었다. 덕분에 포기하지 않고 여기까지 오게 되었다. 이 소중한 소통 창구를 놓고 싶지 않다. 이제 진짜 책방에서 운영하는 팟캐스트로 승격한 만큼, 전과는 다른 콘셉트로 다시 이어나갈 생각이다. 말하면 다 이루어졌던 팟캐스트처럼 이 책도 우리에게 요술 램프가 돼주길 바라며, “곧 아주 멋진 동네 책방 팟캐스트 방송으로 돌아오겠습니다!”라고 외쳐본다.

3

우리만의 집을 지을

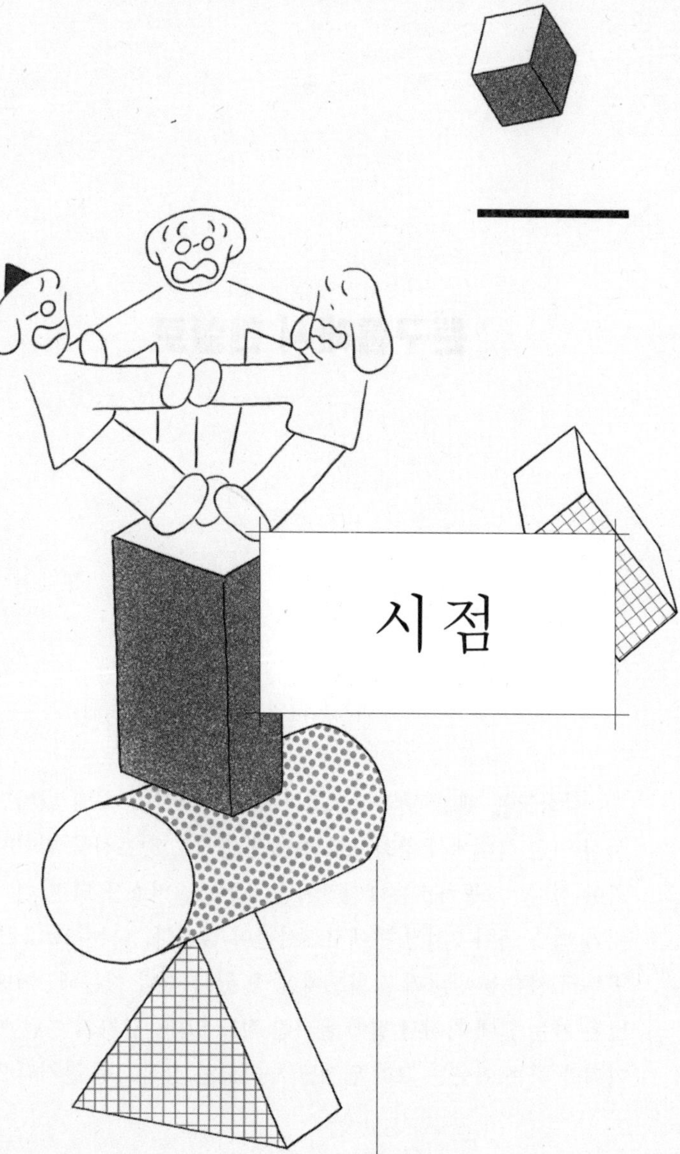

시점

우엉

뜬구름에서 현실로

강 아저씨와의 만남

강화도는 행정 구역상으로는 인천광역시에 속해 있지만 사실 인천 시내에서 강화도로 가려면 경기도 김포시를 넘어서 가야 한다. 자동차로는 1시간이면 오는데, 버스를 타면 여기저기 빙빙 돌아 2시간 반에서 3시간이 걸린다. 나는 20대 초반부터 사슴을 만나러 강화도에 종종 왔다 갔다 했는데, 어떤 날은 가는 길에 지쳐서 집에 돌아간 적도 있다. 갑자기 이런 이야기를 하는 이유는 그리 멀게만 느껴졌던 강화도를 본격적으로 오가게 되었던 시절의 이야기를 풀기 위해서다.

땅을 산 후 하루라도 빨리 집을 짓고 싶어 안달이 났던 우리 셋은 곧바로 전원주택 시공 업체를 알아보기 시작했다. 집 짓기에 대해 아무것도 몰랐던 시절이었기에 평당 500만 원이니, 600만 원이니 하는 것이 멀게만 느껴졌다. 그저 우리가 바라는 것은 호갱님이 되지 않는 것이었다. 돈 없는 청춘들이 시골에서 살아보겠다는 것이 얼마나 큰 결심이었는지 이해하길 바랐고, 무엇보다 재료값을 빼돌리지 않으면서 정직하게 집을 지어줄 곳을 찾고 싶었다. 건축사, 건축회사, 주택 시공 등 머리를 짜내어 아는 단어들로 아무리 검색해봐도 나오는 것은 바이럴 마케팅 냄새가 폴폴 나는 게시물뿐이었다. 이제 암기의 시대는 가고 빅데이터와 정보 검색 능력이 필요한 시대라더니, 세상 물정에 어두운 우리는 정보의 홍수에서 허우적댈 뿐 마땅한 시공 업체를 찾지 못했다.

그러던 어느 날, 우리의 고민을 들은 사슴이 별일 아니라는 듯이 내뱉었다. "내가 아는 사람 있어. 그 사람은 집 제대로 지어." 그렇다. 사슴은 강화도의 진정한 '인싸'였다. 돈은 없어도 친구는 무진장 많은 사슴 덕분에 우리는 건축가 강 아저씨를 소개받을 수 있었다. 며칠 뒤 다시 찾은 강화도의 한 펜션에서 강 아저씨를 만났다. 아, 이때도 동반객의 조합이 요상했는데, 땅 계약할 때처럼 사슴, 사슴의 아들(그렇다, 나의 전 남친 그분이다.), 강화에 놀러 왔다가 따라나선 그분의 친구이자 인디 밴드 보컬이 동행했다.

처음 만난 강 아저씨의 인상은 뭐랄까, 덥수룩한 수염에 늘어난 티셔츠, 반바지에 갈색 샌들을 구겨 신고 있는 모습이

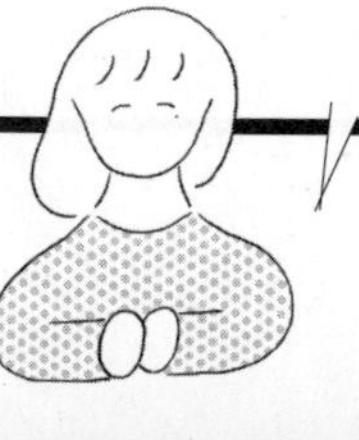

꼭 어디 얹혀사는 동네 아저씨 같았다. 하지만 강화에서 제일 잘나가는 펜션 사장님이자 화가이자 건축가라는 사실을 알고 갔으니 그것마저 우리 눈에는 '내공 만렙'으로 보였다. 아저씨가 직접 지었다는 펜션은 한눈에도 좋아 보였다. 아저씨는 산을 깎아 짓는 건 싫다며 자연 경관을 해치지 않으면서 오래가는 집을 짓는 것이 자신의 철학이라고 했다. 녹색당 당원 비율이 30퍼센트나 되는 우리 셋의 마음과도 같았다. 그러면서 '너희들은 왜 시골에서 같이 살려 하느냐', '그건 사회적 저항의 의미냐' 묻기도 하셨다. 철학과 거리가 먼 우리는 그럴듯하게 대답하지 못했다. 그저 셋이 함께 시골에 살면서 재밌는 공간을 만들어보고 싶다고 답했다. (지금이라면 더 있어 보이는 대답을 할 수 있었을 텐데….)

다행히 강 아저씨는 우리가 쥐어짜낸 이야기를 듣고도 공감해주셨다. 강화는 마을 공동체가 잘되고 있는 살기 좋은 곳이라며 잘 선택했다 하셨다. 우리도 아저씨의 건축 철학에 마음이 갔다. 그날 나눈 대화는 지금도 잘 간직하고 있다. 우린 분명 진지하고 심도 있는 이야기를 나누었다. 하지만 사실 그날 일을 우리가 이리도 선명하게 기억하고 있는 이유는 따로 있었다.

사건은 강 아저씨가 주신 커피를 원샷한 것에서 시작되었다. 사무실 안쪽에 있는 화장실에서 볼일을 보고 일어섰는데, 아뿔싸! 문이 열리질 않는 것이다. '안 돼! 여기서 이럴 수는 없어!' 당황한 나는 최대한 티 내지 않고 문고리를 요리조리 돌리기 시작했다. 문을 밀어도 보고, 당겨도 보고, 심지어 들어도 봤지만 꿈쩍도 하지 않았다. 이건 혼자 힘으로는 해결할 수 없는 사태였다. 도움을 요청해야 했지만 즐겁게 얘기하고 있을 사람들을 방해하기도 싫고, 부끄럽기도 해서 최대한 가냘픈 볼륨으로 문을 두드리기 시작했다. '똑똑– 똑똑똑–' 하지만 소리가 너무 작았던 탓인지 아무도 나의 슬픈 노크 소리를 듣지 못했다. 그렇게 문을 두드리길 십여 분. 지친 나는 결국 부끄러움을 무릅쓰고 크게 소리쳤다. "나 화장실에 갇혔어!" 다시 한 번 말하지만 그 건물은 강 아저씨가 '직접' 지은 곳이었다. 모두가 당황했다. 밖에서 문고리를 당겨도 문은 열리지 않았고, 강 아저씨는 열쇠를 찾으려 온갖 서랍을 뒤지기 시작하셨다. 안타깝게도 화장실 열쇠가 발견되지 않자 아저씨는 "그럼 이걸로…." 하며 도끼를 꺼내 오셨다. 정말 도끼로 문을 부숴야 하나 하던 순간! 거짓말처럼 문이 열렸다. (주인의 마음을 잘 읽는 좋은 집이었다.) 나는 새빨갛게 익은 얼굴을 양손으로 감싼 채 탈출했다. 안타깝게도 이 자리에는 나의 전 남친이 함께하고 있었다.

우리의 시점 프로젝트에 길이 남을 에피소드 한 건과 함께 강 아저씨와의 첫 만남은 그렇게 마무리되었다. 두 번째 만남은 약 2주 후였다. 우린 원하는 공간을 구체적으로 말씀드렸고 설계 초안이 나오면 다시 만나기로 했다. 놀랍게도 설계비는 무료로 해주겠다 하셨다. 그 사이에 우리는 직장생활 틈틈이 카페에서, 도서관에서 만나 각자의 생각을 나누고 모았다. 꿈꾸는 공간에 대해 공유하고, 시골에서 어떻게 살아갈 것인지를 고민했다. 강 아저씨와의 만남은 우리에게 한층 더 깊이 사유할 수 있는 기회가 되었다.

유난히 햇살이 따가웠던 2016년 9월, 토지 등기부 등본이 나오고 얼마 후에 강 아저씨에게 연락이 왔다. 설계 초안이 다 되었으니 강화에 한번 오라는 것이었다. 급한 마음에 주중에 약속을 잡았다. 퇴근 후 바로 출발했지만 강화에 도착했을 무렵에는 이미 해가 어둑어둑했다. 설계도가 나왔다는 것이 설레서 힘든 줄도 몰랐다. 사실 이번 회의는 아주 중요했다. 설계 초안이 나왔으니 구체적인 건축비를 협상해야 하는 자리였기 때문이다.

그러나 초안을 살펴보고 사실 살짝 당황했다. 처음에 만났을 때 했던 이야기들이 제대로 반영되어 있지 않았기 때문이다. 우리는 책방 공간으로 사용할 거실에 가장 큰 비중을 두었는데, 설계도에 보이는 거실은 평범한 가정용 거실 정도의 면적으로 표현되어 있었다. 더 큰 문제는 비용이었다. 당시 우리는 최대한 빚을 내지 않고 집을 짓겠다는 마음을 갖고 있었기 때문에 건축비 예산을 1억 5천 정도로 잡았었다. 설계도를 보며 구상한 공간에 대해 설명하신 후 강 아저씨는 정말 최대한으로 우리를 배려한 건축비를 알려주셨다. 집을 제대로 짓기 위해 필요한 자재비, 인건비만 포함한 금액이었지만, 예산에서 약 1억 원 정도가 초과되었다. 5천은 어찌저찌 대출로 때울 수 있을 것 같았지만 나머지 5천만 원이 문제였다. 강 아저씨께 우리의 주머니 사정을 가감 없이 말씀드리고, 셋이 고민해 보겠다며 인천으로 돌아왔다.

강 아저씨를 만난 후 우리는 깊은 고민에 빠졌다. 어떻게든 돈을 마련해 원하는 건축가와 집을 지을 것인가? 아니면 다른 방안을 찾아볼 것인가? 우리의 ‘집 짓기’가 뜬구름이 아니라는 것을 인식하고 현실적으로 받아들이기 시작한 시점이 바로 이때인 듯싶다. 냉정히 따져봤을 때 강 아저씨가 말씀해주신 건축비를 당장 마련할 방법은 없었다. 게다가 집 짓는 데는 건축비만 드는 것이 아니었다. 인테리어, 각종 인허가, 감리, 등기 등 앞으로 돈 들어갈 일이 차고 넘쳤다. 건축비 이외의 비용으로 최소 3천만 원은 현금으로 확보해두어야 했다. 우리는 현실을 인정하기로 했다. 이건 불가능하다고. 하지만 우린 꼭 강 아저씨와 집을 짓고 싶었다. 그분이라면 믿을 수 있을 것 같았다. 2년 동안 돈을 모아서 다시 오자는 두루뭉술한 결론을 내리고 우린 일상으로 돌아갔다.

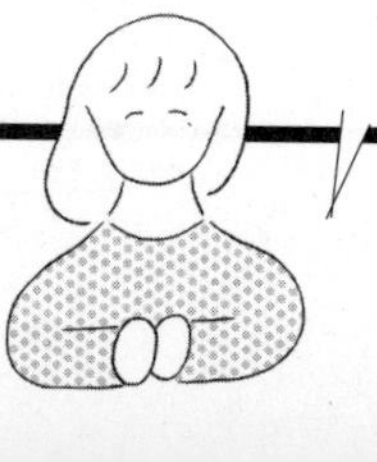

부
추

일단 지르고 봄:
건축사와의 계약

"야, 너네 그냥 컨테이너 놓고 살어."

사슴은 돈 때문에 전전긍긍하는 우리를 보며, 농담 반 진담 반으로 이렇게 말하곤 했다. "우리 꼭 강 아저씨께 맡길 거라니까요." 처음엔 사슴의 말을 그냥 흘려들었다. 그런데 언제부터인지 우리 셋은 사슴을 따라 세련된 컨테이너 집이나 매매로 나온 다른 집을 보러 가기도 했다. 로또는 물론 즉석 복권을 긁기 시작하고, 외식할 때에는 주저하게 되고, 급여 명세서를 자세히 보는 일이 잦아질수록 강 아저씨와 나눴던 이야기들은 우리

머릿속에서 조금씩 희미해졌다.

“이번 건축 박람회에 프리패브 방식으로 만든 저렴한 집이 전시된다는데 가보지 않을래?” 돌김이 이 말을 꺼냈을 땐, 2년 안에 뾰족한 수가 생기지 않을 거라는 현실적 막막함이 모든 것을 집어삼켰을 즈음이었다.

돌김이 말한 프리패브는 ‘미리’를 뜻하는 ‘pre’와 ‘제작’이라는 뜻의 ‘fabrication’을 조합한 prefabrication의 약자다. 주택에 필요한 재료를 공장에서 미리 만든다는 뜻이다. 보통 집을 짓는다고 하면, 기본적인 건축 자재를 현장에 가지고 와서 기초부터 하나씩 만들어나가는 장면을 떠올릴 것이다. 프리패브 주택은 공장에서 주택의 큰 덩어리(모듈)를 만들어 와, 현장에서 이를 조립하는 방식이라고 보면 된다. 현장 작업을 최소화하기 때문에 인건비를 절감할 수 있다. 한 건축사에서는 이 프리패브 공법으로 평당 300만 원대에 설계부터 시공까지 가능하다고 홍보하고 있었다. 그 정도면 우리도 크게 무리하지 않고 지을 수 있는 가격대였다.

일산 킨텍스에서 열리는 건축 박람회 입구에 도착했을 때까지만 하더라도, 우리의 첫 번째 목표는 프리패브 주택을 직접 눈으로 확인해보는 것이었다. 생전 처음으로 건축 박람회에 와본 우리 셋은 행사 규모에 입을 다물지 못했다. 실제 크기의 집들이 전시장 구석구석을 떡하니 차지하고 있었다. 프리패브 주택을 찾아가는 데에만 시간이 꽤 걸렸다. 전시장 안이 복잡하기도 했지만, 찾아가는 동안 우리의 눈길을 빼앗는 것들이 많았기 때문이다. 초소형 주택에 들어가보기도 하고, 독특한

형태의 난로를 구경하기도 하고, 예쁜 타일들 앞에서 시간을 보내기도 했다. 그러나 겨우겨우 프리패브 주택 앞에 도착했을 때, 우리 셋은 동시에 고개를 저었다.

직접 본 프리패브 주택은 이음새가 눈에 확 띄었다. 모듈 자체의 외관은 괜찮았지만, 모듈끼리 접합하면서 생기는 세로줄이 생각했던 것보다 도드라지고 날카로운 느낌을 주었다. 우리가 꿈꾸던 집의 외관이 아니었다. 그냥 우리끼리 사는 주택이었으면 프리패브 방식을 선택했을지도 모르겠다. 하지만 우리는 일반 주택을 짓는 것이 아니었다. 사람들이 방문하고 머무를 책방과 북스테이를 겸해야 했기 때문에, 건물 외관이 주는 이미지도 상당히 중요했다. 저렴한 비용으로 집을 지을 수 있을 거라는 희망은 와장창 깨졌다. 우리는 해당 건축사에 물어보려고 준비했던 질문들을 꺼내지도 못하고 그대로 뒤돌아섰다.

우리를 건축 박람회까지 오게 만들었던 프리패브 주택을 뒤로한 채, 발걸음을 어디로 향해야 할지 주저하고 있을 때 근처에 있던 H주택 부스가 눈에 들어왔다. H주택은 한 개그맨이 1억 원으로 주택 짓기 프로젝트에 도전할 때 협업한 건축사로 유명한 곳이다. 그동안 합리적인 가격(우리가 큰 대출을 받지 않고 낼 수 있는 비용)으로 집을 지을 수 있는 건축사를 많이 알아봐온 돌김이 기다렸다는 듯 이야기했다. "프리패브 주택만큼은 아니지만, H주택도 합리적 건축비라는 이미지를 내세우고 있으니까 다른 곳보다는 조금 더 건축비가 저렴할 거야. 저기로 가볼까?" "그래, 가서 구경이라도 하자."

H주택에서 마련해놓은 모델하우스는 외관부터 마음에 들었다. 우리는 홀린 듯 집 안으로 들어갔다. 공간을 예뻐 보이게 하는 인테리어가 한몫했겠지만, 거실부터 부엌, 화장실 그리고 2층 테라스까지 구석구석이 마음에 들었다. 특히 책들이 놓여 있는 서재 공간에 빠져서 한참을 머물렀다. 슬슬 평당 비용과 스펙이 궁금해졌다. 상담 코너에는 이미 사람들이 꽉 차 있었다. 대부분 40~50대 중년 부부들이었다. 어린이들을 동반한 30대 부부도 보였으나, 대부분 모델하우스만 살펴보고 빠져나갔다. 우리처럼 친구들끼리 온 사람은 없었다. 전원주택의 수요층을 실감할 수 있었다. 우리처럼 아이가 없거나 혈연가족이 아닌 사람들이 집을 짓겠다고 오는 경우는 거의 없을 테니, 어디서부터 어떻게 설명해야 하나 생각하느라 미간 주름이 잡혔다.

상담석에 비는 자리가 생기길 기다리며 H주택 시공 사례 책자를 살펴봤다. 우엉이 좋아하는 깔끔한 외관의 집부터 돌김이 좋아하는 ㅅ 자 구조의 집까지 다양한 주택 사례가 있었다. 하지만 책방과 북스테이를 겸하는 용도로 사용할 만한 사례는 없었다. 우리는 책방 공간이 될 거실이 되도록 크면서도 게스트룸과 우리의 개인 방까지 있는 집이 필요했다. 책자에 나온 대로 시공을 할 경우에는 설계비를 줄일 수 있었지만, 우리는 설계비를 추가로 내고서라도 우리에게 딱 맞는 집을 지을 필요가 있었다. H주택에 물어볼 질문들을 생각하며, 혹시라도 어리바리 있다가 사기당하는 건 아닐까 싶어 똑똑해 보이는 표정을 연습하기도 했다.

욱신거리는 다리를 30번쯤 주물렀을 때, 드디어 우리 차례가 왔다. 떨리는 마음으로 H주택 직원분과 마주했다. 햇빛에 그을린 까무잡잡한 피부에 밝은 얼굴로 우리를 맞이해준 직원은 자신을 영업부장(이하, 최 부장)이라고 소개했다. 젊은 사람 셋이 몰려갔으니 어떤 조합인지 궁금했을 터였다. 우리는 어떤 사람들이고 어떤 집을 짓고 싶은지를 조곤조곤 이야기했다. 최 부장은 우리의 말에 귀를 기울여줬다. 그리고 대번에 우리가 가장 고민하던 지점을 짚어냈다. 바로 건축비! 다른 고객에 비해 젊다 보니 모아둔 돈이 없을 거라고 예상했을 것이다. 최 부장은 평당 비용과 스펙이 쓰여 있는 서류부터 보여주었다. 오늘 계약하면 건축 박람회 프로모션으로 평소보다 싼 가격으로 계약을 할 수 있다고 했다. 우리 셋의 눈이 반짝였다.

서류에는 평당 가격에 따라 달라지는 자재들 이름이 빼곡히 적혀 있었다. 당연하게도 평당 가격이 높으면 자재들도 보다 좋고 비싼 걸 사용할 수 있었다. 서류상 선택지는 세 개였지만, 우리는 마음속으로 가장 높은 가격의 선택지를 지워버렸다. 돈이 여유가 있는 사람들에겐 언제나 많은 선택지가 있겠지만, 우리의 선택지는 늘 제한이 있었다. 우리는 너무나 자연스럽게 가장 낮은 가격의 스펙에 눈이 갔다. 이 정도면 괜찮겠다 싶었으나 외장재가 걸렸다. 깔끔한 느낌이 드는 '스타코플렉스' 외장재를 사용하고 싶었는데, 그건 중간 가격대부터 가능했다.

"책방 하려면 외관 느낌이 정말 중요한데, 돈을 좀 더 내더라도 스타코플렉스로 해야 하지 않을까?" (우리 중에) 디자인에 일가견이 있는 우엉이 이렇게 말하니, 돌김과 나도 흔쾌히 수긍했다. "그래, 그럼 중간 가격을 고르자." 우리는 본격적으로 건축에 대해 궁금했던 것들을 쏟아놓기 시작했다. 최 부장은 우리의 질문에 시원시원하게 대답해주었다. 사기당하면 안 된다는 생각에 경직되어 있던 우리는 서서히 무장해제되어 조금 더 솔직하게 터놓고 이야기하기 시작했다. 땅을 사놓은 상태지만 여러 가지 상황상 당장 집을 지을 수 없을 것 같다, 1년 정도는 준비 기간을 가지고 진행하고 싶다고 이야기했더니, 오늘 가계약금 100만 원을 내면 1년 후에 공사를 시작해도 오늘 계약한 가격으로 진행이 가능하단다.

'그런데 갑자기 여기서 이렇게 덜컥 계약해도 되는 걸까? 혹시 우리 뭘 놓치고 있는게 아닐까?' 우리끼리 차분하게 생각할 시간이 필요했다. "잠시 저희끼리 이야기 좀 하고 올게요." 우리는 머리를 맞대고 다시 한 번 스펙 서류를 살펴보고, 인터넷에서 H주택 시공 후기도 찾아보았다. 그러다 'H주택은 시공 후 1년 동안은 A/S가 가능하다'는 정보를 보고 계약하는 쪽으로 마음이 크게 움직였다. 그때, 건축가 강 아저씨가 머릿속을 세게 치며 스쳐 지나갔다. "그럼 강 아저씨께 뭐라고 말하지? 그래도 그분께 맡기면 진짜 잘해주시긴 할 텐데. 우리 후회하지 않을까?" 이런 상황에서 새로운 대안을 제시하길 잘하는 돌김이 말했다. "강 아저씨께 다시 찾아가서 건축비를 조금 더 줄일 수 있는 방안이 있는지 이야기해보자. 정말 그 비용 아니면 안 된다고 하면, 우리 경제적 상황상 어쩔 수 없이 H주택을 선택하는 거고. 가능하다고 하면 그대로 강 아저씨와 계속 함께 가는 거고." 문제는 지금 이 자리에서 선택을 해야 프로모션이 적용된 가격으로 계약이 가능하다는 것이었다. 당장 강 아저씨

께 전화해서 물어볼 수도 없고, 이러지도 저러지도 못한 채 망설이고 있을 때 돌김이 과감하게 나섰다. “내가 계약금 100만 원 낼게. 나중에 계약을 파기하더라도 100만 원은 그냥 없는 셈 칠테니까, 저지르자!”

우리 셋 중 누군가 이렇게 확신을 갖고 말하면, 우리는 보통 그 사람의 의견을 따랐다. 심지어 돌김이 스스로 돈 100만 원을 내겠다고 하니 마다할 이유가 없었다. 생각해보면, 결정해야 하는 시기마다 우리가 늘 확신에 찼던 것은 아니었다. 다만, 한 명이 하고 싶어할 때 다른 둘이 함께 나서주면서 여기까지 왔다. “그래, 좋아! 계약하자!” 우리는 벌떡 일어나서 (계약금을 내줄) 돌김을 앞장세우고 최 부장에게 향했다. “저희 계약하겠습니다!” 그렇게 우리는 다른 목적으로 찾아간 건축 박람회에서 H 주택과 덜컥 계약해버렸다.

건축 박람회에서는 간략하게 가계약서를 작성했다. 다음 날 돌김이 계약금 100만 원을 내면, 그 후에 주택 부지도 볼 겸 최 부장이 강화에 와서 그때 정식 계약서를 작성하기로 했다. 역시 일을 저지르고 나면 후련해진다. 우리는 가벼운 발걸음으로 전시장에 있는 다른 섹션들을 살펴보았다. 건축사는 이미 선택했으니 이번에는 다른 것들에 눈길이 갔다. 마당에 조용히 책을 읽을 수 있는 캠핑카가 있으면 좋겠다는 생각을 했으나, 가격을 확인하고는 뒤를 돌아 그 앞에 있는 캠핑 의자 정도만 살펴보았다.

원래 계획은 강 아저씨와 건축비 이야기를 다시 하는 것이었으나, 상황이 달라지니 사람 마음도 달라지는 건 어쩔 수 없었다. H주택과 가계약을 한 뒤 강 아저씨는 까맣게 잊고 말았다. 이미 우리 마음속에는 H주택만 가득했고, H주택 시공 사례를 수십 번도 더 보면서 우리가 살 집을 상상하기에 바빴다. 한 달 뒤, H주택에서 연락이 왔다. 정식 계약서를 작성하기 위해 강화에 방문하고 싶다고 했다. 이런 큰 계약에는 당연히 셋이 함께해야 했기에 셋 다 시간이 되는 토요일에 날짜를 잡았다. 오랜만에 들른 우리 공동 소유의 땅은 잡초투성이였다. 처음 샀을 때는 엄청 커 보였는데, 집 구조를 생각하면서 보니 땅이 좀 작은 것 같았다. (사람의 욕심은 끝이 없다.) 달라진 점은 또 있었다. 우리가 집을 지을 곳은 마을의 동쪽에 위치해 있었는데, 당시 서쪽 라인은 집들이 많이 들어선 반면 동쪽 라인은 허허벌판이었다. 그런데 1년 사이에 가장 위쪽에 위치한 땅에 집이 들어섰다. 강 아저씨가 지은 집이었다. 남의 집이지만, 우리 마음에 쏙 드는 멋진 집이었다.

계약서를 작성하기 위해서는 앉아서 조용히 이야기할 곳이 필요했다. 근처에 아무 것도 없던 터라 윗집에 부탁을 드렸더니 흔쾌히 공간을 내주셨다. 인생은 아이러니의 연속이라고 했던가. 우리는 강 아저씨가 만든 집에서 H주택과 정식 계약서를 작성했다. 땅 계약에 이어 두 번째로 큰 계약이었다. 셋 다 그저 평범한 직장인이었기에, 이렇게 큰 계약서를 작성하는 것 자체가 어른의 세계(=돈의 세계)로 들어가는 발걸음을 내딛는 것 같아 오묘한 기분에 휩싸였다. 잘하는 걸까 하는 불안감 속에서도 돌김과 우엉을 바라보며 잘하고 있다고 믿기로 했다. 셋이 함께 결정한 일이니, 분명 H주택과의 계약도 잘한 일일 거라고.

돌
김

이것은 기회인가, 시련인가

이걸 '덕분에'라고 해야 할까? '때문에'라고 해야 할까? 칼로 무 자르듯 쉽게 결론 내리기 어려운 일들이 많다. 이번에 할 이야기도 그렇다. 돈이라는 현실적인 이유 때문에 우리의 집 짓기 계획은 '잠시 멈춤' 상태에 빠졌고, 2년 정도 각자 돈을 모으고 새로운 기회를 모색하자고 했지만 시간은 문제를 해결해줄 열쇠가 아니었다. 직장생활 하는 셋이 아등바등 2년 동안 모아봐야 티끌이 태산 될 리 없었다. 말은 서로 돈을 모아보자고 했지만 한 달에 얼마씩 모으자는 약속도 없었고 실제로 돈을 더 모으지도 못했다. 박봉 직장인의 가계부라고 해봐야

뻔하지 않은가.

방법을 찾았다!

셋은 성격도 다르고 취향도 제각각이지만 함께일 때 생각보다 ‘케미’가 잘 맞는 편이다. 우엉은 새로운 아이디어를 잘 내고 꼬인 일을 쉽게 풀어가는 데 도사다. 부추는 쓸모 있는 정보를 잘 찾아내고 복잡한 맥락을 잘 파악한다. 나는 한번 할 일이 정해지면 군말 없이 실행하는 일개미다. 뭔가 일이 꼬일 때 우리의 ‘케미’는 진가를 발휘한다. 어느 날 부추가 단톡방에 링크 하나를 공유했다. 정부에서 하는 농어촌주택개량 지원사업이라는 게 있는데, 시골에 집을 새로 지을 경우 20년간 연 2%의 이자로 최대 2억 원까지 융자 지원을 해준다는 거였다. 바로 이거였다. 돈 때문에 하고 싶은 일을 못 해 우울해 있던 우리에겐 없던 애국심도 가득 차게 하는 훌륭한 정부 지원사업이 아닐 수 없었다.

하지만 반가운 소식은 늘 슬픈 소식을 같이 데리고 다닌다고 하지 않던가. 지원사업의 존재를 알게 됐지만 이미 그해(2017년) 사업은 마감이 됐던 것. 당장 진행은 못 하지만 내년에 신청하면 되니 나쁠 건 없었다. 일단 사업을 주관하는 부처와 강화군청 홈페이지, 집 짓는 사람들이 모인 커뮤니티에도 들어가 정보를 확인했지만 뭔가 명확하지 않았다.

“뭘 알아볼 때 웹 검색이나 전화에 의존하지 말고 직접 찾아가. 답은 늘 현장에 있어.” 꼭 ‘막내 가르침 매뉴얼’이라도 있는 듯 첫 직장 다닐 때 마주치는 선배들마다 이런 이야기

를 했다. 정작 현장보단 전화로 일하는 선배를 보며 애석하게도 그땐 이 말을 새겨듣지 않았는데 그들의 조언이 드디어 빛을 발했다. 하루 연차를 내고 길상면 주민자치센터 담당자를 무작정 찾아갔다. 담당자는 친절하게 사업 개요와 읍면마다 배정된 가구 수(예산이 한정돼 있기 때문에 '길상면 10가구' 같은 할당량이 있음), 그간의 경쟁률, 우선순위 등을 설명해줬다. 담당자의 설명과 예측에 따르면 우리는 신청을 해도 안 될 가능성이 높았다. 젊고, 시골 거주 경험이 없으며, 무엇보다 아이가 없기 때문이란다. 또 사업 취지 자체가 오래된 농가를 개량하는 게 우선이기 때문에 우리처럼 신축 주택은 지원 규모가 많지 않아 경쟁이 치열하다고 했다. 그럼 그렇지. "그래도 혹시 모르니 연락처를 남겨놓고 가세요."라는 친절한 담당자에게 전화번호를 남기고 터덜터덜 주민센터를 나섰다.

그사이 해가 바뀌었다. 유난히 분주한 연초였던 걸로 기억한다. 아예 기대를 접고 멍하니 일하던 어느 날 032-9**-**** 번호로 전화가 왔다. 그때 만났던 길상면 담당자의 전화였다. "사업 시작했는데 신청하실래요?" 담당자의 말에 "저희 지원할래요."라고 바로 질렀다. 또 연차를 내고 길상면에 가서 직접 신청서를 썼다. 며칠 안 지나 같은 번호로 다시 전화가 왔다. "축하드려요." 뜻밖의 낭보였다. 거의 끄트머리 순번으로 간당간당하게 선정된 것이다. 담당자도 운이 좋았다며 놀란 기색이었다.

우엉은 '될놈될(될 놈은 된다)'이라더니 우리가 됐다며 기뻐했고, 부추는 자기의 정보력 덕이라며 '어서 빨리 고마워해'라는 무언의 메시지를 눈빛으로 계속 보냈다. 둘의 반응과 상관없이 나는 '역시 행동력'이라며 스스로를 대견스러워했다. 우리는 그렇게 각자의 방식으로 이 반가운 소식을 만끽했다. 동시에 갑자기 분주해졌다. 지원 대상이 되면 이듬해 상반기까지 집을 다 지어야 하기 때문이다. 1년 전 계약했던 H주택 최 부장에게 전화를 걸었다. "저희 생각보다 집을 빨리 지을 수 있게 됐어요. 아니 생각보다 시간이 없을 수도 있어요."

집 짓기가 갑자기 현실이 됐다. 이젠 정말 돈과의 싸움이었다. 다행히도 우리에겐 든든한 믿을 구석이 생겼다. 오히려 처음 계약했던 기준보다 더 좋게 지을 수 있는 밑천이 생겼으니 말이다. 설계, 인테리어 미팅을 하며 집 제작 비용은 계약 때보다 조금씩 조금씩 올라갔다.

보증수표가 공수표로

들뜬 마음도 잠시, '최대 2억 원을 20년간 2%의 이자로 갚는다'는 매력적인 문구 때문에 지원사업을 신청했는데, 사실은 꽤 많은 문제가 우릴 기다리고 있었다. 우선 가장 큰 문제는 건축 비용을 건축주가 직접 부담하고 완공한 뒤 지원비를 받는 방식이었다. 장기 저리 융자 전환이 더 정확한 표현이다. 우리처럼 시골에 집 짓고 살고 싶지만 돈이 없어 못 짓는 사람에겐 사실 언감생심이었다. 또 최대 2억 원까지라곤 하지만 실제 얼마까지 대출을 받을 수 있는지는 집을 다 지어봐야 알 수 있는 불확실성도 문제였다.

그나마 우리는 대출을 받을 여력이 조금씩은 있어서 우선은 각자 대출을 필요한 만큼 받고 나중에 지원사업으로 갈아타

기로 했다. H주택과 설계, 인테리어 미팅을 마치자 최종 금액과 공사 시기마다 내야 할 금액이 정해졌다. 각자의 대출금과 전세 보증금 등 영혼까지 끌어모아 85% 가량의 자금은 마련했는데 나머지 15%가 문제였다. 특히 이 돈은 착공 전후 내야 할 가장 시급한 돈이었다.

다행히 공사 착수금 대출이라고 해서 지원사업에서 3천만 원 한도로 미리 대출해주는 프로그램이 있었다. 한 푼이 아쉬웠던 우리는 바로 은행에 가서 신청했지만, 결과적으론 이것마저 쓸 수 없었다. 분명 대출 프로그램은 있는데 정작 은행 현장에선 '프로세스가 복잡해서', '착수금 대출은 다들 잘 안 쓴다'며 소극적인 반응이었다. 심지어 착공 허가가 나야 대출이 가능한데 서류 제출 후 일주일이면 된다던 허가는 거의 한 달이 지나도록 나질 않았다. 돈에 이어 시간에까지 쫓긴 탓에 결국 착수금 대출 대신 지역 농협에서 꽤 높은 이자를 주고 토지 담보 대출을 받아야 했다.

진짜 문제는 훗날 우여곡절 끝에 집을 다 짓고 사용승인[1]까지 받고 난 뒤 시작됐다. 우리 세 사람은 각자 서류를 잔뜩 준비해 지원사업 비용 신청을 준비했다. 최대 2억 원까지 지원하지만 우리가 실제 최대 대출받을 수 있는 건 1억 2천만 원 정도였다. 생각보다 적은 돈이었지만 그것도 감지덕지라 최종 대출 신청을 하러 은행에 방문했는데, 이번엔 공동 명의가 문제였다. 면사무소에 사업 신청할 때는 내 이름으로만 신청했는데 땅과 집은 셋 공동 명의로 돼 있어서 안 된다는 것이었다. 지원사업 규정상 신청 서류를 제출한 세대주 앞으로만 대출이

1 **사용승인** 사전 건축 허가 내용대로 하자 없이 법대로 집을 잘 지었으니 이제 거주해도 된다는 승인 절차.

나가는데 우리는 공동 명의로 돼 있어 지원이 불가능하다나. 마지막 관문에서 모든 게 수포로 돌아가버렸다. 허무했다. 건축사 사무소, 은행, 군청, 정부 부처 담당자, 면사무소 담당자까지 일일이 만나고 따지고 읍소해봤지만 바뀌는 건 없었다. 건축 담당 공무원은 도울 길이 없어 난감해하다가 “그럼 우리가 지원받을 수 있는 다른 방법은 없을까요?”라는 우리의 합리적인 (사실은 떼에 가까운) 요청에 문화예술 담당 공무원을 소개해주기도 했다.

시작할 때 행정적인 준비에 무지했던 우리도 문제였지만, 그렇다고 해도 이해하기 어려운 일들이 많았다. 지원을 제대로 받으려면 애초에 내가 단독으로 토지, 주택 등기를 했어야 한다는 얘기다. 우리는 일반적인 가족의 모습과는 다를지라도 ‘함께 살기’로 결심한 어엿한 가족이었고, 함께 살 공간을 만들기 위해 시작부터 마무리까지 함께 준비해왔다. 이미 우여곡절 끝에 셋의 공동 명의로 사용승인까지 받은 상태라 이제 와서 내 앞으로 단독 등기를 다시 낼 수도 없는 상황이었지만, 만약 시계를 앞으로 돌려 그런 선택을 할 수 있었다고 해도 우린 차라리 지원사업을 포기했을 것이다. 요즘은 일반 가족끼리도 공동으로 재산을 보유하는 세상이고 우리처럼 다양한 구성원이 결합한 가족 형태도 늘고 있는데, 법과 지원사업은 여전히 가부장만이 세대주라고 규정하는 ‘정상가족’ 중심의 사고에 머물러 있는 것 같아 씁쓸했다.

지원사업 정산을 해보면

농촌주택개량 지원사업에 선정돼 집까지 지었지만 결국 우리가 받은 지원은 취득세 할인 200여만 원이 전부였다. 물론 이것도 큰 혜택이지만 가장 큰 대출 지원은 한 푼도 받을 수 없었다. 허탈하지만, 이걸 반대로 생각해보면 우린 지원사업 없이도 집을 지을 수 있었단 이야기이기도 했다.

지원사업에 선정되기 전까지 우린 정말 우리가 집을 지을 수 있을지 확신이 없었다. 아마 그 상태로 몇 년을 가다가 흐지부지됐을지도 모를 일이다. 지원사업 '덕분에' 우리는 일단 첫 삽을 떴고 집을 완공했다. 지원사업 '때문에' 집 짓는 내내 상상하지 못했던 문제와 난관에 빠졌지만 어떻게든 해결하는 데 집중했다. 대부분의 난관은 돈을 제때 확보하는 문제였고, 셋은 어떻게든 방법을 찾아냈다. 끄트머리에 가선 자존심이고 뭐고 집에 손을 벌려볼까 싶은 마음도 들었지만, 우리가 가진 돈과 우리의 '상환능력'을 인정해준 은행의 힘만으로 꾸역꾸역 해결할 수 있었다.

일단 판을 벌였으니 끝은 봐야 했다. 셋이 모여 고민하고 한탄하고 무작정 방법을 찾다 보니 어떻게든 해결책이 나왔다. 설계부터 입주까지 우리의 모든 과정을 한 문장으로 정의하면 '수없이 쏟아지는 문제를 해결하는 과정'이라고 할 수 있을 것이다. 지금은 밤마다 귤이나 밤 껍질을 까며 "그땐 대체 어떻게 한 거지? 다시 하라면 더 잘할 수 있을까?" 같은 말을 웃으며 한다. 정말 다시 한다면 글쎄, 잘 모르겠다. 살면서 이렇게 많은 문제 상황을 마주한 적이 없었으니까. 무엇보다 어떤 문제도 회피할 수 없었던 게 가장 괴로웠다. 만약 혼자였다면 이런 사고는 절대 못 저질렀을 거다. 생각보다 셋의 힘은 컸던 것이다. '1+1+1'의 합은 분명 3을 훨씬 초과했다.

어떻게든 집을 짓고 원하던 책방도 열었지만 또 우리를 밤잠 설치게 하는 문제가 생겼으니, 코앞으로 다가온 원금 상환이었다. 플랜 B를 찾아 헤맨 끝에, 얼마 전 우엉의 명의로 생활안정자금 대출을 받아 급한 불을 껐다. 금리는 조금 높지만 지원사업 기간에 준하는 시간을 벌었고 우리의 불안한 마음도 어느 정도 잠재운 상태다. 정부 지원사업이 여전히 불합리하고 개선될 점이 많은 제도란 점은 사실이지만, 확실한 '방아쇠' 역할을 해준 것은 맞다. 그렇다고 모든 걸 의미 있었다고 포장하긴 싫을 때가 있지 않은가. 그래서 끝내 정산을 하기 참 어렵다.

우
엉

느낌적인 느낌으론 안 되는 설계

설계, 첫걸음을 딛다

H주택과 계약한 시기는 2017년 6월이다. 본래 계약을 하면 바로 설계에 들어가야 하지만 우리는 원기옥(=돈)을 모으는 중이었기에 계약만 해놓고 해를 넘긴 상황이었다. 그러던 와중 2018년 초에 급작스럽게 농촌주택개량 지원사업에 선정되었다. (이미 알다시피 결과적으로 혜택을 받진 못했지만) 당시에는 급히 집을 지어야 하는 상황이 됐다. 계약한 지 8개월 만에 H주택의 최 부장과 미팅을 잡았다. 첫 번째 미팅은 홍대의 어느

카페에서였다. “올해까지 지을 수 있을까요?” 우리의 걱정 어린 목소리에 최 부장은 “조금 급박하긴 한데, 할 수 있는 데까지 해봐야죠.”라고 대답했다. 그래. 할 수 있든 없든 이제 진짜 시작해야 할 때였다.

미팅은 설계비에 대한 이야기로 시작되었다. 계약한 대로 설계비는 평당 15만 원이었고 설계비 총액은 ‘평당 설계비 × 평’으로 계산하면 되었다. 설계비를 계산하기 위해 몇 평짜리 집을 지을 것인지를 먼저 결정해야 했다. 우리가 산 땅(119.19평)의 건폐율[2]은 20% 이하, 용적률[3]은 80% 이하로, 이 땅에 우리가 지을 수 있는 집의 1층 최대 면적은 23.84평이었다. 땅의 형질[4]이 임야이고, 자연녹지지역 및 역사문화환경보호지역으로 묶여 있어 건폐율이 도시의 땅보다 훨씬 적었던 것이다. 땅은 넓은데 집은 그만큼 못 짓는다는 소리. 그래도 2층은 우리가 지낼 방 2개와 공용 공간만 있으면 되니 좀 더 작아도 되고, 넓게 지을수록 비용이 커지기에 1, 2층을 합쳐 우리가 감당할 수 있을 정도인 40평으로 짓기로 했다.

총 건축 면적을 정했다고 설계 비용 계산이 끝난 것은 아니다. 설계비에는 실시설계[5]와 내진설계[6]에 대한 비용이 포함되어 있었다. 실시설계비는 간단히 말해 기본 설계부터 모든 문제점을 보완한 최종 도면까지 총망라한 무지막지 두꺼운 공사용 도면에 대한 비용

2 **건폐율** 땅 전체에서 건물을 지을 수 있는 면적의 비율. 쉽게 말해 집의 1층 면적을 최대 얼마까지 ‘땡길’ 수 있느냐.

3 **용적률** 위로는 얼마큼의 면적을 올릴 수 있는가에 대한 비율.

4 **형질** 땅의 법적 성질. 참고로 집을 지으려면 형질은 대지여야 한다.

5 **실시설계** 전선, 자재, 창문 열리는 방향 등 진짜 집을 지을 수 있게 엄청 자세히 기록된 도면. 건축 인허가 낼 때 필수 서류임.

6 **내진설계** 지진을 대비해 집의 구조를 튼튼하게 설계하는 것.

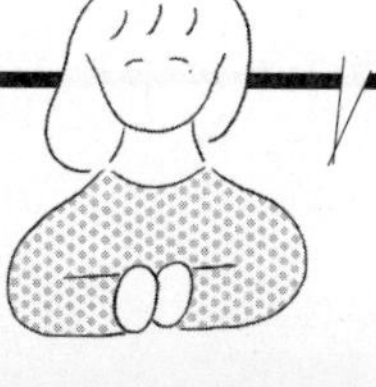

이다.('진짜진짜최종.pptx' 발표 자료 같은 느낌이랄까?) 내진설계비 또한 우리가 공사를 시작한 2018년부터 법이 강화되어 착공 신고를 할 때 구조안전 확인 서류를 제출해야 했기에 의무 비용이었다.

설계 비용 정리	
평당 설계비	15만 원 x 40평 = 660만 원
실시설계비	165만 원
내진설계비	330만 원
	총 11,550,000원(VAT 포함)

1차 설계 미팅에서는 1층과 2층 공간을 어떻게 계획할 것인지도 정해야 했다. 그래야 다음 미팅에서 설계 초안으로 이야기를 나눌 수 있기 때문. 다행히 강 아저씨와 이야기했던 경험을 되살려 비교적 수월하게 공간에 대해 합의했다. 전체 평수가 정해지면 이제 필요한 공간들로 가르면 된다. 첫 미팅에서 우리가 결정한 공간 계획은 이랬다.

1층(24평) :

주방+거실(12평), 화장실(1.5평), 계단(2평), 현관(0.5평), 방2개(6평), 다용도실(2평), 마당 툇마루(면적 미포함)

2층(15~16평) :

방 2개(8평), 계단(2평), 화장실(1.5평), 거실(3평), 베란다(2평)

한 달 후 첫 미팅에서 결정한 내용으로 1차 초안이 나왔고, 드디어 H건축 사무실에서 우리를 담당하기로 한 건축설계사와 만날 수 있었다. "안↗녕↗하세요." 독특한 억양으로 인사를 건넨 건축설계사님은 알고 보니 일본 사람(이하 Y상)이었다. 소통이 잘 될까 걱정했던 것과는 달리 Y상과 우리는 궁합이 잘 맞았다. Y상이 건넨 초안 도면을 보며 본격적인 설계 회의를 시작했다. 셋이 가장 중요하게 생각한 점은 상업 공간과 거주 공간 분리였다. 시점은 책방이기도 했지만 우리가 살 집이기도 했다. 1층은 손님을 위한 공간, 2층은 우리를 위한 공간으로 정했다. 처음에는 아예 외부에 계단을 만들어 1층을 거치지 않고 우리 방으로 들어가는 방법도 고려했지만, 관리하기 어렵고 불편할 것 같아 포기했다. 수납 공간도 걱정이었다. 여태 살아오면서 늘어난 짐을 각자 방 한 칸에 다 넣어야 했다. 머리에 쥐가 날 정도로 뜨거웠던 설계 미팅이 끝나고, 며칠 뒤 Y상으로부터 수정 도면그림 1을 메일로 받았다.

치밀함이 필요할 때

셋 다 직장생활을 하면서 모이기란 쉬운 일이 아니었기에 우리의 회의는 주로 메신저를 통해 이루어졌다. 각자 시간이 날 때 도면을 살펴보고 카톡으로 미진한 점이나 보완할 점에

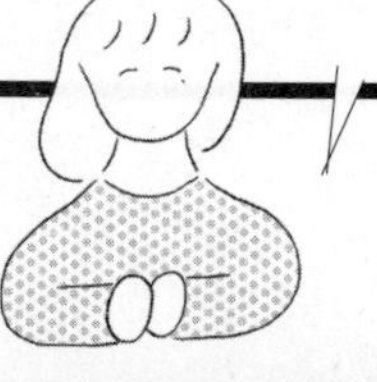

그림 1 | 2차 도면

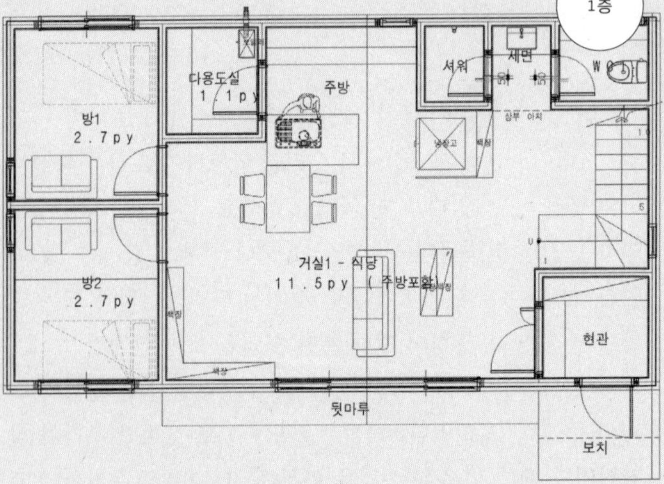
1층
방1
2.7py
방2
2.7py
다용도실
1.1py
주방
서워
세면
WC
거실1 - 식당
11.5py (주방포함)
현관
뒷마루
보치

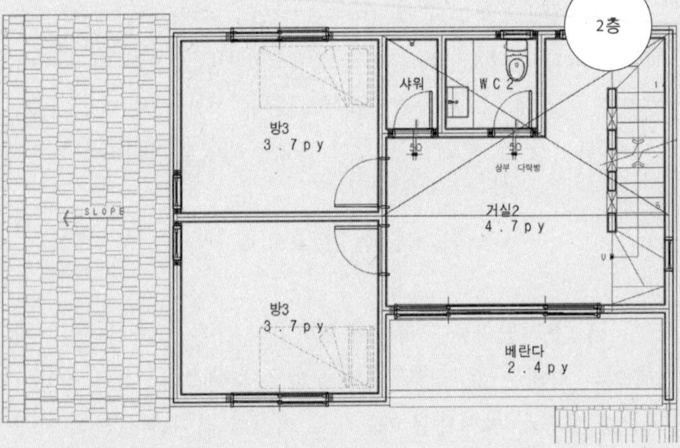
2층
방3
3.7py
방3
3.7py
샤워
WC2
거실2
4.7py
베란다
2.4py
SLOPE

대해 토의한 후 한 명이 대표로 Y상에게 피드백 메일을 보내는 방식이었다. 다시 도면을 꼼꼼히 살핀 후 우린 또 이런 피드백을 보냈다.

▶ 1층 툇마루 왼쪽을 좀 더 넓게
(사람들이 둘러앉을 수 있게.)

▶ 싱크대 위치 변경해 벽 쪽으로 설치
(책방 손님 얼굴을 보며 설거지를 하는 건 좀 그렇다.)

▶ 1층 방 크기가 동일한데 작은 방, 큰 방으로 면적 조절
(손님 구성이나 수 다양성 고려.)

▶ 베란다의 한쪽 공간을 다용도실로 꾸밀 수 있을까?
(세탁기 둘 곳이 없어 보임.)

▶ 건물 위치 조절
(집 뒤에 벤치 둘 수 있게 앞쪽으로 이동.)

이것만으로는 부족했다. 우리에겐 집을 지어본 적 있는 사람들의 조언이 필요했다. 집을 지어본 경험이 있는 옛 직장 동료 최 선생님을 만나 가르침을 전수해주십사 부탁드렸더니, 그는 두께가 반 뼘 정도 되는 종이 뭉치 2개를 건네줬다. 자신의 주택 건축 과정을 사진과 함께 기록한 일기였다. 건축 일기에는 공사 진행 상황뿐 아니라 당시에 놓쳐서 아쉬웠던 부분들도 적혀 있었다.

그동안 본 책 어디에도 나오지 않았던 꿀팁들을 전수받으면서 도면을 수정하는 도중에 또 수정을 요구하기도 했다. 예를 들어 계단 아래 생기는 공간을 활용해 보일러실로 만들거

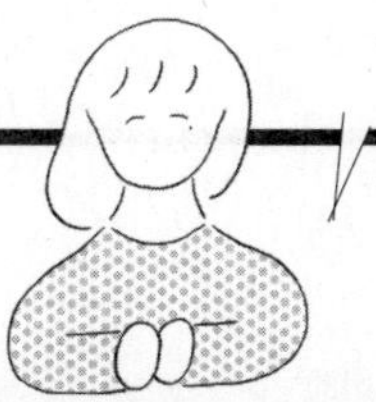

나 수납공간을 마련하기 위해 부엌 옆에 다용도실을 설치하는 것 등이다. 참고로 이 부분은 두고두고 잘했다고 서로 칭찬하고 있다. 덕분에 처음에는 거실에 떡하니 있었던 냉장고를 모두 다용도실에 수납할 수 있었기 때문이다. 또한 공간을 최대한 넓게 쓰기 위해 천장형 에어컨을 설치하려고 했는데, 기존 높이에 설치하면 외부로 에어컨이 노출될 수 밖에 없다는 사실을 알게 되면서 결국 추가 비용을 지불하고 1층 천장 높이를 30cm 더 높이기로 하는 등 우리의 요구 사항은 점차 구체적으로 진화했다.

나름대로 치밀하게 논의해 보낸 피드백 덕인지 Y상은 다음과 같이 답을 보내왔다.

"안녕하세요! 많이 기다리셨지요? 수정 도면그림 2 보내드립니다. 이번엔 더 많이 고민했습니다."

그림 2 | 3차 도면

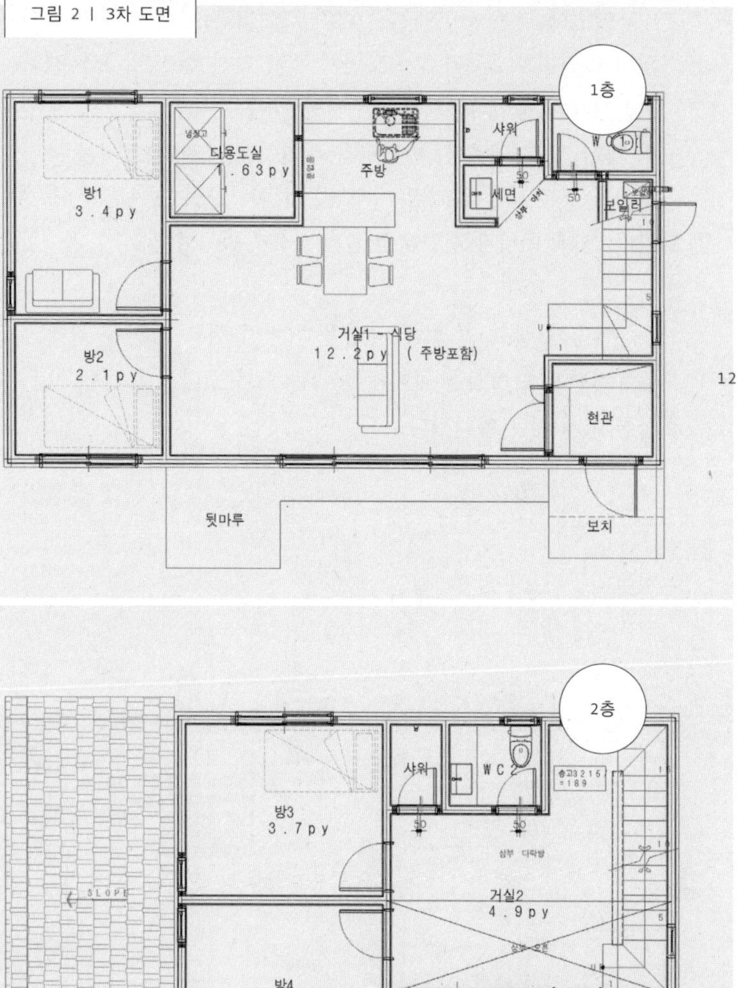

우엉

“느낌적인 느낌으론 안 되는 설계”

이번에 받은 도면에는 우리가 그려왔던 공간이 얼추 구현되어 있었다. (2차와 3차 도면이 뭐가 다른 건지 잘 모르겠다고? 그게 정상이다. 원래 집주인만 안다.) 이후에도 다용도실과 계단, 2층 샤워실, 다락방을 추가하고 베란다 크기를 조금 줄이는 등 자잘한 수정을 거쳐 드.디.어! 최종 도면그림 3이 나왔다. 설계 미팅을 시작하고 꼬박 2개월 만이었다.

이렇게 길고 긴 설계 과정을 거치며 서로 의견을 나누고 공유하면서 합의점을 찾아내는 데는 도가 텄다고 생각했지만, 물론 이게 끝은 아니었다.

그림 3 | 최종 도면

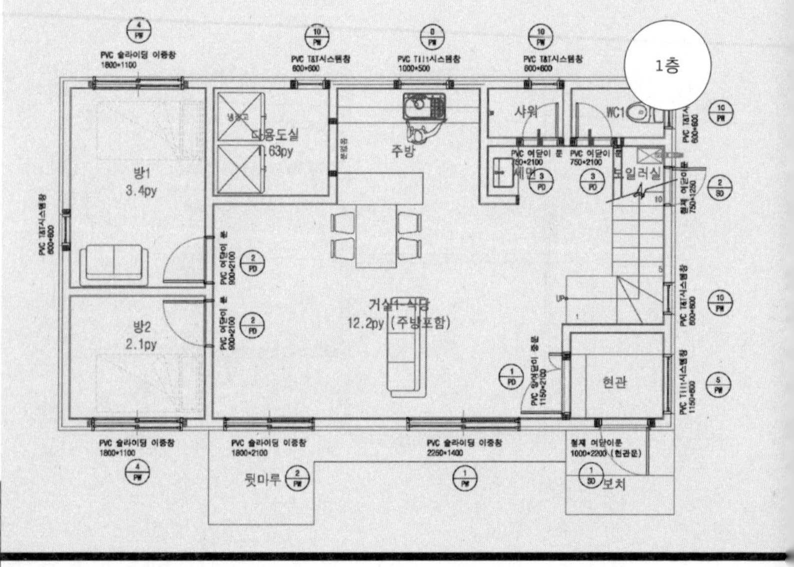

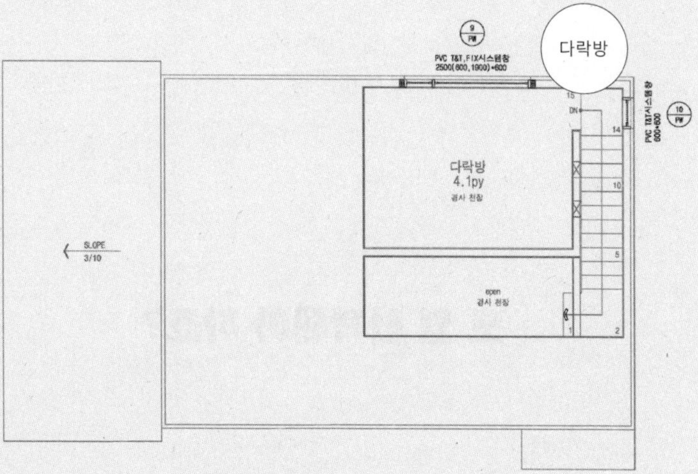

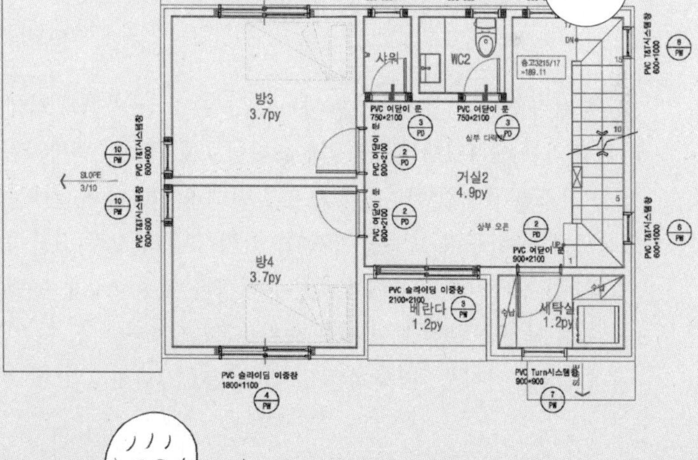

우엉

“느낌적인 느낌으론 안 되는 설계”

돌
김

또 뭘 선택해야 하죠?

완벽이란 게 있을까?

설계 도면이 완성되어가는 사이, 우리는 나름 만반의 인테리어 준비를 해나갔다. 구글 공유 드라이브에 거실과 책방, 주방 등 장소별 참고할 이미지를 모으고 인테리어 미팅 전날에는 도서관에 모여 준비 모임을 가졌다. 다행히 우리 모두 심플하고 모던한 스타일을 선호했기 때문에 시작은 꽤 순조로운 듯했다. 사례 사진을 함께 보며 벽은 화이트톤, 창호의 색은 흰 벽과 대비되는 검정색, 바닥재는 갈색 계열의 강화마루와 데코

타일로 맞추기로 합의했다. 하지만 진짜 게임은 그 다음부터였다.

조명만 해도 위치와 색, 형태를 하나하나 고려해야 하는데, 예산이 넉넉지 않은 우리는 아무리 마음에 들어도 비싸면 다시 처음으로 돌아와야 했다. 심플하고 모던한 취향도 문제였다. 현관문 같은 경우만 해도 심플하면서도 예쁜 건 기성 제품보다 최소한 곱절은 비쌌다. 우리가 계약한 비용 안에서 할 수 있는 선택은 두 가지뿐이었다. 돈을 더 투자하거나 조금 마음에 들지 않더라도 일단 고르는 것. 머리에 쥐가 나기 시작했다. 나머지는 재료나 실물 사진을 보며 정하기로 하되 만장일치를 원칙으로 할 것, 의견이 갈릴 경우 두 명이 선호하는 방식을 따를 것 등을 약속했다. 또, 우리는 서로 '한고집' 하니까 만약 1대 1대 1로 팽팽히 의견이 엇갈리면 쿨하게 H주택 인테리어 담당자의 의견을 받아들이기로 했다.

다음 날, 담당자와의 미팅을 위해 각자 반차를 쓰고 H주택 사무실로 향했다. 담당자는 테이블 가득 샘플북과 인테리어 재료를 쌓아두고 우리를 기다리고 있었다. 나름 준비를 했다고 생각했는데, 오후 2시쯤 시작된 미팅은 저녁 늦도록 이어졌다. 담당자는 모일 수 있는 기회가 적으니 한 번에 최대한 많은 걸 결정해야 한다고 했다. 수월할 줄 알았던 벽지와 바닥재 고르는 일부터 장난이 아니었다. 색뿐 아니라 재질, 질감, 용도와 장단점 하나하나를 확인하다 보니 시간도 더뎠고 암만 봐도 그게 그것 같았다. 오랜 미팅에 지친 기색이 역력한 담당자는 "오늘 모든 걸 결정하려고 한 건 아무래도 욕심인 것 같아요."라며 급히 자리를 마무리하려고 했다. "절반은 결정한 걸까요?"라

돌김

"또 뭘 선택해야 하죠?"

는 우리의 질문에 그는 '1/3도 못 했다'며 회의실을 나섰다.

인천으로 돌아오는 차 안의 공기가 무거웠다. 뭐가 문제일까? 생각해보니 우린 정작 공간을 어떻게 구성하고 싶은지 이야기를 많이 나누지 못했었다. 특히 책방의 모습을 구체화해보지 못했던 것이다. 이틀 뒤, 우리는 카페에서 다시 만나 서로가 원하는 공간의 모습에 대해 이야기했다. 나는 책을 진열할 수 있는 공간을 최대한 많이 두고 싶었고, 우엉과 부추는 사람들이 편하게 둘러앉아 이야기할 수 있는 공간을 원했다. 카페 영업 마감 시간이 임박하도록 이어진 열띤 토론 끝에 공간의 모습이 어느 정도 뚜렷해졌다. 긴 테이블을 두고 그 위로 펜던트 조명이 있는 지금의 책방 모습은 그때 처음 그려졌다.

이제 시작이라니

두 차례의 인테리어 미팅과 십수 차례의 메일 왕복 끝에 기본적인 인테리어가 모두 결정됐다. 많은 걸 포기했는데도 처음 계약 때보다 비용은 700만 원 가까이 뛰었다. 대부분이 조명 때문이었는데, 우리도 더는 양보할 수 없었다. 인테리어 미팅이 끝나고 한참 지나 가구 미팅을 하지 않겠냐는 H주택 담당자의 전화를 받았다. '맞아, 진짜 인테리어는 이제 시작이잖아?' 가구는 집 완공될 무렵까지만 결정해도 되니 시간 여유가 있었다. 우리는 가구만큼은 직접 주문하겠다고 답했다.

싱크대, 테이블, 아일랜드 테이블, 세면대 하부장, 신발장, 옷장, 책장 등 사야 할 게 참 많았지만, 예산은 800만 원 정도. 우선 쇼룸이 잘 되어 있는 이케아 매장부터 둘러보기로 했다. 이케아는 평일에도 인파로 북적였다. 마음에 쏙 드는 것도 있고, 그대로 옮겨 오고 싶을 만큼 매력적인 가구 구성도 있었지만 역시 돈이 문제였다. 층고와 공간 구성이 일반 아파트와 다른 점도 걸림돌이었다. 이케아 가구는 대부분 아파트 구성에 맞춰져 있다 보니 높이가 안 맞다거나 수전 연결이 불가능하다거나 하는 자잘한 문제들이 뒤따랐다. 실제로 이케아에서 주문한 세면대 하부장은 수도관과 높이와 굵기가 맞지 않아 눈물을 머금고 2층 거실 서랍장으로 용도를 바꿔야 했다. 결국 세 번이나 이케아를 찾았지만 우리가 산 건 문제의 세면대 하부장과 보조주방에 놓을 조립식 선반, 이층침대 프레임, 갓등, 와인 잔이 전부였다.

사실 핀터레스트나 잡지, 블로그에서 인테리어 사례를 수집할 때는 정말 쉬워 보였다. 비슷한 이미지의 가구를 찾으면 그만일 거라 생각했다. 하지만 인테리어를 직접 한다는 게 만만한 일이 아니라는 걸 실감하면서 점점 괴로움은 커졌다. '디테일과 조화, 편리함을 다 갖추면서 저렴한' 것은 실현 불가능한 이야기인 것만 같았다. 맞춤 가구 제작 업체 네 곳과도 미팅을 해봤지만 어느 한 곳 만족스러운 곳이 없었다. 차라리 목공이라도 배워서 직접 해야 하나 싶었지만, 내 손은 똥손인데 어떡하지…. 인테리어의 늪에서 빠져나갈 방법을 찾아야 했다.

은인의 등장

'멘붕' 상태에 빠져 있을 무렵, 뜻밖에도 주변에 든든한 지원자들이 하나둘 나타나기 시작했다. 우엉이 방학 때 본가에

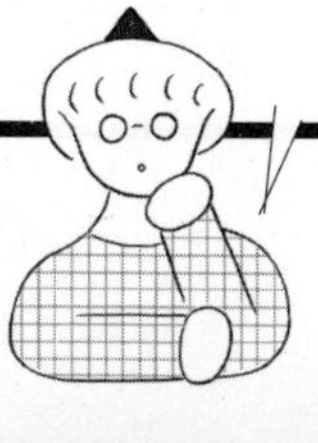

내려갔다가 독감에 걸려 한동안 앓아누운 적이 있었다. 집에 있는 시간이 많다 보니 부모님과 이런저런 이야기를 나누다가 서울에서 싱크대와 가구를 만드는 친척분이 있다는 고급 정보를 접한 것이다. 마침 그 친척분도 흔쾌히 도와주겠다고 했단다.

실의에 빠져 있던 우리는 그분과 만나 "저희는 심플하고 깔끔한 스타일을 원해요."라며 '느낌적인 느낌'을 두서없이 설명했다. 개떡같이 말해도 찰떡같이 우리가 원하는 걸 간파한 친척분은 말도 안 되게 저렴한 가격에 책장과 싱크대 하부장, 아일랜드 테이블, 세면대 하부장, 신발장, 옷장을 만들어 주겠다고 약속했다. 문득 믿음이 부족한 나는 '아는 사람한테 일 부탁하는 거 아니라는데, 또 너무 싸게 해주신다고 하니 맡겼다가 나중에 마음에 안 들면 어떡하지?' 하는 불안감에 휩싸이기도 했다.

친척분과 미팅을 한 지 한 달여 만에 가구 설치 공사가 시작됐다. 우리가 원했던 느낌이 그대로 실현되는 현장을 보면서 그 불안감은 눈 녹듯 사라졌다. 바로 이 '느낌적인 느낌'이다! 나도 말로 표현 못 한 이 느낌을 어떻게 알아차리신 걸까? 훗날 우엉의 아버님을 통해 들은 바로는 친척분은 이윤 한 푼 안 보고 최고급 품질로 가구를 제작해주신 거라고 했다. 그렇게 우리의 책방 공간엔 고급 삼나무 책장과 최고급 싱크대, 견고한 붙박이장이 들어왔다. 지금 우리가 편히 쓰고 있는 가구의 8할은 우엉 친척분의 '재능 기부'로 만들어진 것들이다.

게다가 각자의 친구들이 앞다퉈 필요한 게 있으면 집들이 선물로 보내주겠다고 연락이 왔다. 생일 파티에 모인 친구들이 선물로 모두 '디퓨저'만 사줬다는 내용의 광고도 있다지만, 우리의 친구들은 기왕 선물하는 거 우리에게 진짜 필요한 걸 해주고 싶다고 말해줬다. 우린 각종 소품, 조명, 생활용품을 리스트로 정리해 공유했고, 친구들은 돈을 모아 책장 두 개, 손님이 쓸 포근하고 두툼한 수건, 슬리퍼, 에어프라이기, 거울 등등 우리에게 꼭 필요한 것들을 선물로 보내줬다. 그 선물들은 지금도 각자의 위치에서 제 역할을 톡톡히 하고 있다.

집요정 도비, 도와줘

우리 중 눈썰미 좋은 우엉이 많은 활약을 하면서 인테리어도 어느덧 순조롭게 흘러가는 듯했지만, 그럼에도 결정하기 어려운 순간은 늘 찾아왔다. 실물로 확인하기 어렵거나, 셋의 의견이 팽팽히 맞설 때가 그때다. 내가 아이디어를 하나 냈다.

"어떤 펜션에서는 콘셉트를 잡거나 인테리어를 할 때 20대 여성에게 의견을 물어본대. 가장 트렌디하고 명확히 의견을 주기 때문에 실패할 확률이 적다고 하더라."

부추와 우엉은 이 말에 일리가 있다며 당장 주변의 아는 20대 여성을 모두 단체 카톡방에 초대하자고 했다. 이제야 밝히는 이야기지만 나는 그때까지만 해도 주변에 아는 20대 여성이 없어 슬쩍 30대 초반 지인을 몇 명 초대했다. 나중엔 블로그 공모를 통해 몇 분이 더 합류하면서 스무 명 가까이 참여했는데 모두들 재미있는 경험이라며 오히려 즐거워했다.

돌김

"또 뭘 선택해야 하죠?"

이분들께 우리가 인테리어를 결정하는 데 도움을 주십사 하는 취지를 설명하고 단톡방 이름을 '집요정 도비(영화 해리포터에 나오는 캐릭터로 집 안에서만 생활하며 주인이 놓아주어야만 자유를 얻을 수 있음)'로 지었다. 인테리어 고민이 해결되는 그 순간 '도비는 자유'의 순간을 맞기로 약속했다. 우리는 단톡방에 싱크대 스타일과 색상, 이층침대 프레임의 색상 등에 대한 의견을 물었다. 몇 가지 아이디어 중에서 하나만 골라달라고 했는데 '도비'들은 마치 자기 일처럼 세심하게 선택한 이유까지 제시해 줬다. 시점 프로젝트의 상징성을 고려한 색상 등 생각지도 못한 훌륭한 답을 주기도 해 우리는 큰 감동을 받았다. 그들은 우리가 보지 못했던 전체적인 색감, 조화까지 고려한 조언을 건넸고, 진행되는 현장을 공유할 때마다 격한 환영과 응원 메시지를 보내줬다. 이럴 줄 알았다면 첫 과정부터 함께했으면 좋았겠다는 생각이 들 정도였다. 집요정 도비들과 나눈 교감은 집 짓는 과정 중 가장 재미있고 힘이 나는 순간이었다.

'을'이 되지 않기 위한 고군분투 (1)

책도 읽고 집을 지어본 분을 만나 도움을 많이 받았지만, 한편으로 우린 겁을 단단히 먹었다. 본인이 살 집을 지어본 사람들은 한결같이 '집 짓다가 10년은 늙은 것 같다'고 말했기 때문이다. 공사가 늦어지는 것은 기본이고, 공사 중간에 여러 이유로 건축사와 틀어져 아예 업체를 바꾸는 경우도 있다고 했다. 허술하게 건축되어서 하자가 생기면 나중에 큰돈을 치르게 되는 일도 심심치 않게 찾아볼 수 있었다. 최 선생님은 "말이 건축주지, 건축사에게 1차 공사 대금(착공 1개월 전에 지불하는 전체 공사 대금의 40% 가량의 비용)을 치른 후에는 철저하게 을이 돼

요."라고 말했다. 우리는 H주택에게 을이 되지 않기 위해 이것저것 따지면서 사뭇 진지하게 대책 회의를 하기도 했다. 하지만 복병은 따로 있었다.

전세 보증금 사수하기

건축사에서는 1차 대금을 납부하면 9월 초부터 바로 공사를 시작할 수 있다고 했다. 원래 계획은 농촌주택개량 지원사업으로 착수금 3000만 원을 미리 대출받고 돌김과 나의 신혼집 전세 보증금을 빼서 1차 대금을 지불하려고 했다. 그러나 둘 다 차질이 생겼다. 지원사업으로 받으려던 착수금은 착공승인서가 있어야만 쓸 수 있었기 때문이다. (자세한 내용은 114쪽 참고) 착수금 3000만 원은 급한 대로 은행에서 일반 신용대출을 받았으나, 문제는 전세 보증금 7500만 원이었다.

돌김은 집주인에게 곧 이사 갈 예정이니 새로 들어올 세입자를 구해 늦어도 8월 초까지는 보증금을 돌려받게 해달라고 부탁해놓은 상태였다. 그런데 별안간 집으로 가압류 결정 통보서가 날아왔다. 집주인이 각종 세금을 내지 않아서 집에 가압류가 걸린 것이다. 집주인이 계속 체납 상태를 유지하면 집 자체가 경매에 넘어갈 수 있었다. 그러나 세상 물정을 몰랐던 돌김과 나는 확정일자도 받았겠다, 세입자가 우선순위니까 경매로 넘어가더라도 늦게나마 전세금을 돌려받기만 하면 된다고 생각했다.

하지만 상황은 그렇게 한가롭지 않았다. 알아보니, 체납된 세금이 국세일 경우에는 세입자의 전세금을 먼저 돌려주는 것이 아니라, 국세를 먼저 납부하도록 되어 있었던 것이다. 우리는 최악의 경우에도 대비해야 했다. 집주인이 국세를 어마어마하게 체납한 상태로 집이 경매에 넘어갈 경우, 전세금을 아예 돌려받지 못하거나 일부만 받을 수도 있는 문제였다. 그 전세금은 돌김과 내가 가진 유일한 자산이었다. 성실하게 일해서 겨우 모은 돈으로 전셋집을 구했는데, 자칫 잘못하면 전 재산을 날릴 위기에 처하다니. 그 사실을 알게 된 뒤로 우리는 땅이 꺼져라 한숨 쉬는 일이 잦아졌다.

돌김은 집주인에게 여러 차례 전화했다. 집주인은 세금이 1000만 원 정도 납부되지 않은 거라면서 금방 갚을 거라고, 걱정하지 말라고 했다. 그러나 가압류 상태는 지속됐다. 돌김이 3일에 한 번꼴로 전화를 할 때마다, 집주인의 말(체납된 세금 액수)이 달라졌다. 나중에는 자신도 힘든 상황이라며 미안하다고만 했다. 답답해진 돌김이 집주인에게 내용 증명까지 작성해 보냈지만, 집주인은 전혀 반응이 없었다. 이젠 아예 연락을 받지도 않았다.

여름 방학이 시작되고부터는 시간 여유가 많아진 내가 전세금 문제를 해결하겠다며 호기롭게 나섰다. 쨍쨍 해가 내리쬐는 여름날, 나는 습한 더위에 온갖 짜증을 불러 모은 전투태세로 집주인에게 전화를 걸었다. 어쩐 일인지 집주인이 내 전화를 덜컥 받았다. 돌김의 번호만 피하고 있었던 것이다. 나는 한껏 격앙된 목소리로 말했다. “사장님, 이런 식으로 나오시면 안 되죠. 그 보증금은 저희가 가진 전 재산이에요. 그 돈 없으면 저희 큰일 나요. 지금 길바닥에 나앉게 생겼다고요. 성실

하게 살고 있는 젊은 사람들 앞길을 가로막고 계신 거예요. 어떻게든 지금 나 몰라라 하는 태도에 대해서 대가 치르게 할 거니까 그런 줄 아세요." 쌓아두었던 말을 뱉고 나니 속은 조금 시원해졌지만 그렇다고 해결된 건 아무것도 없었다.

전화를 끊고 차분하게 생각해보았다. 지금 할 수 있는 건 집주인이 어떤 세금을 얼마나 체납했는지를 따져보는 거였다. 세무서에 전화를 해보니, 세금 내역은 개인정보라서 절대 알려줄 수 없다고 했다. 제 3자가 세금 조회를 해보기 위해서는 본인 동의가 필요하다고 했다. 다시 집주인에게 전화를 걸었다. "저희에게 미안한 마음이 조금이라도 있으면, 세무서에 같이 가서 체납된 세금 내역을 확인하게 해주세요." 집주인은 알겠다고 해놓고는 세무서에 갈 날짜를 잡으려고 하자 다시 연락이 두절되었다.

나는 하루에 한 통씩 애원하는 문자를 보냈다. 3일이 지나도 답장이 없자, "세무서에 간다고 약속하셨으니 사장님을 믿고 기다리겠습니다. 월요일 9시부터 세무서에 가 있을게요. 오시면 연락 주세요." 하고 최후의 통첩을 날렸다. 이번에도 답이 없으면 어떻게 하나 초조한 마음으로 답장을 기다리는데, "10시 반에 봬요."라는 짧은 문자가 하나 왔다. 그 문자만으로도 보증금 절반은 돌려받은 것처럼 기뻤다. 월요일, 약속한 시간에 인천 세무서에 찾아갔다. 집주인은 먼저 도착해 있었다. "미안합니다. 나도 사정이 어려워서. 어떻게든 전세금 받을 수 있게 해볼게요." 집주인에 대해 미운 마음이 한가득이었으나, 직접 만나 사과의 말을 들으니 좀 수그러졌다. "네, 저도 하도 절박해서 큰소리까지 나왔어요. 어떻게든 해보신다니 마음이 좀 놓이네요."

집주인과 함께 담당 세무사를 찾아갔다. 처음엔 단순히 집주인의 체납 내역을 확인하는 것이 목적이었는데, 집주인은 세무사에게 세금 납부 의지를 거듭 밝혔다. 면담 분위기가 세무사를 설득하는 쪽으로 흐르자, 나도 가만히 있을 수 없었다. 나는 눈물 어린 목소리로 가압류 상태로는 다음 세입자가 들어오지 못하니 보증금을 받을 수 없다며 호소했다. 절박한 마음이 통했는지 담당 세무사는 우리의 사정을 고려해서 가압류를 일시 해제해주었다. 해제 후 일주일도 채 지나지 않아 다음 세입자가 집주인과 계약을 했다. 그렇게 우리는 4개월간의 실랑이 끝에 무사히 전세 보증금 7500만 원을 돌려받을 수 있게 되었다. 을도 아닌 병일 수밖에 없는 세입자의 서러움을 몸소 체험하며, 5년은 늙은 기분이었다.

제발, 첫 삽 좀 뜨게 해주세요.

전세 보증금 사수를 위한 전쟁이 치러지는 동안 1차 대금을 내기 위해 토지담보대출을 알아봤지만, 그것마저 건축 인허가[7]가 나야만 가능하다는 사실을 뒤늦게 알았다. 건축 인허가가 언제 떨어지느냐가 우리 집 짓기 일정에 가장 큰 영향을 미치게 됐다. 건축 인허가는 군청에 직접 민원을 낼 수도 있었지만, 셋 다 직장생활을 하고 있었기에 복잡한 서류를 매번 챙기기는 무리였다. 공사를 진행하는 내내 많은 민원 서류를 처리할 터였으니 이를 대행해줄 업체가 필요했다. 그동안 책과 주

7 **건축 인허가** '이 땅에 건물을 이렇게 지어도 되겠습니까?' 하고 설계도면 등을 심사받는 허가 절차.

변의 조언으로 쌓인 데이터에 의하면 건축 인허가는 해당 지역에서 가장 영향력이 있는 건축사무소를 찾는 게 중요했다. 지역 건축허가과는 굉장히 까다롭게 하는 걸로 유명한데, 공무원들과 안면을 튼 경험이 많은 사무소일수록 각종 허가가 잘 난다는 게 건축계의 불문율이라는 것이다. 우리도 그 불문율을 따라 강화에서 집을 짓는 사람들은 대부분 맡긴다는 O건축사무소(이하, O건축)에게 모든 민원 과정을 맡기기로 했다.

이제 O건축에 건축 인허가와 착공계도 대행을 잘 맡겼으니, 우리에게 남은 일은 기다리는 것밖에 없다고 생각했다. 그런데 8월이 다 되도록 군청에서 소식이 없었다. O건축에 연락해보니 자신들은 이미 서류를 제출한 상태라 군청 쪽에서 처리해주길 기다리는 수밖에 없다고 했다. 요새 집을 짓는 일이 많아서 일 처리가 늦어지는 것 같다는 말을 곁들였다. 군청 담당자에게 전화해봤더니 역시 그냥 기다리라는 말만 돌아왔다. 기다리고 기다리다 지친 우리는 더 이상 가만히 있을 수만은 없어 뭐라도 해보자며 직접 건축 인허가 담당 공무원을 찾아가기로 했다. 상대의 측은지심을 건드려보기로 작전을 짠 우리는 최대한 꼬질꼬질한 모습을 하고 강화군청 건축허가과 사무실로 들어갔다.

주민들의 문제를 해결해주는 민원실이 아닌, 일반 사무실에 찾아가는 일은 처음이었다. 건축허가과 사무실 문 앞에 직원들 사진이 붙어 있었다. 전화 통화만 해온 담당자분의 인상이 좋아 보여 안도의 한숨을 쉬었다. 잔뜩 긴장한 채 문을 열자, 빽빽하게 들어서 있는 사무 책상들과 잔뜩 쌓여 있는 서류더미들이 보였다. 사진에서 본 얼굴의 직원분과 눈이 마주치자 납작 몸을 낮추고 고개를 숙여 인사를 했다. 세 명이서 우르르 찾아온 걸 보고 직원분도 당황한 것 같았다. 그리고 책상 위에 가슴팍까지 쌓여 있는 서류들을 가리켰다. “저도 빨리 하고 싶은데요, 건물이 워낙 많이 생겨서 일이 너무 많아요. 이거 보세요. 이거 다 제가 처리해야 하는 서류들입니다.”

여기서 그냥 물러날 수는 없었다. 우리의 전략대로 연신 고개를 조아렸다. “아이고, 힘드시겠어요. 바쁘신데 저희가 시간을 뺏게 됐네요. 저희도 웬만해서는 이렇게 찾아와서 부탁하지 않아요. 그만큼 급해서 그렇습니다.” “선생님, 젊은 사람 셋이서 없는 돈 긁어모아 강화에서 의미 있게 살아보려고 왔어요. 농촌주택개량 지원사업에 선정이 됐는데, 빨리 공사를 하지 않으면 지원금을 못 받게 됩니다. 제발 인허가 조금만 빨리 부탁드립니다.” 담당자로부터 최대한 해보겠다는 답변을 겨우 받아냈다. 금수저는 아니지만, 가진 것에 만족하면서 살던 우리는 이렇게 잔뜩 몸을 낮추고 잘 봐주십사 부탁을 해본 것이 처음이었다. “이제 하고 싶은 일을 위해서 내 자존심 따위는 중요하지 않은 어른이 된 것 같아.” 씁쓸한 마음을 쓸어내리며 군청을 빠져나왔다.

이렇게까지 했으니 이제 곧 인허가가 나겠지 생각했지만, 여전히 감감무소식이었다. 시간은 흘러 원래 계획대로라면 공사를 시작했어야 하는 9월이 되었다. 다시 군청 담당자에게 전화를 걸었다. 그사이에 담당자가 바뀌어 있었다. 개발행위, 정화조, 정보통신 등 협의가 완료되어 서류가 담당자에게 도착한 상태라고 했다. 오늘 확인해보고 특별한 보완 사항 없으면 바로 인허가를 내겠다고 했다. 다음 날, 건축 허가 민원이 ‘해결’

로 결과 처리되었다는 문자를 받았다. 전화 한 번으로 바로 민원 처리가 해결되다니! 앞뒤 맥락을 따져볼 때, 사전 준비는 다 됐으나 인사 이동 시즌이 되면서 흐지부지 일 처리가 되다가, 우리가 전화를 하자 그때서야 부랴부랴 일을 처리한 것임이 틀림없었다. 에잇, 다신 고개를 조아리지 않을 테다!

우여곡절 끝에 인허가를 받았지만, 공사를 바로 시작할 수 없었다. 인허가는 0.5차 관문일 뿐이다. 군청으로부터 착공계[8]가 떨어져야 했다. 착공계 현황은 어떻게 되어가고 있는지 O건축에 연락했다. 이번에도 역시 군청에서 승인을 안 해준다는 말이 돌아왔다. 치밀한 따짐(?) 끝에 전세금을 받은 경력이 있는 내가 또 한 번 전면에 나서기로 했다. 곧장 담당 공무원에게 전화를 걸었다. 한껏 쏟아부을 준비를 하고 있는데, 의외의 답변이 돌아왔다. O건축에서 현장관리인 인증 절차[9]를 제대로 밟지 않아서 관련 서류를 요청한 상태라는 것이다. 이번엔 O건축과 H주택이 범인이었다. O건축에서 H주택 쪽에 서류 요청을 했으나 H주택이 늑장을 부렸고, O건축은 굳이 독촉하지 않은 것이다. 마음이 급한 건 우리뿐이었다. 건축사든, 민원대행업체든, 군청이든 우리 집이 어떻게 되어가는지에는 전혀 관심이 없었다. 자기들은 최소한으로 할 일만 하면 될 뿐이었다. 이렇게 착공이 늦어지다가는 당장 공사를 시작해도 겨울이 완전히 겹쳐서 기온이 현격히 떨어지는 날이 지속되면 공사가 중단될 수도 있었다.

어쩌겠는가. 배고픈 놈이 우물을 파는 수밖에. 그날 이후로 우리는 보다 철저하게 공

8 **착공계** '공사를 시작해도 되겠습니까?'를 심사하는 절차

9 **현장관리인 인증 절차** 공사 현장에 상주하며 관리하는 사람(보통 현장소장이라고 부름)이 적절한 자격을 갖추고 있는지 확인하는 절차.

사 진행 상황을 파악하기로 했다. 어느 한 곳만 믿어서는 안 됐다. 군청 공무원 담당은 나, O건축은 우엉, H주택은 돌김이 전담 마크하며 공사를 진행하는 동안 각자 꾸준히 독촉하기로 했다. 효율적인 전략으로 세 곳을 독촉한 끝에, 10월 11일에 드디어 착공계가 떨어졌다. 우리는 한 달에 한 번만 외식한다는 규칙을 깨고, 착공 기념으로 밖에 나가 맛있는 음식을 사 먹었다. 오랜만에 웃고 떠드는 우리 셋 사이에 일종의 전우애가 흐르는 것이 느껴졌다.

그땐, 공사만 시작하면 모든 게 순리대로 흐를 줄 알았다.

우
엉

감동의 첫 삽

진짜 말로만 하는 거 아니에요

"집 짓는다, 짓는다 하더니 도대체 언제 들어가?"

2016년부터 입술이 마르고 닳도록 부르짖던 공사는 돈 때문에, 절차 때문에, 설계만 해두고 답답하게 막혀 있었다. 본의 아니게 입만 산 사람이 되어버린 것이 억울했지만 어쩔 수 없었다. 토지 형질 변경, 건축 인허가, 착공계를 받는 데만 두 달 가까이 걸리고 이제 더 준비할 건 없겠지 안심할 무렵 신중한 돌김이 "마을 주민들께도 공사 시작한다고 양해를 구해두는 것이 좋지 않을까?"라고 말을 꺼냈다. 그러고 보니 본격적인 공사가 시작되면 포클레인 소리며 돌 깨는 소리가 마을 곳곳에 울려 퍼질 것이 뻔했다. 우리는 공사 시작 전 주말, 생협에서 유기농 고구마케이크와 무화과를 사다가 이웃들께 돌렸다.

이웃분들께 정식으로 인사하는 것은 이번이 처음이었다. 시골은 텃세가 심하다느니, 소문이 무서운 동네라는 말을 주워들은 터라 우리는 이번에도 역시 미리 작전 회의를 했다. 작전상 우리 중 가장 공손한 얼굴과 나긋나긋한 목소리로 평소 어르신들의 사랑을 한 몸에 받는 돌김을 전면에 내세우기로 했다. 한 집씩 대문을 두드릴 때 어찌나 떨리던지. "저희가 다음 주부터 공사를 시작해서요. 조금 시끄러울 것 같아요. 4개월 정도면 끝날 것 같으니까 양해해주세요." 우리의 예상대로 이웃분들은 착하게 생긴 돌김에게 "아유~ 괜찮아요~."라고 답해주셨다. 작전 성공이었다.

첫 삽 뜨던 날

2018년 10월 중순, 드디어 첫 삽을 떴다. 맨날 시작한다 해놓고 '어? 이런 절차가 있었어?', '어? 이건 또 무슨 허가야?' 하며 미뤄져왔던 건축이 각종 허가를 모두 받고 현장소장이 생기면서 본격적으로 물살을 탔다. 첫 삽 뜨는 날이라니, 당연히 가봐야 했다.

오랜만에 만난 땅은 잡초가 싹 제거되고 편평화 작업이 완료되어 황토색 민낯이 드러나 있었다. 이전에는 갈 때마다 이름 모를 잡풀들이 무성했는데, 풀이 없으니 땅이 한결 넓어 보

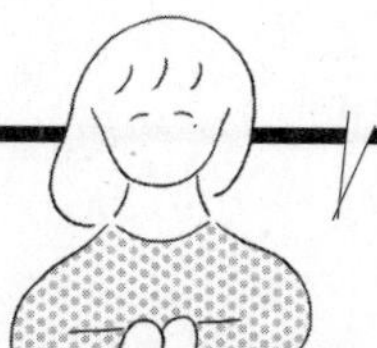

였다. 시공팀에서 이미 나와 터를 다지고, 도면에 맞게 줄을 쳐놓은 상태였다. 설계도를 수백 번 봐서 그런지 맨땅에 줄만 쳐놓아도 어디가 어디인지 알 수 있었다. 그리고 우리 집을 책임지고 지어주실 현장소장님도 만났다. "안녕하세요. 반갑습니다." 현장소장님은 믿음직한 목소리로 인사를 건네셨고, 우린 기념으로 같이 사진을 찍었다.

어느새 해가 지고 시공팀이 돌아간 자리에 우리 셋만 우두커니 서서 집터를 바라봤다. 왜인지 발걸음이 떨어지지 않았다. 지난날 함께 울고 웃으며 쌓아온 시간들이 그곳에 있었다. 가슴 한편이 아련해 그냥 가기 아쉬웠다. 아무도 집에 가자는 말을 꺼내지 않는 가운데, 묵직한 분위기를 바꾼 것은 부추였다. "우리 연극이라도 할까?" 좋다고 맞장구를 치고 나서 곧바로 줄만 쳐져 있는 집터를 돌아다니며 연극을 시작했다. "흠. 여기가 화장실이군." 셋 중 가장 오랜 시간 화장실을 이용하는 돌김이 메소드 연기를 보여주었고, 부추는 거실 테이블에 앉는 척 기마자세를 하고서 책 읽는 시늉을 했다. 나는 2층 계단을 내려오는 척 마임을 했다. 누가 먼저랄 것도 없이 웃음을 터뜨렸고, 그제서야 2년을 준비한 집 짓기가 시작되었다는 기쁨과 설렘이 현실로 다가왔다.

이러면 뒤야 안 뒤야?

터를 잡은 후 다음 작업은 배관 설치 작업과 기초 작업이다. 집을 짓는 과정 중에서 가장 중요하다고들 하는 것이 바로 기초다. 우리는 기초 작업에 대해 중요하게 생각하다 못해 두려워할 정도였는데, 그 이유인즉 우리나라 지도를 보면 알 수 있다. 다들 지도를 펴서 강화도가 어디에 있는지 찾아보라. 그렇다. 이곳은 북한과 인접한 북쪽에 위치해 있다. 아주 그냥 엄청나게 춥다는 얘기다. 게다가 우리에게 기초에 대한 두려움을 갖게 만드는 강화도의 특징이 하나 더 있다. 학창 시절 역사를 열심히 공부한 사람들은 알 것이다. 강화도는 고려 시대부터 바다를 매립한, 조상들의 피와 땀이 녹아 있는 곳이다. 매립지의 특성상 강화도는 땅에 습기가 많은 편이라 집을 지을 때 기초를 튼튼하게 하는 것이 무엇보다 중요했다.

첫 삽을 뜬 날 이후 우린 종종 강화도 공사 현장을 다녀왔다. 방문할 때마다 공사 현장에 구경 나오신 동네 분들과 마주치기도 했는데, 그중에는 우리에게 땅을 매매하신 박 사장님도 계셨다. 박 사장님께서는 구수한 전라도 사투리로 "이러면 안 뒤야."를 시전하곤 하셨는데, 우리의 기초 공사를 보고도 "안 뒤야."를 열 번 정도 외치셨다. 강화도는 얼어 뒤질 만큼 추운데 지금 기초 콘크리트는 낮아서 겨울을 나기 힘들 테니 지금보다 30cm는 더 올려야 한다는 말씀이셨다. H주택에 알아보니 기초 10cm를 더 올리는 데 200만 원이 든다고 했다. 사장님 말씀처럼 30cm를 올리는 것은 주머니 사정이 허락지 않았지만, 강화도의 추위를 대비해 기초 콘크리트를 10cm 더 올리기로 협의했다.

기초 작업은 매트 공법(통기초)으로 진행했고 버림 콘크리트와 철근 작업을 한 후, 다시 콘크리트를 붓고 거푸집을 제거

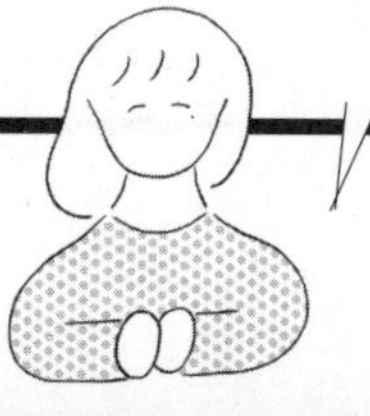

하는 과정을 거쳤다. 기초 콘크리트가 마르는 것을 기다리던 시기에 부추와 나는 부여로 수학여행을 다녀왔다. 하필 그때쯤 갑자기 날씨가 추워지고 비가 왔는데, 우린 우산을 안 가져와서 비를 맞으며 부여를 돌아다니는 것보다 콘크리트가 안 마를까 봐 걱정을 했다. 기초 작업이 끝난 뒤에는 정화조를 포함한 오수 정화 시설 공사를 했는데, 북스테이를 운영할 것을 감안해 넉넉한 크기로 정화조를 묻기로 했다. 물론 그만큼 돈은 더 들었지만 지금까지 경험에 비춰 볼 때 나중에 고생하느니 돈을 쓰는 게 낫다는 걸 깨달은 뒤라 만장일치로 결정했다.

기초 공사가 진행될 무렵 우린 몸도 마음도 지쳐 있었다. 날이 추워지면서 셋이 번갈아 감기에 걸렸고 연말이 다가오면서 직장에서도 일이 바빠지기 시작했다. 공사가 시작되면서 신경 쓸 일도 많았다. 그럼에도 불구하고 우린 서로를 의지하면서 버텨냈다. 내가 우울해할 때면 부추와 돌김이, 부추가 가라앉아 있으면 나와 돌김이, 돌김이 끙끙 앓고 있을 때는 부추와 내가 힘을 보탰다. 그러면서도 각자의 몫을 하려 고군분투했으며 서로에게 끊임없이 긍정의 메시지를 던지고 격려했다. "우리 이만하면 잘했어." "대단해." "이제 조금만 더 힘내자." 서로 토닥이며 초겨울의 쓸쓸함을 견디던 중 현장소장님으로부터 기초 공사가 잘 끝났고 골조 공사를 시작한다는 소식이 들려왔다.

'을'이 되지 않기 위한 고군분투 (2)

공사가 본격적으로 시작되자 집 짓기를 위해 형성한 관계망이 더 넓어졌다. 공사 전에는 H건축-O건축사무소-군청 건축허가과를 중심으로 우리 셋이 한쪽씩 맡아 균형 있는 삼각 구도를 이룰 수 있었다. 그런데 직접 공사를 해주시는 분들과 공사 현장을 총괄하는 현장소장까지 등장하면서 관계가 훨씬 복잡해졌다. 규모가 커지면 관계에 균열이 생기기 마련이다. 우리는 작은 균열이라도 생기지 않도록 조심하려고 애썼지만, 어쩔 수 없는 일들이 자꾸만 일어났다.

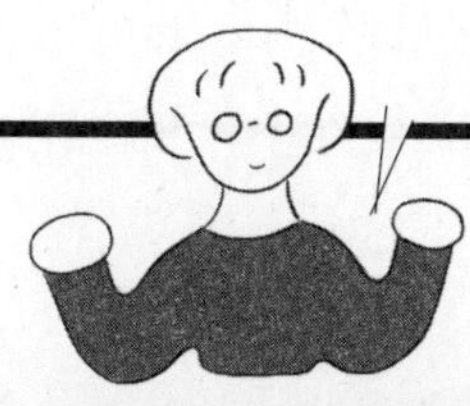

제발, 싸우지 마세요

보통 공사를 시작하면, 건축주들은 혹여 부실 공사가 되지 않도록 공사 현장을 자주 들여다본다. 하지만, 우리는 셋 다 직장생활을 하고 있었다. 돌김의 경우 원래 공사 시작과 동시에 퇴사를 할 예정이었으나, 빚이 갈수록 늘어나면서 이사할 때까지는 회사를 계속 다니기로 했다. 당시에 강화도까지 운전할 수 있는 사람은 돌김밖에 없었다. 돌김은 서울에서 출퇴근하느라 평일에는 저녁 늦게 집에 들어왔다. 아무리 궁금해도 평일에는 공사 현장을 들여다볼 수 없는 상황이 되었다. 불안한 마음이 없지 않았으나, 우리가 할 수 있는 최선은 현장소장님에게 무한한 신뢰의 메시지를 보내는 것이었다.

현장소장님은 공사 진행 상황을 사진으로 보내주셨는데, 그 사진을 받을 때마다 "추운데 고생하셨습니다.", "정말 감사합니다.", "현장소장님을 비롯해서 직원분들을 무조건 믿고 있어요! 앞으로도 잘 부탁드립니다." 등의 메시지를 보냈다. 주말에 공사 현장에 방문해보고, 크게 하자가 없는 이상 작은 것들은 아무 말도 하지 않고 넘어갔다. 한편으로 공사를 하시는 분들께 따로 수고비를 넉넉하게 챙겨 줘야 한다는 이야기를 주변에서 많이 들었던 터라 어떻게 해야 하나 걱정이 됐다. H주택에 문의를 했더니 그런 건 전혀 하지 않아도 된다고 해서 마음이 놓였다. 대신 공사 현장에 가끔 따뜻한 음료나 핫팩 같은 것을 챙겨 가서 나눠 드렸다.

시간이 되는 주말이면 강화에 가서 공사 현장을 둘러봤으나, 전문가가 아닌 입장에서 일이 어떻게 진행되고 있는지 정확하게 알 수는 없었다. 건축 자재들이 도착했지만, 이게 원래 계약한 것과 맞는 건지도 알 길이 없었다. “강화도는 겨울에 추워서 단열재는 꼭 제대로 써야 할 텐데.” 설계 도면과 공사 현장을 맹하게 바라보다가 문득 O건축에 감리비를 지급한 것이 생각났다. “아, 맞아! O건축에 감리를 맡겼는데, 거기서 감리를 제대로 하고 있는 걸까? 확인해봐야겠다.” 우엉이 O건축에 전화해서 감리 진행 상황을 물어보며, 단열재 부분을 꼭 확인해달라고 부탁했다.

그런데 며칠 후 저녁, 현장소장에게 다급한 전화가 왔다. “O건축에서 공사 일정을 미리 알려주지 않아서 공사 중지 명령을 내릴 수도 있다고 연락이 왔습니다.” 공사 중지 명령이라니! 듣기만 해도 공포스러운 단어에 우리는 화들짝 놀랐다. 마침 은행에 대출을 받으러 갔다가 돌김의 전화를 받은 우엉이 O건축에 전화했으나, 담당자가 자리를 비워서 오후에 다시 연락을 달라고 했단다. 다음 통화를 기다리는 몇 시간 동안 온갖 부정적인 생각이 머릿속을 꽉 채웠다. 둘 사이가 좋지 않으면 우리에게 좋을 게 없을 터였다. 그렇다고 우리가 함부로 끼어들어서 중재하기도 어려운 상황이었다.

오후가 되자, 우엉이 O건축에 다시 전화를 걸었다. O건축에서 말하길 “감리를 하기 위한 자료를 H주택에 요청했으나 현장소장하고 소통하라고 했다. 현장소장에게 연락을 했더니 우리에게 아무런 통보도 없이 이미 공사를 진행하고 있었다.

감리에 필요한 자료도 주지 않고 마음대로 공사를 시작해버리는 경우는 없다. 감정이 상해서 공사 중단 명령 이야기가 나왔다."고 했다. 우엉은 "제가 괜히 긁어 부스럼 만든 것은 아닐까 걱정스럽다. 두 분이 서로 마음 상한 것은 풀고 잘 협력했으면 좋겠다."고 조심스럽게 말했고, H주택에도 연락해서 O건축에 자료를 넘기도록 했다. 다행히 그 후로 이 일이 더 커지진 않았다.

제발, 물 좀 나오게 해주세요

공사 일정이 잡히고, 돌김은 상수도 사업소에 상수도 신청서를 냈다. 하지만, 공사 시작 직전까지 연락이 없었다. 어떻게 된 일인지 알아보니, 상수도 사업소에서는 지금 강화에 집을 짓는 공사 현장이 많아서 올해 책정된 상수도 예산을 다 쓴 상태라 올해 안에는 상수도 공사를 할 수 없다고 했다. 집이 완공되어도 상수도를 쓸 수 없다는 것도 문제였지만, 당장 공사할 때 필요한 물을 확보하는 게 발등에 떨어진 불이었다. (당시에는 몰랐는데, 알고 보니 상수도가 연결되어 있지 않으면 완공이 돼도 준공 허가가 떨어지지 않는다고 한다.) 우리는 왠지 해결책을 제시해줄 것 같은 박 사장님께 연락을 했다.

"아, 그거? 우리 지하수 끌어다가 쓰면 뒤야. 모터 달고 하는데 얼마 안 혀." 박 사장님은 정말 별거 아니라는 식으로 말씀하셨다. 박 사장님은 강화 곳곳에 땅과 집을 가지고 계셨다. 우리 마을에도 입구 쪽에 박 사장님 소유의 작은 집이 있었는데, 거기서 지하수를 쓰려고 물을 끌어다 놨다는 것이다. 지하수를 쓰면 완공 후에도 당분간 물을 쓸 수 있으니 가장 좋은 해결책이었다. “지하수 쓰려면 얼마 드나요?” “얼마 안 한다니까. 100만 원이면 돼야.” 우리는 정말 얼마 안 하는 줄 알았다. 역시 부자의 경제 감각은 우리와는 차원이 달랐다. 여기저기 돈 들어갈 곳이 많은 상황에서 100만 원은 우리에게 결코 적은 돈이 아니었다.

지하수가 해결책인 줄 알았으나 생각보다 큰 돈이 들어서 고민하고 있던 때, 이번에는 현장소장님이 솔깃한 제안을 하셨다. “지하수 모터 설치하는 데에도 시간이 좀 걸려요. 그러면 공사도 같이 늦어지니까, 차라리 윗집의 외부 수전을 빌려 쓰는 건 어때요?” 우리는 당장 윗집에 연락을 했고, 감사하게도 윗집에서 물 쓰는 것을 허락해주셨다. 우리도 외부에 수전을 설치할 예정이었고, 주로 잔디에 물을 주거나 물건을 씻을 때 사용할 용도로 지하수를 끌어올 생각을 가지고 있었다. 하지만 이미 살고 계신 마을 분들 말로는 지하수에서 녹물이 나와서 쓰기가 꺼림칙하고, 잔디에 물 줄 때 상수도를 써도 요금이 별로 나오지 않는다고 했다. 그럼 더더욱 100만 원까지 주면서 지하수를 가져올 필요가 없었다.

윗집의 도움으로 공사에 필요한 물은 확보했지만, 100만 원을 아끼기 위해서는 상수도 공사가 최대한 빨리 진행돼야 했다. 돌김이 상수도 사업소에 연락을 다시 해서 사정했으나 여전히 올해 안에는 안 된다는 답변만 받았다. 심지어 담당자도 바뀐 상태였다. 결국 상수도 사업소를 독촉하는 일은 내게 바통이 넘어왔다.

우리의 집 짓기 프로젝트가 진행될수록 내가 공공 기관 직원을 상대하는 경험치는 점점 레벨업되고 있었다. 내가 주로 쓰는 민원 필살기는 두 가지였는데, 하나는 직원의 정확한 직책과 이름을 확인하는 것이었다. 담당자에게 용건을 말하기 전에 "선생님의 직책과 성함을 다시 말씀해주시겠어요?"라고 말하고 답변을 메모한다. 그 뒤로는 통화할 때 이름과 직책명을 말하면서 용건을 이야기한다. 그러면 그냥 선생님이라고 호명했을 때보다 좀 더 성실하게 답변하려는 태도가 느껴졌다. 두 번째는 '규정 따지기'다. 보통 담당자들은 당연하다는 듯이 이야기하는 일이 많다. 그럴 때는 "그런 규정이 어디에 나와 있나요?"라고 묻는다. 이때 담당자들이 당황해 답을 얼버무리는 틈을 타서 우리의 요구를 더욱 강조한다! 이것만큼 공공 기관을 독촉하는 효과적인 방법이 없다.

나는 이번에도 필살기를 사용하며 상수도 사업소 담당자에게 독촉을 시도했다. 그런데 이상하게도 자신만만했던 내 목소리는 갈수록 작아졌다. 담당자분이 이제까지 상대했던 분들과는 다르게 죄송하다는 말로 일관하며 친절했기 때문이었다. 나도 그런 분께 계속 압박을 가할 수는 없었기에 의기양양하던 처음과 달리 "네, 그럼 최대한 빨리 할 수 있도록 잘 부탁드립니다." 하고 끊을 수밖에 없었다. 우리에게 남은 건 다시 기다리는 것뿐이었다.

그런데 생각보다 빨리 상수도 사업소 담당자에게 연락이 왔다. "이번에 온수리 쪽에 공사가 많아서 다른 지역 예산을 끌어왔어요. 서류만 빨리 준비하면 12월에도 바로 공사할 수 있을 것 같아요. 다만, 토지사용승낙서를 받아야 합니다. 상수도 공사를 하려면 도로에 상수도를 묻어야 해요. 도로 지분율 50%

에 해당하는 분이 도로 공사에 동의한다는 서류입니다. 얼른 연락해서 받아주세요." 오랜만에 듣는 기쁜 소식이었다. 덕분에 우리는 무사히 12월 중에 상수도 공사를 끝낼 수 있었다.

훗날 이사를 하고 물이 콸콸 나오자, 다시금 상수도 사업소의 직원분이 생각났다. 그때 감사의 마음을 다 표현하지 못한 것 같아, 귤 한 박스를 들고 상수도 사업소에 찾아갔다. "신경 써주신 덕분에 저희 공사 잘 끝내고 이사 왔어요. 정말 감사합니다." 이렇게 찾아와준 것만으로도 감사하다며 귤을 마다하려는 분께 우리는 "상수도 사업 신청은 돌김 이름으로 되어 있잖아요. 이거는 부추와 우엉이 친구로서 드리는 거라서 김영란법에 걸리진 않을 거예요. 부디 받아주세요. 저희 책방 하니깐 나중에 놀러 오시고요." 하고는 휙 하고 나왔다. 그런데 밖에 나간 김에 즐겁게 외식을 하고 집에 돌아와보니 귤 상자가 우리 집 앞에 그대로 놓여 있었다. 곧이어 돌김 앞으로 문자 메시지가 왔다. "안녕하세요. 상수도 사업소 담당자입니다. 오전에 너무 감사했습니다. 공무원 일이 생각보다 힘든데 선생님 같은 분들의 응원이 힘이 됩니다. 귤은 집 앞에 놓고 왔습니다. 마음만 감사히 받겠습니다. 그럼 건강하시고 행복하시길 기도 드릴게요." 우리는 따뜻한 마음을 느끼며 맛있게 귤을 까먹었다.

제발, 집에 들어가 살게 해주세요

물론 이후로도 사소한 말썽이 있긴 했지만 우리가 감내할 수 있을 정도였고, 공사는 순조롭게 마무리되어가며 2월 초로

완공 시기가 잡혔다. 우리에게 남은 과제는 이사 시기를 맞추는 거였다. 우엉의 전세 만료 시기는 11월이었지만 집주인에게 사정을 말했더니 전세 기간을 세 달 연장해주셨다. 게다가 2월 말에 이사를 오겠다는 사람이 나타난 덕분에 우리는 마음 놓고 강화로 이사 갈 때까지 우엉이네 집에서 지낼 수 있었다.

돌김 어머니를 통해 받은 2월 21일이 이삿날로 정해진 뒤(이삿날에 대한 이야기는 다음 화에서 다룬다) 보관 이삿짐센터에서 먼지 쌓이던 나와 돌김의 짐들도 드디어 빛을 볼 때가 됐다. 새 집에 들어갈 생각에 한창 들떠 있을 때, 또 한 번 고난이 닥쳤다. 당연히 진행되고 있을 줄 알았던 건축 준공 허가가 감감무소식이어서 알아봤더니, 0건축에서는 이렇게 급한 건 줄 몰랐다며 아직 절차를 밟지 않았다는 것이다.

준공 절차 독촉을 위해 0건축에 연락을 했는데, 심지어 준공 허가 전에 이뤄져야 할 다른 절차조차 진행이 안 된 것이었다. 개발행위 준공검사 신청과 산지 복구, 땅 준공이 먼저 떨어져야만 건축 준공 허가를 낼 수 있었다. 이 과정이 아무리 빨리 진행된다고 해도 우리가 이사 갈 날짜까지는 불가능했다. 이미 21일에 이사를 가기로 했는데, 준공 허가는 나지 않아 당장 새 집에서 살 수 없는 상황이 된 것이다. 건축법상 준공 허가가 나기 전에 건물에 들어가 살게 되면 퇴거 조치가 내려오고, 큰 벌금을 물게 된다. 심지어 준공 허가 자체도 더 늦어진다.

다 됐나 싶었는데, 마지막에 들이닥친 난감한 상황 속에서 다들 지쳐갔다. 이리저리 준공 허가 과정을 따져보던 내가 먼저 폭발했다. "일을 좀 정확하게 처리했으면 좋겠어. 돌김이 중간에 제대로 전달을 해주지 않아 일이 벌어지면 내가 그 뒷

수습을 하는 느낌이야. 그리고 원래 0건축은 우엉 담당이잖아. 미리 독촉했으면 됐잖아.” 분위기는 급속도로 싸늘해졌다.

말을 던지고 보니 아차 싶었다. 일을 제대로 처리해주지 않은 것은 0건축이고, 지금 다른 사람 탓을 해봤자 나아지는 것은 아무것도 없었다. 서로 마음을 추스리고, 어떻게 이 상황을 해결해야 할지 하나씩 따져봤다. 우리가 세울 수 있는 대책이라고는 딱 두 가지밖에 없었다. 첫째, 불법이지만 그냥 집에 들어가서 산다. 둘째, 짐만 들여놓고 다른 곳에서 신세 지며 잔다.

그냥 집에 들어가서 살 경우, 특별검사관이 나와서 산 흔적을 발견하고 퇴거 조치 명령을 내릴 위험을 감수해야 했다. 깐깐한 검사관의 경우 수도와 전기 사용량까지 확인해본다고 하니, 밥은 무조건 밖에서 사 먹고 씻는 건 안 씻거나 근처 목욕탕에서 해결하고, 밤에는 촛불을 켠다면 사람이 살고 있는 티를 내지 않을 수도 있다. 만약 지독한 검사관이 지목되어 우리가 살았던 흔적을 기어코 발견한다면, “사는 건 무엇입니까? 우리는 여기에 사는 동안 사는 게 아니었습니다. 어찌 이것을 산다고 말하십니까?” 같은 철학적인 말로 대처하는 건 어떠냐며 우리끼리 낄낄거렸다. 그런데 정말 퇴거 명령이 내려진다면? 분명 마냥 웃을 일은 아니었다. 준공 허가가 늦어지는 것보다 더 무서운 것은 벌금이었다. 더 이상 큰 지출은 할 수 없었다.

그렇다면 우리에게 남은 선택지는 두 번째 방안뿐이었다. 우선 짐만 들여놓고 천천히 집을 꾸미면서 숙식은 다른 곳에서 해결하는 것이다. 강화에서 우리가 비빌 언덕이라곤 책방 국

자와주걱뿐이었다. 우리의 마음을 알아차렸는지 이사하는 날 사슴에게 먼저 연락이 왔다. “애들아, 밥 먹자.” 우리는 터덜터덜 국자와주걱으로 향했다. “너네 이제 막 이사해서 집 춥지 않니? 우리 집에서 자고 가.” 우리는 눈물을 머금고 사슴에게 준공 허가가 날 때까지 잠만 잘 수 있게 해달라며 사정했다. 쿨한 사슴은 “그래.”라고 답했다. 그렇게 우리는 2019년 3월 5일 ‘사용승인신청 민원 해결’이라는 문자를 받을 때까지, 국자와주걱에서 신세를 지며 우여곡절의 정점을 찍었다.

우리의 첫날밤

쫄보들의 이삿날 정하는 법

어느새 2월. 돌김이 퇴사를 하면서 백수가 되었다. 나와 부추는 강화도로 직장을 옮기려고 했지만 실패했다. 공사가 막바지에 이르러 뜻대로 되지 않는 일들이 생기고, 뭔가 잊어버린 것 같은 불안감이 엄습했지만 우린 애써 서로 감사와 격려를 나누었다. (부추가 만든 세발나물 무침의 맛있음에 감사할 정도였다.) 작은 것에도 감사하던 우리의 평화를 깬 것은 바로 이사 날짜 정하기였다. 여느 때와 같이 평화롭던 일요일, '이

제 슬슬 이사 날짜를 정해야 하지 않을까' 하는 말이 나오자 기다렸다는 듯 치열한 공방이 이어졌다.

셋 다 각자의 사정이 있었기에 날짜를 맞추기가 어려웠다. 21세기에 상량식까지 할 만큼 쫄보였던 우리는 '손 없는 날'을 알아보기 시작했고, 우리 주변인 중 이 분야에서 가장 공신력을 가지고 계실 것 같은 돌김 어머님께 확인해보기로 했다. 이사 하기 좋다는 '손 없는 날'은 23일이었다. 하지만 주말 + 손 없는 날 콤보로 이삿짐센터에선 이사 비용을 더 비싸게 불렀다. 상량식을 했으니 '손 있는 날'에 이사해도 별일 없을 거라고 자기 합리화를 하며 그날과 가장 가까운 2월 21일로 이삿날을 정했다. 각자 어떻게든 이사 날짜에 일정을 비우기로 협의한 뒤에야 평화가 찾아왔다. 이렇게 안 믿는 척 다 믿는 쫄보인 우리에게, 당시 가장 무서운 건 다름 아닌 '돈'이었던 거다.

문제는 부추였다. 돌김 어머니 말씀인즉슨 돌김과 나는 내년(2019)에 이사를 가는 것이 좋지만, 부추는 음력 기준 올해(2018) 안으로 이사를 가야 한다는 것! 음력 기준으로 봤을 때도 2018년은 며칠 안 남은 상황이었다. 더 큰 문제는 아직 공사가 끝나지 않았다는 것. 그렇지만 혹시라도 부추가 2018년도에 이사를 가지 않아 무슨 일이 생기는 건 아닐지 신경이 쓰였다. 방법을 강구하니, 현명한 돌김 어머님께서는 해결책까지 내주셨다.

“봄, 여름, 가을, 겨울 옷 한 벌씩과 속옷을 가방에 싸서 집에 두고만 오너라.”

부추는 당장 짐을 싸서 섣달 그믐(음력 12월 31일)에 강화도로 향했다. 옷가지가 든 가방을 다락방에 두고, 분실되지 않도록 작업자 분들에게 부탁하는 메세지도 남겨놓았다. 독립적인 부추답게 우리 중 가장 먼저 시점에 입주한 셈이었다.

이사 준비하며 깨달은 것

이사까지는 약 3주 정도 여유가 있었다. 새로 지은 집에서 우리에게 주어진 개인 공간은 부추김 부부의 방 하나, 내 방 하나였다. 방 하나에 다 때려넣기에는 10여 년간 독립생활을 하며 쌓아온 가구며 집기들이 어마어마했다. 우리는 이사 전까지 팔 수 있는 물건을 열심히 팔아 이사 비용에 한 푼이라도 보태기로 했다. 그렇게 떠나보낸 물품에는 내가 쓰던 전자레인지, 밥솥, 냉장고, 왜 샀는지 모를 다리 마사지 기계도 있었고, 부추김 부부가 신혼집에서 쓰던 거실용 테이블, 세탁기도 포함되어 있었다. 처음 자취를 시작할 때 ‘언젠가 결혼하겠지. 그때 좋은 걸로 사자’고 생각하며 취향과 상관없이 가성비만 따져서 구입한 가구와 집기들이었다. 다른 사회초년생들에게도 이런 물건들이 ‘임시로’ 쓰기에 적당한지 생각보다 잘 팔렸다. 그것들을 구입하는 사람 역시 과거의 나처럼 임시의 삶을 위해 자

신의 취향을 포기한 것일지도 모른다. 나 역시 '결혼 전의 삶은 미완성'이라는 통념을 벗어던진 후에야 내가 지금 살 공간과 삶의 질에 관심을 갖게 됐다. 이사 준비를 하며 그동안 임시였던 삶을 정리하는 느낌이 들었달까?

하지만 잠시 먹먹한 감상에 빠질 새도 없이 할 일은 여전히 남아 있었다. 나는 전셋집 주인에게 이사 날짜를 알리고 완공 후 H주택에게 지급할 마지막 돈을 준비했다. 이삿짐센터를 알아보다 결국 부추김 부부가 내가 살던 전셋집에 들어올 때 계약했던 곳으로 정했다. 그나마 다행인 건 이사를 준비하는 동안엔 부추와 나는 방학이라, 돌김은 퇴사한 후라 조금 여유가 있었다는 것이다. 부추는 이사 준비하는 틈틈이 매일 집 근처에 있던 청년 공간에서 영어 공부를 하거나 책을 읽었고, 나는 집순이의 면모를 유감없이 발휘했으며, 돌김도 마음의 안정을 찾고 새롭게 배울 것들을 알아보는 등 각자의 개성대로 새로운 곳에서의 생활을 준비했다. 만반의 채비를 하고 맞이한 이삿날. 물론 앞서 이야기했듯 준공 허가 등 여러 문제로 우리가 꿈꿨던 대로 '짠' 하고 멋지게 입주할 수는 없었지만, 메뚜기 생활을 한 지 한 달여가 지난 뒤 드디어 공식적인 이사를 하게 됐다.

드디어 우리 집이 생겼다!

2019년 3월 5일 강화도로 이사했다. 그토록 꿈꿨던 온전한 우리 집이 생긴 것이다! 거실(이라고 부르기엔 당시 아무것도 없는 공간이었지만) 끝에서 끝까지 뒹굴어도, 계단을 엉덩이로 내려와도 아무도 뭐라고 할 수 없는 우리 집이었다. 우리는 하루 종일 제대로 풀지도 못했던 한 맺힌 이삿짐을 정리하다, 어둑어둑해지자 약속이라도 한 것처럼 거실에 옹기종기 모였다. 남은 짐은 산더미고, 아침 일찍부터 움직여 몸은 고단했지만 어느 때보다 마음은 편했다. 어디로 눈을 돌려도 집 안 곳곳 우리 손길이 닿지 않은 곳이 없었다. 정성 들여 지은 우리 집에서는 어느 각도에서 찍어도 사진마저 잘 나왔다. 따뜻한 주홍빛 조명 아래 거실에 모여 앉은 우리는 잠시 침묵했다. 서로 말하지 않아도 감동, 뿌듯함, 기쁨, 설렘 같은 감정들이 조용히 공간을 채우고 있었다.

한참을 그렇게 꽁냥거리다 문득 “지금 몇 시야?”라는 나지막한 부추의 물음에 나는 “8시.”라고 답했다. 밖은 어느새 해가 떨어져 어두워진 상태였다. 이사 첫날, 앞으로 우리의 밤이 이렇게나 깜깜하고 조용할 것임을 새삼 깨달았다. 원래 해가 지면 깜깜한 것이 당연한 이치인데, 그 고요한 침묵이 어찌나 낯설던지. 그동안 내 몸이 도시의 소음과 빛에 나도 모르게 익숙해져 있었던 것이다. 그리고 인공적인 빛과 소음이 없으면 사람은 저녁 8시만 되도 졸린다는 사실도 발견했다. 우리는 창문으로 새어 들어오는 네온사인 불빛도, 소음도 없었던 덕분에 아주 긴 꿀잠을 잤다.

강화도의 3월은 추웠지만 별이 많이 떴고, 우리는 한동안 하릴없이 밤마다 별을 세며 두런두런 이야기를 나누곤 했다. 우리 마을은 가로등이 두 개밖에 없는 곳이라 하늘을 오래 바라볼수록 별이 점점 더 많이 보였다. 높은 건물이 없으니 달도 잘 보였다. 보름달이 뜬 어느 날 밤, 이웃집 영숙 이모(피노키오

아저씨 짝궁)에게서 이런 문자가 왔다.

달구경하세요.
이사하고 첫 보름달이니 세 분
달과 인사 나누래요.

하루하루 조금씩 변해가는 달의 형태를 인지할 수 있는 삶은 아름답고 가슴 벅찼다. 밥 먹고 배가 부르면 산책을 했다. 굳이 공원을 찾지 않아도 집 앞은 산길이요, 뒤는 논두렁길이니. 걸음마다 만나는 나무 가짓자락에 어느새 돋아 있는 새순들은 우리에게 "잘 왔어. 반가워." 하고 인사하는 듯했다. 마당에 돋아난 쑥과 냉이로 반찬과 국을 만들어 먹을 때마다 봄에 이사하길 잘했다는 생각이 들었다.

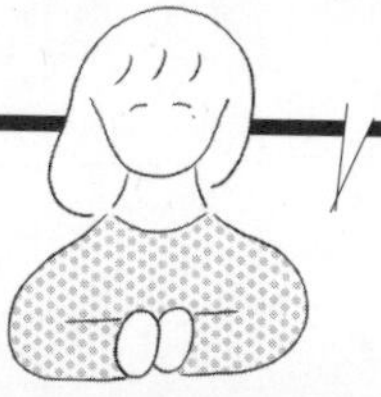

우엉

“우리의 첫날밤”

4

동반 생활을 고민할

슬기로운

시점

부
추

왜 큰 방은 하나일까?: 동반 생활의 시작

사실 우리 셋의 동거 생활은 강화도에 들어와 살기 전부터 시작되었다. 전세 보증금으로 공사 대금을 마련하기 위해 한 집은 공사가 끝날 때까지 함께 살 거처로 놔두고, 나머지 한 집은 전세 자금을 빼기로 했던 것. 원래는 우엉이 살고 있던 전셋집 계약 만료 날짜가 더 빨랐기 때문에, 처음엔 나와 돌김 집으로 우엉이 들어와 살기로 했었다. 하지만 (앞서 여러 차례 열변을 토했듯) 돌김과 내가 전셋집에 문제가 생기는 바람에 우엉이네 집으로 돌김과 내가 들어가게 되었다. 그렇게 9월부터 공사가 만료되는 이듬해 2월까지, 약 6개월 동안 우리의 사전 동거 생활이 시작됐다.

우엉의 집은 방이 세 개였다. 방이 세 개인 집이 으레 그렇듯, 큰 방 하나에 작은 방 두 개가 있는 구조였다. 우엉은 그중에 가장 큰 방을 침실로 쓰고 있었고, 나머지 두 개는 드레스룸이나 물건 보관용으로 쓰고 있었다. 방을 쓸 인원 수로 생각하자면 두 명인 나와 돌김이 큰 방을 쓰는 것이 가장 합리적이었지만, 우엉네 집에 얹혀살게 된 입장에서 방을 뺏을 수 없는 노릇이었다. 당시 우엉은 함께 쓸 방을 생각하면서 '같은 크기의 큰 방이 두 개였으면 얼마나 좋았을까' 하고 생각했다고 한다. 그리고 그 생각은 자연스럽게 '왜 대부분의 집에는 큰 방이 하나밖에 없는 것인가' 하는 질문으로 이어졌다.

서로 어느 방을 써야 할지 고민하면서, 우린 자연스럽게 그동안 보이지 않았던 보통의 집 구조에 대해 생각하게 되었다. 집을 보러 다니면서 쌓인 경험에 의하면 원룸을 제외한 대다수 집은 큰 방 하나에 나머지 작은 방이 딸려 있는 구조였다. 가부장적인 질서에 따라 보통은 가장인 부모가 흔히 '안방'이라고 칭하는 가장 큰 방을 쓰고, 나머지 가족은 부속품처럼 딸려 있는 작은 방을 쓴다. 집의 구조와 방의 크기에는 기성 가족의 형태와 가족 안 권력 구조가 그대로 투영되어 있다. 이러한 '정상가족' 중심의 집 구조는 동등한 1인 가구들이 모여 사는 경우나 부부 중심이 아닌 가족에게는 적합하지 않다. 우리 셋이 이룬 가족은 부부가 끼어 있긴 하지만, 부부가 중심은 아니다. 우엉은 나와 돌김의 부속품이 아닐뿐더러, 오히려 지금은 오갈 곳 없어진 우릴 거둬 살 곳을 마련해준 입장이었다. 이럴 경우엔 어떻게 해야 한단 말인가?

우리는 일단 이 집의 구조가 가진 논리대로, 지금 우리 중 가장 큰 권력을 가진 집주인 우엉(정확히는 세입자였지만)이 가장 큰 방을 쓰고 나와 돌김이 작은 방을 쓰는 수밖에 없었다.

본격적인 이사 준비가 시작되자, 각자 바빠지기 시작했다. 우엉은 방 하나를 비워 새 식구를 맞을 준비를 했고, 돌김과 나는 우엉네 집에 들고 갈 최소한의 살림살이를 챙겼다. 가을, 겨울 옷과 이불, 행거, 전기장판, 꼭 필요한 생활용품 몇 개와 우엉에게 거실에 두는 것을 허락받은 김치냉장고, 다섯 칸짜리 책꽂이 2개와 의자 2개, 책상을 뺀 나머지 물건들은 보관 이사 업체에 맡기기로 했다.

드디어 우엉의 집으로 이사하는 날, 내가 이삿짐을 확인하기 위해 먼저 집에 도착했다. 짐을 줄이고 또 줄였음에도 불구하고, 나와 돌김의 짐이 우엉의 집을 아주 많이 차지하고 있었다. 특히 양가 어머님들이 잔뜩 보내주신 음식들이 문제였다. 냉장고 파먹기를 하면서 한 달 동안 식재료는 전혀 사지 않았음에도 아직 잔뜩 남아 있었다. 버리기 아까워서 우선은 들고 왔는데, 우엉 집의 소형 냉장고에는 들어갈 곳이 없었다. 반찬통이며 각종 건강즙 봉지들이 여기저기 흩어져 있는 상태에서 퇴근한 우엉이 상기된 얼굴로 집에 들어왔다. 거실에 발 디딜 틈 없이 물건들이 가득한 모습을 본 우엉은 적잖이 당황한 기색이었다.

그 당시 우엉은 집에 오자마자 조우한 엄청난 짐들을 보고 함께한다는 것의 의미를 무겁게 체감했다고 한다. 내 물건이 아닌 것들이 내 공간에 함께 섞여 있고, 내가 아닌 사람이 그 물건들을 만지며 꼼지락거리는 장면은 오래 혼자 생활을 해 온 우엉에게 낯선 경험이었을 것이다. (참고로 우엉은 고등학교 때부터 혼자 살았다.) 나는 우엉의 표정 변화를 알아차리고 허둥지둥 물건들을 정리하기 시작했다. 냉장고에 들어가지 않는 음식은 과감하게 버리기로 하고 돌김의 어머님이 보내주신 건강즙을 하나씩 잘라 버리면서 늦게 퇴근하는 돌김을 원망했다. 저녁이 되어서야 도착한 돌김까지 합세해서 겨우 이삿짐 정리를 마쳤다. 살림을 합친 뒤 첫 저녁 시간, 함께 하는 식사가 처음도 아닌데 왠지 모를 어색한 공기가 감돌았다.

식사 후, 나와 돌김은 불투명 미닫이문으로 되어 있는 방에 들어섰다. 수납함이 없어서 모든 것을 행거에 걸다 보니, 양옆으로 행거에 옷이 빼곡히 걸려 있었다. 2인용 이불을 깔고 누우면 각자 반대 방향으로 반 바퀴 정도 구를 수 있는 공간이 나왔다. 30년 넘는 인생에서 가져본 최소한의 공간이었다. 우린 우엉에게 방해라도 될까 아주 작은 목소리로, 여기서 어떤 자세로 살아야 할지에 대해 속삭이듯 대화를 나누었다. 우엉도 잠이 오지 않았을 것이다. 집 안에 풍기는 타인의 냄새가 낯설기도 하고, 나와 돌김이 불편하진 않을지 마음이 쓰일 게 분명했다. 우리는 그렇게 낯섦과 혼란이 뒤섞인 첫날밤을 보냈다.

처음으로 동거 생활을 시작한 우리는 서로에게 지나치게 조심스러웠다. 자칫 잘못하면 우리의 계획을 온전히 실현하기도 전에 관계가 깨질 수도 있다는 생각에, 말 한마디, 행동 하나하나 더욱 신경썼다. 그렇게 숨죽이며 지낸 지 일주일. 이러

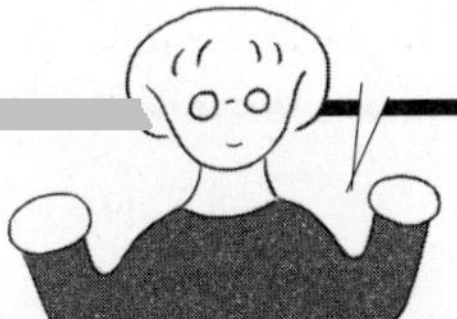

다가는 극도로 예민해져서 한 번에 터질 수도 있겠다는 생각이 들었다. 동거 생활에 대해 편하게 이야기할 자리가 필요했다. 주말 오후, 조심스럽게 이야기를 꺼냈다.

우선 가장 가벼운(?) 돈 이야기부터 시작했다. 같이 살기 전에도 팟캐스트 진행하랴, 집 짓기 준비하랴 자주 만났기 때문에 함께 있을 때 사용하기 위해 공용 통장을 만들어두고 각자 돈을 넣고 있었다. 그 통장을 유지하되, 이제부턴 본격적으로 생활비가 들어갈 것이었으므로 기존보다 5만 원을 올려 15만 원씩 넣기로 합의를 봤다. 우엉은 빌라 관리비와 인터넷 요금은 혼자 살 때도 나가던 돈이므로, 계속 자기가 내겠다고 했다. 심지어 가스비도 우엉의 개인 통장에서 지출하기로 했다. 우엉은 추운 것을 몹시 싫어하는 반면, 돌김과 나는 가스비를 아끼기 위해서 손님이 있을 때를 제외하고는 보일러를 틀지 않는 사람들이었다. 우엉은 우리가 자신의 집에 사는 동안만이라도 수면양말을 신지 않고도 겨울을 보낼 수 있게 해주겠다고 호언장담을 했다. 우리는 굳이 말리지 않았다. 나머지 전기, 수도 요금만 공용 통장에서 지출하기로 했다.

이야기는 자연스럽게 일주일 간의 동거 생활에 대한 소회로 흘러갔다. 돌김은 각자의 생활 패턴이 부딪치지 않게 하려고 신경 쓰고 있다고 말했고, 나는 내가 잘해야 한다는 생각 때문인지 잠을 잘 자지 못했다고 털어놓았다. 정작 우엉은 샤워하고 나서 화장실 문을 열어두었으면 좋겠다는 것 외에는 별로 불편한 것이 없다고 했다. 집주인은 쿨했지만 셋방살이하는 돌김과 내가 한껏 눈치를 본 것이었다. 쿨한 우엉의 태도에 돌김과 나는 그제야 마음이 좀 놓였다.

우리는 앞으로 슬기롭게 동거 생활을 유지하기 위해 처음 시점 프로젝트를 구상하며 만났던 검암 '우동사'의 지혜를 빌리기로 했다. 우동사에서는 매주 평가회 자리를 마련한다고 했다. 한 주 동안 어떻게 보냈는지 돌아보며, 삶의 방향에 대해 전반적인 이야기도 나누는 것이다. 우리도 비슷한 형식의 정기 회의를 마련하기로 했다. 일주일에 한 번 정도는 꼭 함께 밥을 해 먹고, 삶에 대해 진지하면서도 즐겁게 이야기를 나눠보기로 했다. 정기 회의는 모두 함께할 수 있는 매주 일요일 저녁으로 정해졌다. 공사 과정상 급한 일이 생길 때는 비정기적으로 회의를 해야 했으므로, 매주 일요일에 하는 회의는 '공동주거 일요 정기회의'(이하 일요 정기회의)라고 불렀다.

일요 정기회의는 꽤 그럴듯한 형식도 갖추었다. 첫 번째 순서에는 서로의 근황을 나눈다. 한 주 동안 있었던 일들을 주저리주저리 마음껏 늘어놓을 수 있다. 힘든 일이 있었으면 다독여주고, 기쁜 일이 있으면 함께 축하해준다. 괴롭히는 사람이 있으면 같이 욕해준다. 우엉과 나는 당시 같은 학교, 같은 학년에 있었음에도 서로 몰랐던 이야기를 이 시간을 통해 공유할 수 있었다. 돌김은 다른 직업을 가지고 있어서 좀처럼 자기 일 이야기를 안 꺼내는 편이었는데, 덕분에 돌김의 일의 세계에 대해 알 수 있었다.

근황 토크 후에는 바로 불편한 점을 꺼내기보다 쿠션 역할을 해줄 코너로 채웠다. 그중 하나는 감사와 격려를 나누는 코너다. 서로에게 고마웠던 일이나 상대가 잘하고 있다고 생각하는 일에 대해서 말로 표현하는 낯간지러운 시간이다. 쭈뼛쭈뼛 쑥쓰러워하며 말을 꺼내지만 일단 내뱉고 나면 모두가 기

분 좋아진다. 다른 하나는 생색내기 코너다. 우리 셋의 동거를 위해 각자 자신이 일주일 동안 어떤 기여를 했는지 이야기한다. 아무도 거들떠보지 않던 샤워실 수챗구멍 청소라든지, 공용 공간인 거실을 청소했다든지, 냉장고 정리를 했다든지 하는 것들을 실컷 생색낸다. 아무도 알아주지 않아 서운함으로 번질 뻔한 일들을 감사한 마음으로 전환시켜주는 코너라고 할 수 있다.

이렇게 온갖 말랑말랑한 이야기를 한 뒤에는 드디어 한 주 동안 서로에게 불편했던 점을 말하는 시간을 갖는다. 아무리 짜증이 나고 싫어도 주중에는 꾹 참았다가, 이때 말해야 한다. 불필요하게 감정적으로 흐르는 경우를 예방하기 위해서다. 평소라면 넘어갔을 텐데 지금 내 컨디션이 좋지 않아 불편하게 느끼는 건 아닌지 차분히 생각해보고, 그래도 선을 넘은 경우라고 생각한다면 잘 정리해서 일요 정기회의 때 말하기로 한 것이다. 하지만 정작 서로 어느 정도의 불편함을 감수하기로 하고부터는 크게 불편한 점이 생기지 않아 나중에는 분리수거를 잘 해달라, 면도기를 한곳에 놓아달라는 등의 가벼운 부탁을 하는 코너가 됐다.

긴장되는 시간이 지나고 나면, 사무적인 이야기를 나눈다. 건축 상황이나 팟캐스트 진행 이야기는 이때 주로 공유하고, 가벼운 건의사항에 대해서도 나눈다. 일요 정기회의는 돌아가면서 사회를 맡는데, 이때 사회자 권한으로 건의 안건을 정하는 식이다. 이 시간에 셋이 함께하는 여행 계획을 세우기도 하고, 로고 디자인에 대한 회의를 하기도 했다.

하지만 회의가 거듭될수록 사실상 메인은 대망의 마지막

코너, 레크리에이션 시간이 차지하게 됐다. 말 그대로 그냥 함께 노는 시간이다. 일요일 저녁이라 어디 나가기는 그렇고, 집에서 즐길 수 있는 게임들을 하기 시작했는데, 게임 선택은 사회자 권한이다. 사회자가 자신의 취향에 맞는 게임을 들고 오면 다른 둘은 무조건 따라야 한다. 배틀그라운드, 고스톱, 추억의 지뢰찾기, 그림 퀴즈 맞추기, 귤 빨리 까기 등 갈수록 장르도 다양해졌다. 덕분에 돌김은 한 번도 해보지 않은 지뢰 찾기에서 2등을 차지했고, 나는 온라인 게임 '배틀그라운드'를 처음 하고는 멀미가 났다. 온라인 게임을 좋아하는 우엉은 이 시간 덕분에 오프라인 게임에도 맛을 들였다. 우리는 갈수록 회의 안건보다 어떤 게임을 해야 재밌을까를 더 고민하게 됐다.

일요 정기회의로 평소에 하지 못하던 더 깊은 이야기를 하기도 하고, 하하호호 떠들고 놀기도 하면서 우리는 동반자로서 더 가까이 서로를 알아갈 수 있었다. 6개월 동안의 사전 동거를 무사히 마치고 강화도에서의 동거 생활도 잘 이어갈 수 있었던 요인의 2할은 일요 정기회의가 차지하고 있을 것이다. 나머지 8할은, 티 내지 않고 서로 배려했던 마음일 거다. 우엉은 돌김과 내가 거실을 제집처럼 편하게 사용할 수 있도록 방 안에 있는 시간이 많았고, 돌김과 나는 주말만큼은 우엉이 혼자만의 시간을 가질 수 있도록 일부러 외출을 자주 했다. 누군가가 아프면 약을 챙겨주고, 서로에게 따뜻한 밥을 차려주었다.

물론, 같이 살면서 한 번도 갈등이 없었던 것은 아니다. 나는 우엉과 2주일 동안 갈등 상태를 유지하기도 했고, 돌김과는 며칠 동안 말을 한마디도 안 했으며, (둘은 아니라고 했지만) 우엉과 돌김의 묘한 신경전을 느낄 때도 있었다. 가까이 지내는 만큼, 전에는 보이지 않았던 사소한 것들이 서로를 서운하게 하는 일은 함께 살면서 꾸준히 일어났다.

우
엉

나 너무 서운해
- 우엉편

경보가 울리기 시작했다

어릴 적부터 나는 '혼자서도 잘한다'는 말을 귀에 못이 박이게 들으며 자랐다. 중학생 때 누구나 겪는다는 질풍노도의 시기 이후 마음을 다잡고 기숙사 고등학교에 들어갔다. 남들보다 조금 이른 나이에 집을 나온 것이 '혼자력'을 차근차근 쌓는 데 큰 도움을 주었다. 아침에 누가 깨워주던 적이 언제인지 기억도 나지 않고, 가족형 식당에 혼자 가도 밥만 잘 먹는다.

쓰고 보니 혼자를 좋아하는 사람 같지만 사실 대외적인 나

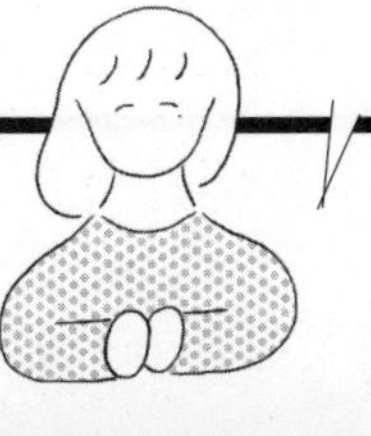

는 잘 웃고 활발하며 모임을 만들고 이끄는 것도 좋아한다. 적당한 유머와 솔직함으로 사람들을 웃기는 것도 즐긴다. 독립적인 성격과 공동체적인 성향을 동시에 가지고 있다 보니 누가 보면 다중인격처럼 보일 수도 있다. 예를 들면 누가 깨워서 일어나는 아침은 싫지만 같이 먹는 아침 식사는 좋아하고, 내 슬리퍼를 다른 사람이 신는 건 싫지만 손님용 슬리퍼를 열두 개씩 사두는 타입이랄까.

시점 프로젝트 전의 나는 반경 1m에 울타리를 쾅쾅쾅 쳐놓고 이 안으로 들어오는 건 질색팔색하는 사람이었지만, 혼자 살았기 때문에 굳이 '접근 금지' 경보를 울리지 않아도 괜찮았다. 그래서 내가 세운 경계가 어디인지, 어디서부터 불편함을 느낄지 나조차 잘 알지 못했다. 그리고 내가 선택한 인생의 첫 동반자 부추, 돌김과 살게 되면서 경보가 울리기 시작했다.

내 집 같지 않은 불편함

우리 집에 부추김 부부가 같이 살기 직전 나는 굳은 다짐을 했다. '내 집처럼 편안히 머물도록 하리라.' 지금 생각하면 정말 말도 안 되는 생각이었다. 혼자 살던 집에 누군가가 있다는 것은 생각보다 무척 강력하며 도저히 무시할 수 없는 체취를 남기는 일이라는 것은 나중에야 이해했다.

처음 와닿은 불편함은 일상적인 것들이었다. 혼자 살 때는 의식하지 않았는데 부추, 돌김이 오고 나서 굉장히 의식적으로 하게 되는 행동들. 예를 들어 샤워 후에 발가벗고 빨빨빨 돌아다닐 수 없었으며, 밤 9시 이후 큰 소리가 나는 것에 조심스러워졌고, 밤중에 화장실을 가는 것도 무척 신경 쓰이는 일이 되었다. 세탁기를 돌리는 것도 밤이 늦으면 그냥 다음 날로 미루고(안타깝게도 돌김, 부추가 지내던 방이 세탁기 바로 옆이었다.) 현관에선 어쩐지 신발도 가지런히 벗게 됐다.

다행히도 우리 셋은 기본적인 인성과 배려심 정도는 갖춘 사람들이었던지라 상식에서 벗어나는 행동들(고성방가를 한다든가, 저장강박증이 있다든가)은 없었다. 오히려 서로 지나치게 조심하며 살았다. 그래서 불편했다. '내가 그들에게 피해를 주고 있는 건 아닐까?' 하는 생각이 머릿속을 맴돌았고, 집에 있을 때 편히 쉴 수가 없었다. 밖에서 청소기 돌리는 소리가 나면 '지금 나가서 걸레라도 들어야 하나?', 식사 준비를 하는 소리가 들리면 '지금 배가 안 고픈데… 수저라도 놔야 하나?' 하는 생각들이 나를 계속 괴롭혔다.

특히 부추, 돌김과 생활 패턴이 다르다는 점도 어려웠다. 두 사람은 엄청나게 부지런한 사람들이다. 휴일에도 일찍 일어난다. 하지만 나는 올빼미형이라 밤늦게 활동하고 아침밥도 거르고 해가 중천이 되어야 일어나는 사람이다.(저혈압이라는 변명을 보태본다.) 어쨌든 휴일에 부추와 돌김이 거실에서 부시럭부시럭 뭔가 하고 있으면 침대에 누워 있어도 되는지 죄책감부터 들었다. 죄책감이 정말 정확한 표현이다. 겉으론 쿨한 척했지만, 실은 내 전셋집에서 사전 동거를 할 때부터 나는 일찍 일어나지 못하는 죄와 자연히 둘보다 다소 늦은 타이밍에 집안일을 하는 죄로 방에 갇히는 형벌을 받는 것 같았다.

처음 시점에 입주하고 나서는 자잘하게 할 일이 많았다. 지금 떠오르는 사건은 '잔디 심기'인데, 우리는 돈을 아끼기

위해 마당에 잔디를 직접 떼 와 심기로 했었다. 나무 시장에서 주문한 잔디가 오기 전날, 아침에 가져온다는 소식에 미리 알람을 맞춰놓고 잠들었다. 하지만 다음 날 아무리 기다려도 잔디가 오지 않는 것이다. 나는 침대에 누워 기다리다가 그대로 잠들어버렸다. (당연히) 잠든 사이에 잔디가 도착했고, 일어나보니 부추김 부부는 이미 잔디를 심고 있었다. 그 모습을 본 나의 심정이란…. 부추와 돌김은 날 배려하느라 깨우지 않았겠지만, 그날 내가 느꼈던 죄인 같은 심경은 누구도 모를 것이다.

폭발 일보 직전

가사일에서도 충돌이 생겼다. 서로 느끼는 불편함을 모른척하며 지내던 어느 날, 저녁을 먹으며 부추가 말을 꺼냈다. "우리가 같이 쓰는 공간은 청소를 나눠서 했으면 좋겠어." 셋이 나눠서 하자고 했지만, 내게는 그 말이 내가 제대로 안 하고 있으니 아예 책임질 공간을 정해두자는 뜻처럼 들렸다. 나도 나름대로 공용 공간을 청소한다고 했는데 그게 모자라 보였던 걸까. 집안일을 그림자 노동이라 부르는 이유가 있었다. 시간 날 때마다 청소기도 돌리고, 세탁실 정리도 하고, 배수구 청소도 하고, 이것저것 했는데…. 이런 소리를 들을 거면 확 티 나게 누가 보고 있을 때만 할 걸 그랬다는 생각도 들었다.

서운함이 밀려와 나도 쌓여있던 불만을 쏟아냈다. "내게 너무 높은 기준을 강요하는 게 부담스러워. 집에 있으면 마음이 편해야 하는데 감시당하는 기분이라 1층에는 내려가지도 않게 돼." 따발총처럼 두다다다 내 심정을 토로하고도 모자라

화룡점정으로 쏘아붙인 한마디. “난 함께 있는 시간이 더이상 즐겁지 않아!” 결국 폭발한 우리는 한동안 말이 없었다. 그리고 결국 해결책으로 꺼내든 카드는 각자 청소를 담당할 공간을 정하는 거였다. 열이 받을 대로 받은 나는 일부러 무척 디테일한 청소 계획을 세우는 것으로 화풀이를 했다. 그래도 마음이 풀리지는 않았다. 내가 가장 서운했던 점은, 나는 집 안 어딘가 허술하게 청소된 곳을 봐도 두 사람을 원망한 적이 없었는데, 둘에겐 그런 마음이 들었단 거였다.

괜찮아, 내겐 최후의 수단이 있어

그날 이후 나는 몇 가지를 바꾸기로 했다. 가장 먼저 바꾼 것은 저녁을 되도록 먹지 않는 것이었다. 애써 저녁 메뉴를 생각해두어도 둘이 이미 정해놓은 메뉴가 있었던 경험을 몇 번 하고 나서, 눈치 게임을 하느니 차라리 안 먹고 마음 편한 것을 택했다. 쓰레기도 따로 모았다. 방에 두고 쓸 재활용 쓰레기통도 샀다. 그리고 주말에는 푹 쉬기로 했다. 책방을 열면서 주말에 책방 관리까지 같이 해야 하는 건지 고민이 많았다. 시점 프로젝트를 셋이 함께 시작했으니 책방 일도 셋이 함께 하는 게 맞다고 생각했었지만, 평일에도 매일 출근을 하는 내게 그건 꽤 힘든 일이었다. 주말에도 쉼을 보장하지 않는 것은 자신을 존중하지 않는 것이라 결론을 내렸다.

그렇게 한동안 같이 사는 집을 혼자만의 방식으로 지내니 둘에 대한 서운함은 더욱 쌓여만 갔다. 그 시기 우리는 서로에게 딱 필요한 말만 하며 지냈던 것 같다. ‘집에 들어와도 반겨

줄 사람도 없는데, 뭐 하러 셋이서 사는 걸까?' 하는 고민을 하던 중에 사건이 또 일어났다. 몸살에 걸린 것이다. 주말에 방에 셀프감금을 하고 혼자서 끙끙 앓았다. 점심도 거르고, 저녁도 거르고 그냥 진통제로 겨우겨우 버텼다. 잠시 화장실에 가려 방문을 열었는데, 돌김이 손님용 침구 정리를 하고 있었다. 몸 상태 때문에 '도와줄까'라는 말이 나오지 않았다. 돌김도 그날 내게 말 한마디 걸지 않았고, 나도 굳이 아프다는 얘기를 꺼내지 않았다.

침대에 누워 있으니 무척 서러웠다. '우린 왜 같이 사는 걸까? 혼자 살던 때가 좋았는데. 둘은 서로 대화할 사람이라도 있지. 나만 여기서 혼자야.' 그런 생각을 하니 눈물이 철철 났다. 울다 지쳐 잠든 다음 날 아침, 출근하려고 일어나는데 몸이 말을 듣질 않았다. 온몸이 매타작을 당한 것처럼 얼얼하고, 머리가 핑핑 돌았다. 급하게 상사에게 연락을 하고 부추김 방문을 두드렸다. 부추와 같은 차를 타고 출근을 하던 터라 어쩔 수 없이 이 상황을 알려야 했다. "나 오늘 너무 아파서 병가 냈어." 내 말을 들은 부추와 돌김은 놀란 표정이었다. 아니, 당황한 표정이었는지도 모르겠다.

그 일 이후로 내 마음속 빗장은 더 단단히 걸리고 말았다. 셋이 사는 선택을 한 과거의 내 자신이 원망스러웠다. 답답한 마음에 친하게 지내던 친구를 만났다. 친구는 내 고민을 듣더니 너무 힘들면 본가로 들어가라는 조언을 해주었다. 그렇다. 내게는 아직 최후의 수단이 남아 있었다. 그렇게 생각하니 오히려 마음이 편해졌다. 실패를 인정하고 고향으로 돌아가는 것도 괜찮겠다는 생각이 들었다.

집을 나가다

여름 방학이 다가왔다. 방학 동안 집에 셋이 있는 시간이 늘어나는 것이 두려워 집을 떠날 계획을 세웠다. 2주간의 발리 여행이었다. 여행을 가기 전 일주일 동안 나는 정말 방에 처박혀 게임만 했다. 몸은 집에 있지만 마음은 이미 가출 중이었다.

그렇게 발리로 떠나기 전날, 셋이 저녁을 먹는데 돌김이 물었다. "공항엔 어떻게 갈 거야?" 이른 새벽 비행기라 택시를 타기로 내심 맘먹고 있었던 터였다. "택시 타고 가려고." 내 대답에 부추가 깜짝 놀란 표정으로 말했다. "아니야. 우리가 공항까지 태워줄게." 안 그래도 부탁할까 말까 하다 그냥 혼자서 해결하자고 결론을 내렸던 내게는 그 말이 새삼 감동으로 다가왔다. 다음 날, 부추와 돌김은 진짜로 이른 아침에 일어나 날 공항에 데려다줬다.

여행은 평범했지만 다정했다. 새로운 곳에서 온전히 자유롭게 지냈더니 그동안 날카로워졌던 마음에도 여유가 돌아왔다. 여행을 하며 자연스럽게 돌김과 부추에 대한 부정적인 감정도 사그라들기 시작하자, 앞으로 우리 셋의 관계에 대해 생각해보게 됐다. 두 사람을 처음 만났을 때의 감정이 떠올랐다. 정의롭고 꼼꼼하고 신중한 부추. 섬세하고 따뜻하고 믿음직한 돌김. 내 마음이 나락으로 떨어지려 할 때마다 붙잡아주었던 게 두 사람이었다. 그리고 분명 나는 한때 두 사람을 만난 것을 내 인생 최고의 행운이라고 생각했었다. 그들을 잃는다는 것은 어리석은 짓이고, 이대로 집을 나간다면 난 분명 후회할 것이 뻔했다. '그래, 부추 같은, 돌김 같은 사람이 세상에 어

덮어.' 그런 생각과 함께 나 자신에 대해서도 되돌아봤다. 나는 우리 관계를 위해 충분히 노력했었나? 회피했던 건 아닐까? 과연 건강한 생각으로 그들을 대했던 게 맞나? 마음 깊은 곳에서 '다시 한 번 노력해보자'는 외침이 흘러나왔다. 이젠 잘할 수 있을 것 같았다. 하루라도 빨리 집으로 돌아가고 싶어졌다.

그리고 현재

이제 나는 부추와 돌김에게 미안한 마음보다 감사한 마음을 먼저 갖게 됐다. '너그럽게 대해줘!'가 아니라 '너그럽게 대해야지' 하는 마음을 먹는다. 그리고 내가 할 수 있는 것들을 찾아본다. 서운함으로 바닥까지 내려갔다 왔더니 이제 웬만한 거엔 서운하지 않다. 오히려 감사하다. 아침에 인사하는 것도 고맙고, 출근길에 종종 챙겨주는 음식도 고맙고….

다행히 아직 최후의 수단은 쓰지 않았다. 그렇게 우린 아직 같이 살고 있다.

부
추

나 너무 서운해
- 부추편

사주팔자 풀이에 따르면 나는 화(火)가 없는 사람이다. 한 가지에 매달려 집착하는 일이 없고, 어떠한 일에 불같이 화를 내지 않는다. 나는 땅의 기운이 강하고 타인을 품을 줄 아는 사람이다. MBTI 검사에서는 '세상의 빛과 소금형'이 나올 만큼 책임감이 강하며 준법정신이 뛰어나다. '양심냉장고' 프로그램이 아직도 있었다면 나는 분명 냉장고를 탔을 것이다. 애니어그램에서는 4번 예술가형에 속한다. 그저 그런 사람으로 살지 않기 위해 노력하고, 타인의 감정에 공감할 줄 안다. 난 꽤 괜찮은 사람이다.

하지만 각종 성격유형검사와 사주풀이에도 나오지 않는 내가 있다. 나는 때로 다른 사람이 된다. 특히 같이 살고 있는 가족에게는 비겁하고, 신경질적이기까지 하다. 어렸을 때는 어찌나 별거 아닌 일에도 짜증을 부리고 울었는지 엄마와 아빠가 혀를 내둘렀다. 돌김은 내 사주에 화(火)가 없다는 사실 자체를 의심하고 있다. 우엉은 대학 선후배로서 지내던 내 모습을 그리워하기도 한다. 같이 살다 보면, 타인에게는 감추고 싶은 모습들이 불쑥불쑥 튀어나오게 된다. 아주 작은 일에도 서운해서 눈물이 찔끔 나오기도 한다. 나의 동거인들에 대한 뒷담화를 한다는 생각에 즐겁게 시작한 이 글은, 어쩌면 나의 찌질함에 대한 폭로가 될지도 모르겠다.

말하면서 풀면 안 될까?

돌김과 우엉은 정말 다르다. 상대방이 싫어하는 행동을 했을 때, 돌김은 돌려서 이야기하는 편이고 우엉은 직설적으로 이야기하는 편이다. 새로운 일을 시작할 때, 우엉은 직관적으로 판단하고 돌김은 이성적으로 장단점을 따져본다. 요리를 할 때 돌김은 그릇을 다 쌓아놓고 마지막에 설거지를 하는 반면, 우엉은 중간중간에 설거지를 하며 정리도 한다. 그런 그들에게 공통점이 하나 있다면, 갈등 상황이 생겼을 때 대화가 막히는 느낌이 들면 입을 꾹 다문다는 것이다. 그럴 때면 나는 정말 답답해 미칠 것만 같다.

돌김과는 최대 2주일까지 대화를 안 한 적이 있다. 대화 단절의 패턴은 늘 비슷하다. 나와 돌김 둘 중 한 명이 불만 사항을 이야기한다. 보통 기분이 좋은 상태라면 빠른 사과와 화해로 끝나지만, 문제는 둘 다 컨디션이 극도로 나빴을 때 일어난다. 누가 더 잘못했는가를 두고 싸우게 되는 상황에까지 몰리면, 나는 절대 지지 않으려고 한다. 나는 두 명의 친동생들과 말싸움 20년이라는 화려한 경력을 가지고 있다. 상대의 말을 끝까지 파고들며 잘못한 점을 캐내려고 한다. 신나게 유치찬란한 주장을 하다 보면, 내가 왜 이러고 있나 하는 부끄러움이 스멀스멀 올라온다. '그래, 여기서 슬슬 관대한 척 물러나자' 하는 생각이 들 때쯤, 돌김은 갑자기 말을 멈춘다.

"아무튼 그 자리에서 그렇게 나에게 말한 건 내가 기분 나쁠 수 있다는 거 인정하는 거지?" "…" "그것만 먼저 말해줘." "…" "인정 안 하는 거야?" "…" "뭐야. 그만 말할 거야?" "…" "조금 이따가 이야기하자는 건지, 아니면 이 이야기는 더 이상 안 하고 싶은 건지만 말해줘." "…" "지금 말 안 하면, 나도 말 안 할 거야." "…" "됐어! 나도 말 안 해!" 돌김은 묵묵부답이고, 나는 속이 터진다. 심지어 돌김이 아무 일도 없었다는 듯 코까지 골며 잠을 자기 시작하면 속은 드글드글 끓는다. 그 모습이 보기 싫어 자는 사람을 흔들어 깨운 적도 있다. "나는 아까 일이 해결되지 않아서 답답해 죽겠는데, 어쩜 그렇게 잠을 잘 수가 있어?"

우엉과는 3개월 정도 같이 살았을 때, 이른바 '밥 먹어' 사건으로 말을 안 한 적이 있다. 나는 그저 방에 있는 우엉이가 못 들을까 봐 큰 소리로 "우엉아, 밥 먹어!"라고 말했을 뿐인데, 우엉은 표정이 굳어져서 밥상 앞에 앉았다. 잘 먹겠다는 말도

없이, 말 한마디도 안 하고 밥을 먹는 둥 마는 둥 하는 모습을 보고는 나도 짜증이 솟구쳤다. 그날은 셋이 함께 강화도 공사 현장에 가보기로 한 날이었다. 하루 종일 같이 있어야 하므로 꾹꾹 참으며 밥을 먹고 난 뒤, 우엉에게 먼저 말을 걸었다. 그런데 눈도 마주치지 않고 떨떠름한 표정으로 겨우 "응."이라고 말하는 게 아닌가. '아니, 아침부터 왜 그러는 건데, 정말.' 강화도에 왔다 갔다 하는 중에도 우엉은 집과 관련된 이야기만 하거나 돌김에게만 말을 할 뿐, 나에게는 말을 하지 않았다.

나는 날벼락을 맞은 기분이었다. 도대체 갑자기 왜 그러는지 알 수가 없었다. 집에 돌아오자마자 우엉은 "저녁 안 먹을게." 하고 선포하고는 자기 방으로 쏙 들어가버렸다. 나는 알 수 없는 우엉의 태도에 그저 황당할 뿐이었다. "아침에 큰 소리로 밥 먹으라고 한 게 기분이 나빴나 봐. 말투가 좀 명령조로 들린 모양이야." 우엉이 화난 이유를 돌김이 슬쩍 일러주었다. "엥? 참나. 밥 먹으라고 하는 것도 안 돼?" 그 말을 듣고도 납득이 되진 않았지만, 어쩌겠는가. 우엉네 집에서 얹혀사는 입장이니 어떻게든 풀어야 한다. 우엉에게 대화하자는 톡을 보냈지만 우엉은 지금은 말하고 싶지 않다며 나중에 말하자고 했다. 나는 우엉에게서 솔직한 이야기를 들을 때까지 2주일을 기다려야 했다.

우엉과 돌김은 갈등이 생기면 한 발자국 물러나서 상황을 정리하려는 스타일이다. 상대방은 어떤 맥락에서 그런 행동을 했고, 나는 왜 이런 감정이 드는지를 천천히 생각한다. 나는 갈등 상황이 생기면 어떻게든 그 자리에서 해결하고 싶다. 서로 머리채를 잡고 울고불고할지언정 끝까지 파고들어서 결판을 내고 싶어하는 스타일이다. 두 사람이 말을 하지 않는 동안 나는 속에서 천불이 난다. 각자의 시간을 가지면 오해만 쌓일 뿐 아닌가. 그냥 속에 있는 말을 다 풀면 안 되나. 왜 난 상대가 입을 열기만을 계속 기다려야 하는 건가. 정말 서운하다 서운해.

나도 나름대로 노력하고 있어

아! 우엉과 돌김의 공통점이 하나 더 있다. 나에게 불만을 말할 때면 늘 내 말투나 표정을 걸고넘어진다는 점이다. 돌김은 말싸움이 벌어지면 내가 말을 함부로 한다며 화를 낸다. 그렇다고 내가 욕을 하거나 심하게 비난하는 것도 아닌데. 원래 말싸움이란 상대의 취약점을 공격해서 무너뜨리는 것이 아닌가. 싸움할 땐, 말투보다 상대가 원하는 바가 무엇인지를 먼저 파악하는 게 맞지 않나? 한창 내 주장에 열을 올리며 쏘아붙이고 있을 때, 돌김이 내 말투를 물고 늘어지면 난 김이 빠진다. 돌김의 불만에 내포된 진짜 의미가 '넌 나한테 그렇게 말할 위치가 아니야'는 아닌지, 내가 여성이고 나이가 적기 때문에 은연중에 그런 말을 하는 건 아닌지 의심하게 되는 것이다.

우엉은 내가 무언가를 하고 있는 중에 말을 걸면 너무나 차가운 표정으로 대답을 한다며 기분 나빠하는 일이 많았다. 심지어 내가 거실에 있으면 그 싸늘한 표정으로 앉아 있는 내 모습을 보는 게 싫어서 자기 방에서 안 나오는 거라고도 말했다. 아니, 원래 사람이란 집중하고 있을 때면 다른 걸 잘 생각 못 하지 않나? 직장에서도 친절함을 가장한 갑옷을 입고 있느라 힘든데 집에 와서도 그 무거운 걸 벗지 못한다니, 집도 직장

처럼 다니란 말인가. 만약 내 방이라도 따로 있으면 아무도 안 보이는 곳에서 굳은 얼굴로 편히 일을 하겠지만, 부부라서 방 하나를 같이 쓰는 내 입장은 너무 생각 안 해준다. 이것 때문에 내 작업실을 따로 얻어야 하나 진지하게 고민한 적도 있다.

내 나름대로의 변명을 늘어놓았지만, 다정함을 요구하는 둘에게 나는 질 수밖에 없다. 다른 누구보다 같이 사는 사람일수록 더 잘해줘야 한다는 것, 말을 좀 더 조심스럽게 해야 한다는 건 불변의 진리이지 않은가. 둘은 내가 그들을 좋아하는 마음을 좀 더 표현해주길 바랄 뿐이다. 나도 나름대로 노력을 한다. 아침에 일어나 입꼬리를 올리는 연습도 하고, 목소리 톤을 '솔' 음으로 조금 높여보려고 한다. 하지만 워낙 무뚝뚝한 어른들 아래서 살가운 애정 표현일랑 받지 못하며 자라온 터라 쉽지가 않다. 미소를 띄면서 부드럽게 말하기 위해서 나는 다른 사람에 비해 더 많은 에너지를 써야 한다. 체력이 달릴 때는 금세 다정함이 해제된다. 또 내가 애써 표현한 다정함은 우엉과 돌김의 기준에 미치지 못한다. 내 노력을 알아주지 않을 때, 나는 정말 서럽기까지 하다.

왜 이런 건 내 눈에만 보이는 거니

강화에 이사 오고 나서 집안일이 훨씬 늘었다. 집 크기도 커졌거니와 전원주택이다 보니 손이 가는 일이 많아졌다. 게다가 손님들이 드나드는 사업장이기도 하기에 청소에 신경을 쓸 수밖에 없다. 평일에야 내가 직장을 다니느라 신경을 쓰지 못하지만, 시간이 되는 주말이면 나도 팔을 걷어붙이고 집 안 곳곳을 살핀다. 지난 주말에 분명히 다용도실을 청소해두었던 것 같은데, 어느새 물건이 여기저기 흩어져 있다. 돌김을 한 번 흘깃 바라보고 선반 정리를 한다. 냉장고를 열어보니 오랫동안 방치해서 물러져버린 채소들이 보인다. '왜 이걸 안 먹었을까' 자책하며 음식물 쓰레기를 꺼내 버린다. 한바탕 냉장고 청소를 할까 싶지만, 그러면 하루가 다 갈 것 같아서 내버려둔다.

돌김이 손님이 사용한 방과 책방 청소를 할 동안, 나는 설거지를 한다. 그릇을 닦아 건조대에 올려두고 거름망에 낀 음식물들을 처리한다. 거름망을 빼내니 안쪽에 물때가 잔뜩 끼어 있다. 청소용 수세미로 빡빡 문질러 닦아도 꺼림칙해서, 베이킹 소다와 식초를 붓고 뜨거운 물을 붓는다. 그러고 보니 수세미와 행주도 소독을 좀 해야겠다. 소독용 냄비를 꺼내고 행주와 수세미를 차례차례 삶는다. 도마에 살균용 세제를 살짝 뿌리고 햇볕을 쬐게 하려고 툇마루에 내다 놓는다. 툇마루에 잠깐 앉아 쉬려는 순간, 잔디 사이사이에 볼록 올라온 풀들이 보인다. 신발을 신고 쭈그려 앉아서 풀 뽑기에 돌입한다. 다리가 저려서 잠깐 일어서 허리를 쭉 펴는데, 수돗가에 흙과 나뭇잎들이 쌓인 게 보인다. 빗자루를 들고 와서 안쪽을 정리한다. 빗자루를 다시 가져다 놓으려는데 이번엔 작은 쓰레기들이 보인다. 쓰레기봉투와 집게를 들고 집 주변을 돌면서 쓰레기를 줍는다.

우엉과 돌김은 쉬는 날에도 부지런히 움직이는 나를 보면서 좀 쉬라고 하지만, 나는 그럴 수가 없다. 방 안에 갇혀 있지 않는 이상, 눈만 뜨면 집 안 곳곳에 할 일들이 보여서 가만히 있을 수가 없다. (우리 엄마는 나를 세상 게으른 사람으로 생

각하겠지만, 나는 엄마의 피를 물려받아 가만히 있는 걸 싫어한다.) 내가 그렇게 해야만 직성이 풀리니까 나서서 하는 거지만, 몸이 피곤해지면 어느 순간 이런 생각이 든다. '왜 이런 건 내 눈에만 보이는 거지?' 같이 하거나 먼저 하지 않고 그저 쉬라고만 말하는 두 사람이 얄밉기까지 하다. 내가 쭉 하다 보니 당연히 내 일처럼 된 건 아닌가 하는 생각도 든다.

우리 집에 몇 개 없는 규칙 중 하나는 요리를 하지 않은 사람이 설거지를 하는 것이다. 나는 요리와 설거지를 선택하라면 주저 없이 요리를 택한다. 게다가 비건 지향으로 살기로 결심하면서 채식 식단 위주로 먹다 보니 내가 직접 요리를 하는 날이 많아졌다. 오늘은 어떤 채식 요리를 해 먹을지 책을 찾아보거나 검색하는 게 낙이 되었다. 그렇다고 늘 요리를 하고 싶지는 않다. 때로는 나도 누가 차려주는 밥을 먹고 싶은 날이 있다. 하필 그럴 때 둘 중 누군가 "오늘은 뭐 먹을 거야?"라고 물어보면, 서운함이 폭발한다. '우리 뭐 먹을까'도 아니고 뭐 먹을거냐니. 이 사람들 나를 밥하는 사람으로 생각하는 거 아니야?

"내가 이 집구석 나가고 만다!" 서운함이 폭발해서 당장 짐이라도 쌀 기세로 씩씩댄 적도 여러 번이지만, 그 기세는 금방 사그라든다. 어렸을 때 만난 친구 사이거나, 그저 한때 즐기던 애인 사이였더라면 서운함을 내세우며 당장 인연을 끊고 헤어졌을지도 모른다. 하지만 이들은 내가 어른이 돼서 스스로 선택한 동반자들이다. 서운한 건 서운한 거고, 죽이 되든 밥이 되든 같이 살아야 한다. 아, 이렇게 가족이 되는 것인가.

나 너무 서운해
- 돌김편

어릴 때부터 다투면 백전백패였다. 물론 물리적인 다툼은 한 번도 해본 적 없으니 여기서 다툼은 모두 말다툼이다. 하도 억울해서 한동안은 '나는 왜 잘 싸우지 못하는가'를 고민하기도 했다. 고민 끝에 내린 결론은 '디테일'이었다. 다툼을 잘하려면 다툴 소재가 풍성하고 구체적이어야 하는데 나는 둘 다 약했다. 사람인지라 상대에게 서운한 일은 당연히 차고 넘치지만 금방 잊거나 흐릿한 감정만 남는 편이기 때문이다. 그래서 실은 이 글을 쓰기가 꽤 갑갑하다. 반대로 '부추와 우엉이 나한테 무엇을 서운해할까?'를 쓰라고 하면 휘리릭 쓸 수 있겠

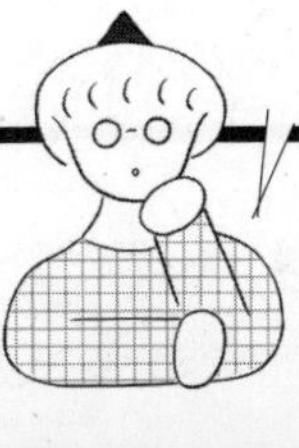

는데…. 그럼에도 쥐어짜보긴 하는데, 그 말인즉슨 지금은 내게 대수롭지 않은 일들이라는 의미다.

이때 정말 서운했어: 인스타그램 안 하고 만다

지금까지 잔상이 가장 오랫동안 남은 서운함은 '인스타그램 필터 사건'이다. 책방지기가 된다는 설렘에 들떠 열심히 인스타그램에 게시물을 올렸는데 우엉과 부추가 나를 의자에 앉히더니 조목조목 문제 제기를 했다. (책방을 열기 전부터 우리는 시점 공식 계정을 운영했는데 주로 책 후기, 팟캐스트 소식 등을 전했다.) 왜 올리는 사진마다 가장자리를 태운 듯한 필터를 고집하는지 모르겠으며 푸르딩딩한 톤도 그렇고 함께 올리는 글도 그렇고 전체적으로 재미가 없다는 것이었다. 팟캐스트를 하는 내내 내가 재미없고 진지하다며 '노잼 돌김' 캐릭터로 굳어가는 게 알게 모르게 불편했던 터라 '재미 없음'이라는 말이 비수처럼 꽂혔다.

지금 생각해보면 둘의 문제 제기는 지극히 정확하고 당연했다. 그때 내가 올린 게시물을 보면 정말 '노잼'이고 의도를 이해할 수 없는 필터를 남발했다. 인스타보다는 싸이월드 감성에 가까웠다. 하지만 그때는 그걸 인정할 수 없었다. 부아가 치밀었다. "이건 노잼이 아니라 진지함이라고!" 하지만 둘은 이미 합을 맞춘 것 같았다. 부추는 "앞으로 인스타 계정은 우엉이 관리하면 좋겠어."라고 단호하게 말했다. '인스타 계정을 처음 만들고 여지껏 운영한 것을 인정해주진 못할망정, 재미없다고 자른다니!' 한동안 나는 정말 삐쳐 있었다. 서운함은 그리 오래가지 않았는데, 분하지만 우엉이 올린 피드가 더 재미있고 산뜻했기 때문이다.

지금도 이때를 생각하면 부끄러운 마음이 가득한데 한 가지 긍정적인 부분을 발견했다. 내가 주로 어떤 때 서운함을 느끼는지 알게 된 것이다. 그건 아주 기초적인 인정 욕구였다. 나는 결과보단 과정을 중요시하고 그 과정에 대해 인정받는 걸 중요하게 여기는 사람이었다. 결과에 대한 칭찬이나 비판보다 아이디어나 과정에 대한 평판을 더 신경 쓰는 이유도 이 때문일 것이다.

종종 섭섭해: 나도 가끔 혼자라서 외롭고 벅차

책방을 열기 전까지 우리는 모든 일을 함께 고민하고 결정하고 행동했다. 2년 동안 운영한 팟캐스트가 그렇고, 집 짓기 역시 마찬가지다. 혼자선 절대 할 수 없는 일들이었다. 때때로 삐걱거렸고 대체 이걸 왜 하고 있는지 싶은 회의가 들때도 있었지만 함께한 일은 대부분 행복했다. 그 결실로 우린 집을 지었고 책방도 열었다. 동화는 여기에서 해피엔딩으로 끝나지만 현실엔 그런 엔딩이 존재하지 않았다.

내가 책방 운영을 맡기로 했기 때문에 집을 다 지을 무렵 퇴사를 했다. 우엉과 부추는 강화도에서 원래 다니던 인천 시내 학교로 출퇴근을 했는데 왕복 두 시간의 강행군이었다. 팟캐스트는 훗날을 기약하며 휴방을 결정했고, 함께 모여 결정할 일들도 자연스럽게 줄다 보니 매주 한 번씩 하던 회의도 안 하게 됐다. 혼자 있는 시간도 늘고, 혼자 할 일과 결정할 것들

도 늘었다. 지금도 그렇지만 평일에 책방을 찾는 사람은 많지 않다. 사람이 찾지 않아도 할 일은 계속 있기 때문에 몸은 분주하지만, 둘이 퇴근할 때까지 종일 말 한마디 없이 지내는 날이 잦다. 그래서인지 내가 부쩍 둘에게 전보다 수다스러워진 걸 느낀다. 그럴 때마다 우엉이 정곡을 콕 찔러 "하루 종일 말을 못 해서 그렇구나."라고 한다. 나는 아직 그 말이 '좀 수다스러우니까 자제해주겠니?'인지 '우쭈주, 그랬구나'인지 구분하지 못하겠다.

내가 둘에게 종종 섭섭하다고 느끼는 진짜 이유는 대화를 나누거나 결정할 일이 줄어든 것보다, 함께 뭔가를 공유하지 않는다는 느낌이 들기 때문이다. 대표적인 게 공동의 일이다. 책방과 북스테이 일은 내가 운영하기로 한 것이니 둘의 참여나 도움을 바라지 않는다. 이 일은 주로 주말, 휴일이 바쁘다. 하지만 평일에 열심히 일한 둘에게 그날은 온전히 쉼이 보장돼야 하는 날이기도 하다. 일을 돕지 않는다고 해도 서운하지 않고, 둘이 내 눈치를 안 보도록 신경 쓰는 편이다.

대신 '집'에 대한 것은 얘기가 다르다. 집의 부족한 무엇을 채우는 일이나 텃밭, 정원 가꾸기 등 같이 하면 좋을 일들이 많은데 잘 되지 않는 게 때때로 섭섭하다. 이런 일은 혼자 하기엔 벅차고 진척도 더디다. 재미는 없지만 해두면 두고두고 쓸모 있는 일이라 중요도 역시 높은 편이다. 하지만 요즘 부추와 우엉이 각자 일에 치이고 새 일터에 적응하느라 잘 참여하지 못하기에 주로 내가 하게 되는데, 나도 책방 일에 허덕이는 터라 눈앞에 할 일을 두고도 매끄럽게 해내지 못하는 게 답답하다. 그동안은 서로 적응하고 사느라 바빴던 만큼, 앞으로는 머리를 맞대고 함께 할 수 있는 일들을 찾고 싶다.

가끔 이럴 때 불편해: 둘이 다투면 말야

오랫동안 혼자 살았고 한번 든 습관은 바꾸기 어렵다. 세탁기에 빨래를 넣고 다른 일을 하다 세탁물 꺼내는 일을 깜빡한다거나, (이 글을 쓰는 지금도 이불 커버 꺼내야 하는 걸 잊고 있었다.) 손님 책값 먼저 계산하고 하던 일을 해야지 하다가 할 일을 잊는 경우가 부지기수다. 혼자 살 땐 아무런 문제가 없는데 함께 살 땐 다른 사람에게 여러모로 민폐다. 대개는 둘 다 별말 없이 넘어가지만, 나는 좌불안석이 되곤 한다. 그리곤 과거의 나를 향해 자책한다. '왜 그랬어, 대체 왜 그랬냐고!' 나는 생각보다 다른 사람의 말과 행동, 반응을 크게 의식하는 사람이었다는 것을 셋이 함께 살면서 알게 됐다. 눈치를 많이 본다는 이야기다. 나 때문에 불편함을 느꼈을 둘을 의식하면서 다시 내가 불편해진다. 여기에 스테이 손님이 있을 땐 그분들까지 신경 쓰기 때문에 어떤 땐 집에서 내가 제일 불편하게 있는 사람 아닐까 하는 의문이 들기도 한다.

셋이 함께 살지만, 그 중 둘은 부부이기 때문에 흔히들 관계가 '우엉 vs 부추&돌김'으로 형성되는 것 아닌가 싶겠지만 우리는 '우엉 vs 부추 vs 돌김', 그러니까 1대1대1로 존재할 때가 더 많다. 뭘 결정할 때나 자기 생각을 말할 때는 부부고 친구고 없다. 혹은 '우엉&부추 vs 돌김'의 구도가 형성되기도 한다. (인스타 사건만 해도 그렇다.) 둘은 같은 분야의 일을 하고 지역도 같다 보니 공유하거나 공감할 일도 많다. 대

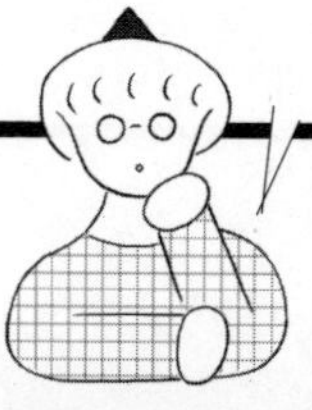

화가 두 사람을 중심으로 이뤄지는 건 어찌 보면 당연한 일인데 가끔은 소외되는 기분이 들기도 한다. 다행히 부추와 나는 매일같이 다투고 삐치고 화해하기 때문에 익숙하다. 우엉과 나는 서로의 감정선을 건드리지 않으려 노력하기 때문에 지금까진 큰 트러블은 없었다. 하지만 부추와 우엉이 서로 다툰다거나 이유를 알 수 없지만 싸늘한 기운이 감돌 때 그 사이에서 나는 정말 불편하고 힘들다.

집을 거의 다 지었을 무렵, 그러니까 2018년 12월이었다. 서로의 말투 때문에 시작된 다툼으로 부추와 우엉이 감정이 크게 상한 일이 있다. (앞서 부추가 말한 '밥 먹어' 사건이다.) 문제는 대립 기간이 꽤 오래 유지됐다는 것이다. 해를 넘기고 1월 중순까지 말이다. 셋이 함께하면서 이런 적은 없었다. 이렇게 가다가 집은 다 지었는데 함께 못 사는 건 아닌가 싶을 정도로 위기감이 감돌았다. 같은 공간에 사는 데다 일터까지 같았고, 심지어 같은 학년 담임이었던 터라 감정이 쌓일 만큼 쌓였던 것 같다. 혼자 살거나 둘이 살 땐 각자 감정에 충실하면 됐지만, 셋이 되니까 대립의 당사자가 아닌 사람까지 같이 혼란의 소용돌이로 빨려 들어갔다.

학교에서 사이 좋게 지내라고 배우고 회사에서도 갈등 관리가 중요하다고 배웠지만, 현실에서 갈등을 마주하자 무력하고 극심한 스트레스 상태에 빠졌다. 뭐라도 해야 할 것 같아 따로 만나 서로 하소연을 들어주기도 했지만 둘 사이의 평행선은 팽팽했다. 그 사이 나까지 서운해진 순간도 있었다. 함께 살면서 처음 맞는 내 생일이 물안개처럼 흐릿하게 잊히고 만 것이다. 그땐 둘의 관계 회복이 중요해 말 못 했지만, 실은 꽤 서운했다. 나는 그날 생일 케익을 먹어보긴커녕 둘이 화해하라고 거금을 들여 텀블러를 선물했다. 둘은 이 사실을 잊으면 안 된다.

반대로 나와 부추가 싸우면 우엉이 눈치를 보고 불편해한다는 걸 알기에, 특히 집에 있을 땐 아주 조용히 입 모양으로만 싸움을 하는 웃지 못할 일도 생긴다. 화가 아무리 나도 언성을 높이면 우엉도 알게 될 것이기 때문에 우리는 자주 '음소거 싸움'을 한다. 아니면 서로 삐쳐 말을 안 하기도 하는데, 문제는 둘 다 표정을 숨기는 방법은 터득하지 못해서 눈치 빠른 우엉에게 바로 걸린다는 것이다. 부추와 싸워봤자 백전백패 매번 지기도 하지만, 제대로 싸울 수 없는 게 가끔 답답하기도 하다.

돌
김

서운함을 푸는 방법

세상에 완벽한 관계라는 게 있긴 할까?

간혹 우리의 생활 방식을 호기심과 선망의 눈빛으로 보는 사람을 만나곤 한다. 대부분 마음이 맞는 사람들과 함께 살아갈 계획을 갖고 있거나, 계획은 있지만 현실적인 어려움 때문에 망설이는 사람들이다. 대화를 나누다 보면 관심의 종착점은 "비결이 뭐예요?", "어떻게 하면 잘 살 수 있나요?"로 귀결된다. 생각해보면 우리도 그랬다. 함께 살기 전엔 '잘 지내는 비결', '싸우지 않고 살아가는 방법'이 가장 궁금했다. 같이 살아보니 그런 건 없었다. 우리가 할 수 있는 말은 “글쎄요? 모두가 그렇지 않나요? 다투고 삐치고 오해하고.”가 고작이다.

우리는 함께 사는 동시에 각자의 ‘나’로도 존재한다. 아무리 서로를 배려하고 신경 쓴다고 해도 그것도 결국은 ‘나’의 생각이다. 20년 넘게 각자의 ‘나’로 살아온 우리가 아무 일 없이 잘 사는 게 오히려 이상한 일 아닐까? 함께 산다는 건 그런 ‘나’들의 섞임이고 충돌이다. 솔직히 말하자면 우리의 관계가 얼마나 건강한지, 잘 살고 있는지 확신할 수도 없다. 앞서 말했듯 우리는 각자만의 세계관과 방식으로 살고 있고 꽤 많은 서운함을 안고 살아가고 있다. 우리는 대체로 평온하지만 종종 태풍 한복판에 있는 것같이 위태로울 때도 있다. 아마 우린 함께 살아가는 생활이 끝날 때까지 서로 삐치고 싸울 테고 또 그것들을 풀어가기 위해 애쓰고 있을 것이다.

재미있는 점은 서로 서운함을 느끼는 지점이 다르듯, 푸는 방법도 제각각이라는 점이다. 정면돌파하거나 우회하거나 유보하거나 또는 회피하거나. 그래서 나는 우리 셋의 지극히 현실적인 서운함 극복기를 기록해놓으려 한다. 물론 우리의 극복기가 정답도 아니고 건강한 방법이 아닐 수도 있다. 1년 넘게 함께 살면서 각자 터득한 방법일 따름이다. 또한 이것은 나의 시점에서 나름의 분석을 거쳐 쓰였을 뿐 절대적이진 않다는 점도 미리 밝힌다.

우엉의 서운함 풀기

우엉은 혼자고 부추와 나는 부부다. 서운함은 나 이외의 대

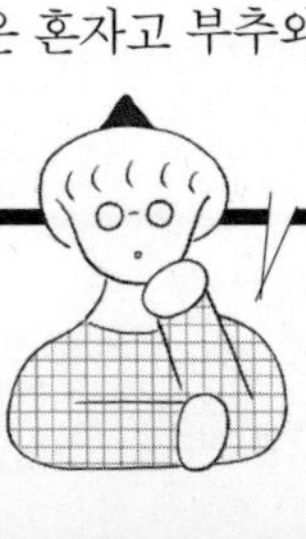

상에 대한 기댓값이 충족되지 않을 때 찾아오는 결과값이다. 그러니까 그 대상은 부추일 수도 있고 나일 수도 있는데 둘은 부부다. 내가 아무리 '우리는 1대1대1의 관계'라고 말해도, 우엉 시점에선 '우엉 vs 부추&돌김'일 수밖에 없다. 나에게 서운한 것을 부추에게 적나라하게 이야기하기도, 반대로 부추 흉을 내게 말하기도 어려울 것이다.

좋게 말하면 이해일 테고 부정적으로 보면 포기일 그 사이 어딘가, 우엉은 적당한 안정감을 찾은 것 같다. 함께 1년을 넘게 살아보니 우린 서로 너무나도 다른 존재이고 쉽게 바뀌지 않을 사람들이었다. 자기 마음대로 안 될 사람을 바꾸려 노력할 필요도 없고 스스로 상처 받을 이유도 없다. 우엉은 나와 부추에 대한 기대를 거두니 서운함도 가셨다고 이야기한다. 서로에게 무엇을 기대하지 않는 것. 우엉의 이 표현이 지금 우리 사이를 가장 정확하게 표현하는 말일 것이다.

우엉은 시점에 입주한 이후 부쩍 바깥 활동을 늘렸다. 집에서 가만히 못 있는 부추나 나보다 더 바쁜 일정을 보내는 날들이 많아졌다. 퇴근 후 운동을 배우고 시간이 닿을 때마다 인천에서 지인을 만난다. 집, 더 구체적으로 자기 방이라는 폐쇄적인 공간을 나오니 마음이 더 여유로워 보인다. 아이러니다. 집은 가장 편한 공간이지만 문을 닫으면 끝없이 침잠하는 동굴이 되기도 한다. 서운함이 쌓일 때 방 안에 혼자 있다 보면 계속 그 생각에 갇혀 상대가 끝없이 미워질 수 있다. 그럴 바에야 밖으로 나가 사람을 만나기로 한 것이다. 실컷 흉도 보고 우리 둘에겐 하지 못한 말도 털어놓을 것이다. (어쩐지, 우엉이 약속 있을 때 유난히 내 귀가 더 가렵더라.) 아침마다 창문을 열어 집 안의 공기를 환기하듯, 생활에도 적당한 환기가 필요한 법이다.

부추의 서운함 풀기

우엉은 부추와 나를 한 몸처럼 보지만, 실은 그렇지 않다. 부추는 상황에 따라 우엉에게 붙었다가, 부추에게 붙었다가 하는 박쥐 같은 나를 얄미워할 때가 많다. 부추에게 우엉은 십 년지기 소중한 친구이고 업계 동료다. 부추에게 나는 자기 편은 잘 안 들어주는 '남'편이다. 우엉에게 서운한 점을 내게 이야기해도 편을 들어주지 않고, 내 흉을 우엉에게 보긴 더 어렵다. 이런 삼각 구도의 관계 속에서 서운함을 풀기란 쉽지 않다. 이제 부추는 자신의 서운함은 둘의 도움을 받기보다 스스로 풀어야 한다는 걸 깨달은 듯하다.

목표지향적인 부추는 서운함 해소를 위한 방법도 구체적인 계획을 세우는 편이다. 부지런히, 의식적으로 몸을 움직이는 게 포인트다. 체력이 떨어질수록 서운한 감정에 오래 노출된다는 걸 잘 알기에 아침 일찍 일어나 명상을 하거나 유튜브를 보면서 스트레칭을 한다. 강아지 마니와 전등이를 데리고 한 시간씩 산책을 다녀오기도 한다. 부추가 산책을 시키고 온 날이면 유난히 마니와 전등이가 깊은 잠을 자는 건 우연이 아닐 것이다. 한여름에 갑자기 기분 상하는 일이 생기면 잡초가 앞다퉈 올라오는 마당 잔디밭에 나가 풀을 뽑기도 한다. 부추에게 잡초 뽑기는 일종의 구급약인 셈이다.

상대에게 서운한 게 있어도 "뭐야, 겨우 이런 일로 쪼잔하게?"라는 말을 들을까 봐 말 못 하고 끙끙 앓던 부추는 셋 사이

에서는 반대로 정면돌파하는 쪽을 선택한다. 서운함이 켜켜이 쌓이고 나면 폭발할 것 같아서다. 이를테면, 자신의 생일을 깜빡한 우엉에게 '이러저러해서 서운했어.'라고 문자를 보내기도 한다. 이내 자신의 쪼잔함에 낯부끄러워지긴 하지만, 그렇게 하면 서운한 마음이 가시고 후련해진다고 한다. 부추가 이런 방식을 선택한 이유는 이제 우리 사이가 '이 정도는 이야기해도 괜찮은 사이'라는 신뢰가 생겼기 때문이라고.

돌김의 서운함 풀기

부추가 사주에 화(火)가 없기 때문에 화를 낼 줄 모른다고 하지만, 진짜 화를 내지 않는 건 나다. 정확히 말하면 화가 없다기보단 화를 낼 줄 모른다고 보는 게 맞다. 대신 말투와 표정, 주변의 미묘한 공기 변화를 통해 상대방이 화가 나 있다는 걸 재빠르게 파악한다. 상대방이 화를 내는 건 빨리 포착하지만, 이만한 일로 화를 낼 일인가에 대한 공감은 잘 못한다. 같은 상황에서 그만한 일로 나는 화가 나지 않기 때문이다. 인생의 기본값에 화가 없기 때문에 상대가 화를 내면 굉장히 당혹스럽고 덩달아 스트레스를 받는다. 평화로운 상태가 유지되길 바라는 전형적인 토끼형 인간이기 때문이다.

나는 평화로운 분위기를 깨는 걸 싫어한다. 우엉은 이런 나의 선택을 회피지향적이라고 말하는데, 내가 생각하기엔 버퍼링에 가깝다. 화도 낼 때 잘 내는 게 기술인데, 그게 잘 안 된다. 지금껏 어쭙잖게 이야기를 꺼냈다가 오해도 많이 샀다. 서운한 마음이 목 끝까지 가득 차 무슨 말인가 나올 것 같으면, 우선 한 템포를 쉬며 생각을 가다듬어야 한다. 이럴 땐 호미 한 자루 들고 텃밭이나 책방 뒤 꽃밭으로 간다. 고추나 토마토 곁순을 따면서 생각을 정리하다 보면 마음에 쌓인 서운함 80~90%는 해결되는 편이다.

우리 책방은 주말에 일이 특히 많다. 처음엔 부추와 우엉이 도와주기를 은근히 기대했었다. 서운함은 대개 기대가 충족되지 않을 때 밀려드는 법. 혼자 아등바등 일하는데 도와주질 않으니 얼마나 미워 보였겠는가. 한참 속으로 서운함을 쌓다가 갑자기 '현타(현실 자각 타임)'가 밀려왔다. 우엉과 부추는 각자의 일을 하고 와서 자신의 공간에서 쉬고 있을 뿐이다. 그 시간을 내가 마음대로 침해할 수는 없다. 주말 휴일에 책방 일을 도와주는 건 고마워할 일이지, 서운해할 일은 아니었다. 어렴풋이 기대하고 서운해하기보다 적어도 일과 관련해서는 선을 긋고 규정하고 나니 오히려 모든 것이 명확해졌다. 책방 일은 전적으로 내가 맡고 책임지기로 한 것이다. 대신 도움이 필요할 만큼 아주 바쁘거나 중요한 날엔 미리 도움을 요청하기로 했다. 이젠 분주한 주말 우엉과 부추가 각자의 시간을 만끽해도 둘이 전혀 밉지 않다.

함께 또 따로

이제 같이 산 지도 1년이 넘었다. 그에 앞서 독서 모임을 했고 2년 동안 매주 팟캐스트 방송을 만들었다. 그렇게 지내고 보니 우린 성격, 관심사, 대화 스타일까지 다른 것 투성이였다. 공통점이 있다면 우리는 적어도 눈치 없이 이기적으로

사는 사람들은 아니라는 것이다. 그러다 보니 서로를 방해하지 않으려 엄청 눈치 보고 신경 쓰고 있었다. 눈치와 신경이 쌓일수록 삶은 부자연스럽고 불편해질 수밖에 없었다.

책방 1층 유리창엔 이런 글귀가 적혀 있다.

> 마음의 집에는 방도 있어
> 어떤 방은 넓어서
> 많은 사람들이 왔다 갔다 하고
> 어떤 방은 좁아서
> 겨우 자기만 들어갈 수 있지
> – 김희경, ‹마음의 집›(창비, 2010) 중에서

우리는 각자의 방이 클 때도 있고 작아질 때도 있다고 인정하기로 했다. 늘 똑같은 크기로 존재할 수 없다는 것도. 방이 좁을 대로 좁아진 날에는 그 방 안에 갇힐수록 힘들어진다. 그 방 안에서 서운함은 증폭되고, 상대가 더없이 미워질 수밖에 없다. 우리는 그럴 때 각자의 방법으로 전환을 꾀한다. 집 밖으로 나가는 것이다. 평소엔 집이 그동안 꿈꿔온 ‘케렌시아’ 같은 공간이지만, 반대일 땐 집은 외딴 섬이 되기 때문이다. 나는 텃밭에 가거나 책방 휴일인 월요일마다 홀로 도보 여행을 떠난다. 부추는 멀리 인천 시내로 모임을 만들어 나가거나 혼자 강화도 나들이를 간다. 우엉은 운동을 하거나 친구를 만난다. 함께 살되, 각자의 시간이 최우선이다.

부추

느슨한 가족이 사는 법

우엉네 집에서 셋이 처음 함께 살 무렵, 나와 우엉은 같은 학교, 같은 학년에 근무하고 있었다. 아침부터 부지런을 떨어야 직성이 풀리는 나는 원래 출근 시간보다 일찍 나갔고, 아침에 충분히 잠을 자둬야 하는 우엉은 출근 시간에 맞춰서 나갔다. “같은 집에 살면서 왜 출근을 따로 해?” 직장 동료들은 우리 둘을 의아한 표정으로 바라봤다. 우리는 서로의 생활 패턴에 따라 하던 대로 했을 뿐이었는데, 따로 출근하는 우리를 바라보는 사람들의 눈빛은 달랐던 것이다.

이뿐이 아니었다. 같이 사는 가족이 됐다는 이유로, 사람

들은 우리 셋에게 끈끈한 무언가를 바라고 있었다. 셋이 함께 다니면 "와, 셋이 정말 잘 맞나 보다. 재밌겠어요." 하고 추켜세우지만, 저녁에 혼자 밥 먹는다고 하면 "아니, 식구도 셋이나 되면서 왜 저녁도 같이 안 먹어요?" 하는 반응이 단번에 나온다. 우리 셋은 같이 살기 전과 후에 크게 달라진 게 없는데, 사람들은 우리에게 무엇을 기대하는 걸까? 가족이 되면 무조건 같이 식탁에 앉아 밥을 먹어야 하고, 각자의 생활 방식에 상관없이 무조건 시간을 맞춰서 집을 나서야 하는 걸까? 도대체 사람들이 생각하는 가족은 어떤 모습인 것일까?

우리 사회에서 '가족'이라는 단어에 힘을 주어 강조하는 경우를 생각해봤다. 회사에서 '우리는 한 가족'이라고 표현하는 건 결국 '좋은 게 좋은 거니 군소리 말고 일해'라는 뜻이 아닌가? 직장 상사가 "내 딸/아들 같아서 하는 말이야."라고 말하는 건 '너는 내 아래니까 내 말 들어'를 내포한 경우가 많다. 같이 여행 가길 싫어하는 자녀에게 "우린 가족이잖니."라고 달래는 건 '너는 우리를 벗어날 수 없어'라는 메시지를 준다. 우리 사회에서 '가족'은 겉으로는 끈끈하고 친밀한 관계를 내세우지만, 가족이라는 틀 안에서 구성원들의 행동을 제한하는 맥락으로 사용되는 예가 많다.

반대로 아무리 친밀한 관계라 하더라도 이성 부부와 그들의 자녀들로 구성된 이른바 '정상가족'이 아니라면, 사회에서 규정하는 가족에서 배제된다. 가족으로 인정받기가 까다로운 동시에, 한번 가족이 되면 그곳에서 벗어나기가 쉽지 않다. 가족이 되는 것도 가족을 벗어나는 것도 어려운 이 사회에서, 우리 셋은 모였고 함께 살고 있다.

처음엔 우리 관계를 '가족'이라고 규정하는 것이 싫었다. 가족이라고 말하면 따라오는 그 이미지들이 우리를 괴롭힐 것이 뻔했기 때문이었다. 하지만 이렇게 함께 모여 살다 보니, 우리 사회에서 말하는 가족의 외연을 넓히는 일이 중요하다는 생각을 하게 됐다. 가족으로 인정받지 못하고 변두리에서 살아가는 사람들의 목소리에 힘을 보태고 싶다. 우리는 고민 끝에 우리의 관계를 소개할 때 '가족'이라는 말을 사용하되, 끈끈한 관계라는 뜻과 전혀 다른 뜻을 가진 단어를 함께 붙이기로 했다. 그렇다. 우리는 '느슨한 가족'이다.

생활비는 공용 통장으로 관리해요

우리 셋은 같이 살기 전부터 독서 모임, 팟캐스트, 여행 등 함께 하는 일이 많았기 때문에 이미 공용 통장을 만들어서 사용하고 있었다. 처음엔 제비뽑기로 돌김이 총무를 했으나, 우엉이네 집에서 살게 되면서 인터넷 요금 및 수도 요금이 자동이체되고 있는 우엉의 통장으로 옮겨갔다. 강화로 이사 오고 나서도 그 방식을 그대로 유지하고 있다. 생활비는 각자 매달 15만 원씩 내고 있다. 큰돈이 필요할 때면, 3분의 1로 나눠서 더 걷는다. 셋 다 경제 상황이 고만고만해서 뭐든지 3등분하는 편이다. 필요한 공용 물품을 살 때는 만장일치제를 쓴다. 한 명이라도 반대하면 사지 않는 것이다. 하지만 아직까지 그런 일은 없었다.

공용 통장에서 가장 많은 지출을 차지하는 것은 각종 생활 요금이다. 그중에서 난방비가 제일 세다. LPG 가스를 사용하

는 우리는 겨울이 되는 게 가장 두렵다. 가스/전기/수도/인터넷 요금을 내고 나면, 나머지는 대부분 공동으로 쓰는 생활용품이나 식재료를 사거나 셋이 함께 외식을 할 때 사용한다. 이사 초기에는 이것저것 살 것도 많고, 설치해야 하는 것도 많아 목돈이 많이 들었으나 다행히 지금은 큰돈이 들어갈 일이 별로 없다. 비교적 안정기에 들어서서 집에서 밥을 자주 챙겨 먹으면 공용 통장에 돈이 꽤 쌓이기도 한다.

공용 통장은 우엉 이름으로 되어 있지만, 우엉이 특별히 생활비 관리를 맡은 건 아니다. 요즘은 모 은행의 모임통장 기능을 통해 언제 어디에 어떻게 썼는지 확인할 수 있다. 그걸로 충분하다. 생활비를 어떻게 하면 아낄 수 있을지, 다음 달에는 어떤 지출을 줄일지 하는 등의 반성이나 계획은 하지 않는다. 공용 생활비는 말 그대로 셋이 함께 살면서 들어가게 되는 비용이고, 정해놓은 생활비를 초과하는 경우는 거의 없다. 이 외에 개인 생활비는 당연히 각자 알아서 관리한다. 이 부분은 나와 돌김도 마찬가지다.

나와 돌김은 부부지만 그렇다고 부부끼리 따로 가계를 운용하지는 않는다. 우엉과 함께 쓰는 공용 생활비에 15만 원씩을 내면, 나머지는 다 개인 돈이다. 부부라고 해서 한 명이 관리하지 않는다. 자기가 번 돈은 빚을 갚든, 필요한 것을 사든 본인이 알아서 관리한다. 물론, 상대가 급할 때는 신뢰 관계를 바탕으로 돈을 빌려주기도 한다. 하지만 그건 우엉이라도 마찬가지다.

서로의 스케줄은 앱으로 확인해요

혼자 살 때는 대충 햇반에 3분 요리를 먹거나 라면, 도시락, 배달 음식 등으로 밥을 먹는 경우가 많았다. 식사를 한다기보다 끼니를 때운다는 표현이 어울리겠다. 누군가와 함께 살 때 좋은 점 중 하나는 밥을 대충 차려 먹지 않게 된다는 것이다. 아마 나와 함께 살고 있는 소중한 사람에게 맛있는 것을 해주고 싶은 마음 때문이리라. 하지만 그걸로는 설명이 좀 부족해 보인다. 나와 돌김이 신혼부부로 둘이 살 때보다 우엉과 함께 사는 지금 훨씬 더 잘 챙겨 먹고 있으니까.

셋이 모이니, 내가 하지 않아도 누군가의 손길로 밥 한 끼가 뚝딱 해결되는 신비로운 경험을 하게 된다. 이는 둘이 살 때와는 또 다른 차원이다. 내가 하지 않고 너도 하지 않으면 그만이었던 것이, 내가 하지 않고 너도 하지 않아도 아직 다른 한 명의 의지가 남아 있다. 물론 마지막 한 명까지 밥을 하기 싫은 경우도 있다. 그땐 그냥 외식하러 나가면 된다. 하지만 반대의 경우도 많다. 셋 다 의지가 불타서 아주 멋진 한 상을 차리기도 하고, 둘이서 쿵짝이 맞아서 새로운 요리를 하기도 한다. 혼자서 해야 하는 경우도 있지만, 다른 두 사람을 생각하며 조금 더 신경 쓰게 된다.

아침엔 나와 우엉이 출근하기에 바빠서 잘 챙겨 먹지 않지만, 저녁은 다른 스케줄이 없으면 함께 먹는다. 이때 밥을 차리는 사람에게 중요한 건 얼마큼 만들어야 할지다. 셋 다 먹을 수 있는지, 둘이서 먹을지, 아니면 혼자 먹어야 하는지. 실컷 세 명이 먹을 분량을 다 만들어놨는데 혼자 먹는 일이 생긴다

면 낭패다. 우리는 집에서 밥을 같이 먹을 수 있는 사람이 누구인지를 체크하기 위해서 아예 서로의 스케줄을 공유하기로 했다. 휴대전화에 스케줄 공유 앱을 함께 설치하고, 각자 밥 먹고 들어오는 날에는 자기만의 색깔(나는 초록, 돌김은 보라, 우엉은 갈색)로 표시하고 있다.

나중에는 밥을 먹고 오는 스케줄이 아니어도 자기에게 잡힌 일정을 모두 그곳에 쓰기 시작했는데, 이렇게 하니 서로의 일정을 한눈에 확인할 수 있다. 특히 달력에 어떤 색깔이 많은지를 보면 그 달에 가장 바쁜 사람이 누구인지가 확 드러난다. 그 친구에게 조금이라도 더 살갑게 대하려고 하고, 힘들진 않은지 상태를 체크하게 된다. 반대의 경우도 마찬가지다. 강화로 이사 오고 나서는 달력에서 보라색은 거의 찾아볼 수 없는데, 직장과 집이 하나 된 삶을 살고 있는 돌김의 생활을 잘 보여준다. 그걸 보고 돌김이 너무 책방에 매여 있는 것 같으면 책방을 봐줄 테니 나가서 좀 놀고 오라고 하기도 한다. 자신의 상황을 구구절절 말하지 않아도 우리는 달력에 표시된 색깔과 내용으로 상대를 살피게 된 것이다.

집안일은 마음 내키는 사람이 해요

우리 가족은 밥 당번을 따로 정해놓지 않았다. 다른 집안일도 특별히 나누지 않았다. 앞서 밥을 차리는 일에 대해 '의지'라고 표현한 것처럼, 우리 집에서 집안일은 누군가의 '의지'로 진행되는 경우가 많다. 나와 돌김의 경우는 집안일을 나누는 것에 대해서 결혼생활을 시작하기 전부터 오래 이야기를 나눠왔다. 처음엔 집안일을 세분화하고 이건 네가 할 일, 이건 내가 할 일이라고 명확하게 정해놓는 게 한 사람(특히 여성)에게 집중되지 않게 하면서 효율적인 방법이 아닐까 싶었다. 하지만 '일의 책임이 명확할수록 그 일을 맡은 사람이 하지 않았을 경우 책임을 따지며 싸우게 되더라' 하는 결혼 선배님의 조언을 듣고 아무런 규칙 없이 신혼 생활을 시작했다. 다행히도 '집안일은 같이 하는 것'이라는 대진리를 받든 덕분에 나와 돌김은 집안일에 있어서는 큰 갈등이 없었다. 가사 노동에 쓸 에너지가 많은 사람이 스스로 나서서 집안일을 했다. 그러다 보니 자연스럽게 평일에는 퇴근 시간이 빠른 내가 많이 일을 하는 대신, 주말에는 돌김이 집안일을 거의 전적으로 맡아서 했다.

셋이 함께 살면서도 우리는 특별한 규칙을 만들지 않았다. 집안일에서의 유일한 규칙은 '밥을 한 사람은 설거지를 하지 않는 것'뿐이다. (이것마저도 밥을 한 사람이 아주 기분이 좋을 때는 종종 어기게 된다. 돌김이 가장 많이 어긴다.) 우리 셋은 나와 돌김이 신혼 생활을 할 때처럼 서로 알아서 움직였다. 이 방식이 우엉이네 집에 옹기종기 모여 살던 시기까지는 전혀 문제가 되지 않았다. 같이 쓰는 공간이 거실과 화장실뿐이었으므로 시간 나는 사람이 거실을 청소기로 한번 밀고, 화장실도 쓱쓱 금세 청소했다. 우엉의 집은 나와 돌김의 신혼집과 비슷한 크기의 공간이었던 터라, 사람이 늘었으니 집안일이 확실히 줄어드는 느낌이었다.

의지만으로도 잘 굴러가던 우리 가족의 가사 분담 시스템은 강화로 이사 오고 나서 균열이 생겼다. 지금 집은 2층짜리에 다락방까지 딸렸다. 마당도 있고, 텃밭도 있다. 삶의 질

이 향상된 만큼 그걸 유지하기 위한 가사 노동의 양이 많아졌다. 전에는 혼자서 기쁜 마음으로 금세 집안일을 끝낼 수 있었지만, 이제는 개인의 의지로 할 수 있는 범위를 넘어섰다. 더군다나 책방 공간은 불특정 다수에게도 개방되어 있다. 우리에게는 아무리 에너지가 바닥이 나도 남은 힘을 싹싹 긁어모아 청결을 유지해야 하는 의무가 부여됐다. 눈에 일이 보이면 즉시 해치워야 직성이 풀리는 나는 쉬는 날도 반납하고 집안일을 하다가 결국 폭발하고 말았다. 나는 나 혼자 집안일에 신경을 쓴다고 생각하기 시작했고, 살림을 제대로 돌보지 않는 것 같은 돌김과 우엉에게 불만이 생긴 것이다.

어느 날 저녁, 밥을 먹다가 불만을 토로했다. "집안일을 정확하게 나눴으면 좋겠어." 나는 시간을 정해서 다 같이 청소하는 건 어떠냐고 제안했다. 돌김은 단호하게 반대했다. "한 번 규칙을 만들면 계속 규칙을 만들게 될 거고, 그 규칙이 우리를 구속하게 될 것 같아서 싫어. 우리 생활 공간인데 자유롭게 지내자." 우엉 또한 반대 의견을 냈다. "생활 패턴도 서로 다르니까 시간을 정하는 건 별로인 것 같아." 나는 멈추지 않고 다른 의견을 냈다. "그럼 꼭 청소해야 하는 공간을 정해서 돌아가면서 청소를 하자." 우엉은 결국 여기에 동의했다. (물론, '나 너무 서운해' 우엉편에도 나왔듯 정말 동의해서 그런 것은 아니었지만.) 돌김은 규칙 자체를 반대했지만, 2:1로 이 안건은 통과되었다.

이렇게 해서 아무 규칙도 없던 우리 집에서 가장 복잡한 규칙이 탄생했다. 화장실, 샤워실, 2층 거실 공간을 셋이 한 달 단위로 번갈아가면서 책임지고 청소하기로 했다. 첫 달은 우엉이 화장실을, 내가 샤워실을, 돌김이 2층 거실 공간을 맡기로 했다. 하지만 결과적으로 이 규칙은 사실상 있으나 마나 한 규칙이 됐다. 한 달마다 청소 공간을 바꾸기로 했지만 처음에 정한 그대로 유지하고 있고 아무도 바꾸자고 이야기를 꺼내지 않았던 것이다. 돌김은 화장실에서 물때를 발견하면 솔로 닦았고, 우엉은 샤워실을 사용할 때마다 머리카락을 치웠고, 나는 침실을 치우려고 청소기를 들면 2층 거실까지 청소했다. 결국 우리는 그 전과 마찬가지로 서로 알아서 하고 있었다. 내가 제안한 가사 분담 규칙 만들기는 서운함이 쌓여 생긴 해프닝으로 일단락됐다.

그 뒤로 우리는 각자의 상황을 이해하려고 더 노력하고 있다. 물론 모든 것을 이해하는 것은 아니다. 때로는 좀 떨어져서 방관하는 태도로 임하기도 한다. 우리 가족은 이해와 방관 사이 어디쯤 위치하고 있다. 함께 힘을 모아서 즐거운 일을 벌이다가도, 갑자기 서먹해진 분위기 속에서 별다른 말 없이 밥을 먹기도 한다. 각자 좋아하는 일을 하면서 자기만의 공간에 있다가도, 셋이 모여 이야기를 나누며 역시 같이 살길 잘했다고 생각한다. 따로 또 같이 생활하는 우리는, 느슨한 가족이다.

부 우 돌
추 엉 김

덤벼라, 오지라퍼들아

셋이 함께 살기로 결심했을 때, 사람들은 우리가 생각해보지도 못한 아주 사소한 부분들까지 대신 걱정해주었다. 그렇게 걱정하는 말을 들을 때마다 '그래, 원래 안 해본 일들은 걱정이 되기 마련이지. 다 우리를 생각해서 하는 말일 거야. 진짜로 셋이 함께 사는 모습을 보면 별다른 말을 하지 않을 거야' 하며 대수롭지 않게 넘겼다. 그러나 셋이 진짜로 함께 집을 짓고 생활을 하는 모습을 보면서도 사람들은 걱정의 끈을 놓지 않았다. 우리는 여전히 오지라퍼들의 걱정 세례를 받고 있다.

셋의 관계를 대결 구도로 보는 오지라퍼들

오지라퍼 1

Q. 우엉은 부부 사이에 낀 듯한 느낌을 받은 적 없어?

vs 우엉

실제로 그런 느낌을 받기도 해. 처음에는 '우리 셋은 동등한 관계인데, 왜 둘만 아는 정보가 있느냐' 하고 서운해하기도 했어. 근데, 지금은 안 그래. 왜냐하면 둘은 실제로 부부거든. 나는 둘 관계의 특별함을 인정하기로 했어. 그건 나쁜 게 아니라 자연스러운 거야.

그리고 돌김이 나와 부추 사이에 낀 느낌을 받을 때도 많을걸? 나랑 부추는 대학 선후배 사이에다 직업도 같으니까 대화할 때 공통 주제가 많거든. 그럴 땐 좀 미안해. 근데 누구나 그렇지 않아?

오지라퍼 2

Q. 부추는 우엉과 돌김 사이가 걱정되지 않아?

vs 부추

당연히 걱정되지. 나를 매개로 만난 사이라 아무래도 둘이 함께한 시간은 많지 않으니까, 함께 살 때 서로 맞춰가려면 시간이 좀 걸리겠다는 걱정이 되기도 해. 하지만 알아서들 잘 지내고 있어.

응? 그런 거 말고? 그럼 뭐? 설마 이성이라서? 이성이면 꼭 연애 관계만 있는 건가? 그리고 애초에 그게 걱정됐으면 함께 살자고도 안 했을 거야.

오지라퍼3

Q. 돌김은 여자 둘과 함께 생활하기 힘들지 않아?

vs 돌김

전혀. 반대로 왜 그런 생각을 하는지 물어보고 싶을 지경이야. 우리는 여자니까 이래, 남자니까 저래 같은 생각을 하지 않아. 그냥 이 사람은 이렇고 저 사람은 저런 거지. 은희경 작가의 소설 ‹빛의 과거›를 보면 대학 기숙사에서 만난 신입생들의 이야기가 나와. 평생을 '나'라는 존재로만 살다가 전혀 다른 사람들 사이에 섞이는 과정에서 오는 어려움과 혼란이 잘 묘사돼 있지. 그런 어려움이 불편이라면 불편일 뿐, 성이 달라서 힘들진 않아.

아직 일어나지도 않은 일을 걱정하는 오지라퍼들

오지라퍼4

Q. 우엉에게도 같이 살고 싶은 사람이 생기면 어떻게 할 거야? 그 사람도 같이 살 거야?

vs 부추

그 사람의 의견이 제일 중요하겠지. 만약 그 사람이 같이 살고 싶다고 하면 같이 살 거야. 우엉이 만나는 사람이면 꽤 괜찮은 사람이겠구나 하는 믿음이 있어.

vs 돌김

그건 우엉의 생각과 그 사람의 생각이 가장 중요하겠지? 우리야 산전수전, 예복습 거치며 살았으니 지금 방식이 자연스러운데 그 사람에게 어떨지는 잘 모르겠어. 다 떠나서 같이 살기, 된다 안 된다! 이런 답은 없어.

vs 우엉

그리고 그 일이 실제로 일어났습니다! 사실 나는 얼마 전 만나는 사람이 생겼어. 결론적으로 우리 셋의 관계에는 별 변화가 없어. 그냥 '우엉이가 연애하는구나~' 정도? 나는 그 사람과도 같이 살아보고 싶기도 해. 내 인생을 위해선 그게 좋을 것 같거든. 다만, 그 공간이 시점일지 아닐지는 상황에 따라 다를 것 같아. 가까운 곳에 집을 구해서 이웃이 되거나, 내 방 침대만 큰 걸로 바꿀 수도 있겠지.

오지라퍼 5

Q. 부추와 돌김 부부에게 아이가 생기면 어떻게 할 거야?

vs 부추

돌김과의 사이에서 아이는 내가 낳는 거니까 내가 먼저 대답할게. 아이를 낳고 싶다는 생각을 한 적은 없지만, 만약에 아주 만약에 아이가 생긴다면 잘 키울래. 지금 공간에서는 함께 살 수 없을 것 같아. 책방은 조용히 책 보러 오시는 분들이 많이 찾으시니까 애기 울음 소리가 들리면 안 되겠지. 우엉이한테도 피해를 줄 거고. 그럼 월세든 전세든 따로 집을 구해서 나와서 살 거야. 지금 집은 돌김이 직장 개념으로 다녀야 할 테지. 흠. 그럼 애는 누가 키우지? 나? 아니, 난 독박육아 싫어. 그래서 애 안 낳는 거야. 고마워. 아이 생기면 어떻게 할 거냐는 그 질문 때문에 더 비출산을 다짐하게 됐어.

vs 돌김

이 질문에 대한 답은 아주 명확해. 그럴 일 없음이야. 나는

아이를 낳을 생각이 '1'도 없어. 이 생각은 서른이 될 무렵 확고해졌어. 아이를 키우기 두려워서도, 부담이 되어서도 아냐. 나는 그저 나와 내 소중한 사람의 행복이 중요한 사람이야. 사람들은 "아이를 낳아봐, 더 행복해져. 나중에 둘이 외로워서 어떡하려고 그러냐?"라고 말해. 하지만 난 그런 말에 신경 안 써. 나는 부추와 더 행복하게 살려고 결혼을 한 거지, 아이를 통해 얻는 행복을 위해 결혼한 건 아니니까.

vs 우엉

사실 이 질문에 대해선 건축사무소와 계약하기 전에 진지하게 대화를 나눈 적이 있어. 부추와 돌김에게 아이가 생긴다면, 자연스럽게 나도 육아에 참여해야 할 텐데 그땐 그게 정말 싫었거든. 둘에게서 '아이는 없다'는 다짐을 듣고서야 마음이 놓였었지. 근데 막상 같이 살아보니, (그럴 일은 없겠지만 만의 하나) 둘에게 아이가 생긴다면 나는 부추와 돌김을 도와서 성심성의껏 아이를 돌봐주고 싶어. 어쨌든 우리에게 새로운 가족이 생긴 거잖아. 축하할 일이지.

오지라퍼6

Q. 부추와 돌김이 이혼한다면?

vs 돌김

이건 생각을 해본 적이 없는데. 이혼을 고민한다는 것 자체가 관계에 금이 갔거나 문제가 있는 건데, 그런 건 아직 없다보니 말야. 반대로 결혼이 꼭 지고지순해서 절대 훼손하면 안 되는 '절대반지'도 아닌데 함께 살아갈 이유가 더 남지 않았다면 이혼할 수도 있는 것 아닐까? 나는 세상을 '그럴 수도 있겠다'라고 이해하는 사람이니까 그런 일이 생길 수도 있겠다고는 생각하지만, 그렇다고 미리 어떻게 될까 깊이 생각하진 않아. 둘 중 누군가 심각하게 상대에게 상처 주는 이별이 아닌 한, 이혼을 해도 친구처럼 지낼 것 같은데?

vs 부추

음, 만약 돌김과 이혼한다면 그냥 더 이상 결혼 관계를 유지할 이유가 없기 때문일 거야. 사실 지금도 꼭 법적인 결혼 관계를 유지할 이유는 없어. 이미 집이 생겨서 신혼부부를 위한 대출을 따로 받을 일도 없거든. 자식 때문에 억지로 같이 살 이유도 없어. 결혼을 해서 좋은 건, 내가 일터에서 가족수당을 조금 더 챙겨 받는다는 건데 그거 정말 몇만 원 안 되거든. 그러니까 지금도 당장 이혼하려면 할 수 있는 거야. 이혼이 별건가. 가족관계 증명서에 배우자가 없어질 뿐인걸. 하지만 돌김과는 계속 같이 살고 싶어. 날 가장 잘 이해해주는 사람이고, 같이 있을 때 재미있는 친구거든. 그러니까 이혼해도 지금과 똑같을 거야.

vs 우엉

이혼한다면 이혼하는 대로 또 어떻게든 살아가지 않을까? 만약에 부추와 돌김이 이혼한다고 해도 난 간섭할 권리도, 그럴 생각도 없어. 내가 만약 부추김 부부의 자식이라면 "엄마 따라갈래? 아빠 따라갈래?" 하는 질문을 받을지도 모르지만, 나는 그런 질문은 받지 못하겠군. 게다가 돌김과 부추는 신중한 사람들이기 때문에 이혼을 한다면 분명 타당한 이유가 있을 거라고 생각해. 아, 그러고 보니 이혼 후에 각자에게 새로운 애인이 생기면 어떡할지는 궁금하긴 하다. 우리도 사람이니 만약 그런 일이 생긴다면 엄청난 혼돈의 카오스에 빠질지도 몰라. 하지만 뭐 어쩌겠어. 본인의 인생이니 본인이 알아서들 하겠지.

우리가 얼마나 오래갈지 궁금한 오지라퍼들

오지라퍼7

Q. 앞으로 셋이 평생 함께 살 거야?

vs 부추

누군가와 평생 살겠다고 약속하는 건 너무 무섭지 않아? 왜, 결혼식에서 "평생을 함께하겠습니까?" 하는 질문을 꼭 하잖아. 꼭 평생 함께해야만 배우자가 되고 가족이 되는 걸까. 왜 우리는 그렇게 '평생' 약속에 집착하는 걸까. 어쨌든 우린 우선 죽이 되든 밥이 되든 7년은 살아보기로 했어. 7년 후엔 어떻게 될지 우리도 몰라.

vs 돌김

지금까지 살면서 배운 건, 장담할 수 없는 건 장담하지 말란 거야. 당장 내일 어떻게 될지 모르는데 어떻게 평생을 장담해? 그리고 우린 평생 함께 살자고 모인 것도 아니고. 같이 살기로 결심했을 때 서로가 좋았고, 지금도 좋을 뿐이야. 그 좋은 관계를 유지하기 위해 노력해야지. 평생 살기 위해 서로를 구속하는 게 아니라.

vs 우엉

'평생'이라는 말이 얼마나 어려운 건데, 사람들은 이 질문을 왜 우리에게 던지는 걸까? 나는 요즘 결혼하는 친구들에게도 이렇게 얘기해. "행복하게 살아. 그리고 힘들면 돌아와."

부추가 말했듯이 우리나라의 가족 제도는 너무 '평생 행복하게 잘 살겠습니다'를 강요해. 요즘같이 다양한 가족 형태가 나타나고 있는 사회에서는 가족이라는 제도가 서로를 구속하기보다는, 서로를 돕는 방향으로 전환할 필요가 있다고 봐.

오지라퍼8

Q. 왜 7년만 살기로 한 거야?

vs 돌김

너무 길지도 너무 짧지도 않은 적당한 기간 아닐까? 대통령 임기를 한번 생각해보자. 5년 단임인데 그 시간 안에 가시적인 성과를 낼 수 있을까? 나는 좀 어렵다고 봐. 긴 삶 속에서 7년 정도의 도전은 충분히 투자해볼 만한 시간이고, 그 성과도 가늠해볼 수 있는 적당한 기간이 아닐까?

vs 우엉

7년이라는 숫자에 큰 의미를 둔 건 아니야. 처음에 '7년은 같이 살아보자'고 얘기했을 때, 우리는 시점 프로젝트를 막 시작하는 단계였어. 사실 우리도 두려웠거든. '도중에 누군가 내팽개치고 떠나버리진 않을까, 그럼 남은 사람들은 어떻게 하지?' 이런 두려움이 마음속 깊은 곳에 있었고, 그래서 믿을 만한 게 필요했어. '7년'이라는 말은 그렇게 나왔어. 셋 다 내뱉은 말을 어길 타입이 아니니 '7년의 약속'으로 서로를 조금이나마 더 믿어보기로 한 거지.

vs 부추

Lucky Seven.

오지라퍼9

Q. 진짜로 셋 중 한 명이 못 살겠다고 나가면?

vs 우엉

일단 말려봐야지. 사실 나는 흘러가는 대로 두는 사람이라 “절대 못 나가! 안 돼!” 하고 바닥에 드러눕지는 않을 것 같아. 돈이야 본인 몫만큼 갚으면 되는 것이고, 먼 훗날 시점을 처분할 때가 오면 집과 땅을 팔고 1/3만큼의 금액을 돌려줘야지. 시점 프로젝트는 나가는 사람이 확실히 손해라서 본인의 손해를 감수하고 나갈 정도라면 그 친구가 많이 힘든 상황일 것 같아. 그러니 왜 힘든지 공감하고 이해하려 노력해야지. 힘이 될 수 있다면 따뜻한 말로 응원하며 보내주고 싶어.

vs 부추

처음엔 그 친구가 잘못 판단한 거라고 생각할 거야. 그러다 시간이 지나면 ‘얼마나 힘들었으면 나가기까지 했을까’ 싶을 거야. 연락을 슬쩍 해볼 거야. 그 뒤는 당사자의 마음 상태에 따라 달라질 것 같아. 그가 만나고 싶어하지 않는다면, 어쩔 수 없지. 기다리는 수밖에. 7년이 되기 전에 나간 거라면, 아무리 몸만 나가는 약속이 있다고 하더라도 당장 살 집을 구할 수 있을 만큼 돈을 마련해서 그 친구에게 줘야 하지 않을까? 7년 약속은 우리의 다짐을 담은 거였지, 상대를 구속하기 위한 건 아니었으니까.

vs 돌김

대학교 다닐 때 학보사 하면서 비슷한 경험을 한 적이 있어. 한창 마감을 하는 날이었는데 사이가 돈독했던 동기들이 다 힘들어서 나가겠다는 거야. 그때 난 “너넨 그래라, 난 일할 거니까." 하고 들어왔어. 아직도 그때 내 행동이 부끄러워. 그때 이후로 나는 관계에서 오는 문제를 모두 내 탓으로 돌리는 사람이 됐어. 우리 관계 때문에 누군가 지쳐 나가는 건 싫고, 그 책임을 내가 전적으로 지게 되는 상황이 싫어. 그래서라도 열심히 나서서 중재하려고 할 거야.

솔직히 셋이 함께 살게 됐다고 해서 이런 질문들을 받게 될지는 몰랐다. 우리가 생각해보지도 못한 질문들을 받으면서, 우리가 그렇게 큰 일을 저지른 건가 하는 생각마저 들었다. 돌이켜보면, 우리는 함께 살기로 결심하고 그때그때 놓인 상황에 충실했을 뿐이다. 염려나 걱정이 앞섰다면 이렇게까지 오지 못했을 거다. 지금 우리에게 필요한 것은 오지라퍼들의 '만약'과 '미래'를 담은 질문이 아닌, '함께 삶'에 대한 성찰의 질문이다. 함께 산다는 것이 서로에게 어떤 의미로 다가왔는지, 셋이 함께 살면서 가장 큰 배움은 무엇이었는지처럼 우리를 더 단단하게 만들어주는 오지랖은 언제든 환영이다.

우
엉

우리는 왜 가족이 아니란 말인가

대출이 만든 내 편

3학년 아이들을 맡았을 때, 다양한 가족에 대해 가르친 적이 있다. 교과서에는 가족이 만들어지는 과정으로 크게 3가지를 들었다. 결혼, 입양, 재혼이다. 돌김과 부추는 결혼이라는 제도 덕분에 법적인 가족이 되었다. 문제는 나, 우엉이다. 현재 우리가 국가가 인정하는 가족이 되는 방법은 부추김 부부가 날 입양하는 것밖에 없다. (분란을 일으키기 싫으므로 재혼은 제외다.) 안타깝게도 나는 입양되길 원하지 않기 때문에, 우리 세 사람은 제도적 가족이 아니라 식구에 머물러 있다.

법적인 가족은 아니지만 집 짓기의 힘겨운 과정과 셋이 함께 진 대출 덕분에 우리는 생활 공동체이자 대출 공동체가 되었다. 대출이 만들어준 내 편이 나는 정말 만족스럽고 좋다. 부추와 돌김이 나누어주는 따뜻한 에너지는 가족 이상이다. 그럼에도 우리 셋의 관계를 표현하는 일상 용어는 존재하지 않는다. 굳이 말하자면 친구일까? 보통 사람들은 친구와 동거하는 건 가족을 이루기 전, 임시로 주거하는 형태로 인지하기 때문에 30대인 우리는 의문 가득한 눈길을 종종 받는다. 그래서 새로운 사람을 만날 때마다 '우리는 어떻게 만났고, 이런 과정을 거쳐 같이 사는 중입니다' 구구절절 설명하는 불편함을 매번 겪고 있다. (대출 공동체라고 설명할 순 없으니.)

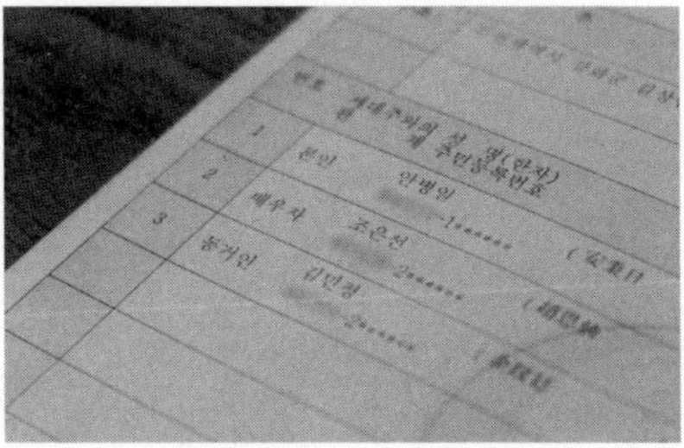

법이 인정하는 일명 '정상가족'이 아니라는 사실은 일상적인 불편함 외에도 시점 프로젝트를 하는 내내 걸림돌이 되었다. 앞서 돌김이 이야기했듯 지원사업에 선정되었음에도 지자체에서는 '이런 선례(가족이 아닌 동거인과 공동 명의로 집을 지어 신청한 경우)가 없어서 안 된다'며 우리를 제도 밖으로 쫓아냈다. 또한 담보 대출을 받을 때도 남들보다 서류를 배로 준비해야 했다. 그놈의 정상가족이 뭐가 그리 좋길래 우릴 이렇게 서럽게 만드는 걸까?

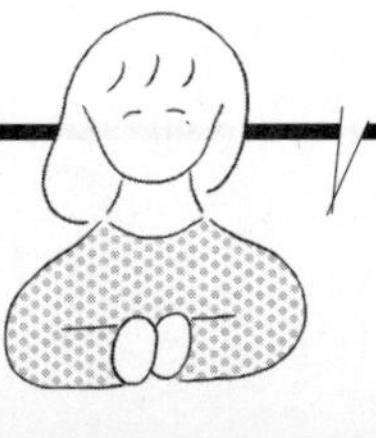

정상가족이 되면 얻을 수 있는 혜택

1. 수술 동의서에 당당하게 사인하기

보통과 같을 줄 알았던 일요일 아침이었다. 전날 밤부터 몸이 안 좋았던 부추가 복부에 심한 통증을 호소했다. 깜짝 놀란 돌김은 부추와 응급실로 향했고, 나는 혼자 책방을 지키며 걱정으로 태산을 쌓는 중이었다. 혹시 심각한 병일까 안절부절못하던 그때, 부추의 카톡이 도착했다. "우엉아 나 입원해야 한대." 다행히 일주일 입원 치료 후 부추는 건강한 모습으로 퇴원했지만, 그 일로 문득 이런 생각이 머리를 스쳤다. 만약 수술을 요하는 응급 상황이었다면 어땠을까? 하필 부추가 아픈 날 돌김이 먼 곳에 있었다면? 아찔하다. 법대로 따지면 나는 부추나 돌김이 아파도 수술 동의서에 사인해줄 수 없는 한낱 지인이기 때문이다. 아픈 부추를 눈앞에 두고 돌김을 기다리며 발만 동동 굴러야 하겠지. 반대로 내가 아프면 경남 끝자락에 사시는 우리 부모님께서 부랴부랴 올라오셔야 한다. 뭐, 어쩔 수 없다. 지금 우린 법적인 가족이 아니니까. (쓰다 보니 갑자기 무서워졌다. 절대 아프지 말아야겠다.)

2. 찾아보면 무궁무진한 가족할인 제도

정상가족이 지닌 두 번째 혜택은 잘 찾아보면 무궁무진한 가족할인 제도다. 대표적으로 통신사 가족결합 제도가 있는데, 가족끼리 묶으면 월정액과 통화 요금을 30%~50% 정도 할인해주고 인터넷과 TV도 좀 더 저렴하게 이용할 수 있다. 뿐만 아니라 기차를 탈 때는 가족 동반 탑승 할인을 받을 수 있고,

가족할인을 해주는 레저 시설도 많다. 한 푼이라도 아껴 하루 빨리 대출을 다 갚고 이 집을 100% 우리 소유로 만들려는 우리에게도 매우 탐나는 혜택이다.

3. 각종 주거 지원 정책

우리나라 무주택 가구 수는 875만 호로 인구의 43.8%를 차지한다.(2019년 12월 통계청) 특히 서울특별시의 경우 무주택 가구 50.9%, 유주택 가구 49.1%로 집을 소유하지 않은 가구가 더 많다. 도시의 집은 20~30대 사회초년생이 감히 범접할 수 없을 정도로 비싸다. 인천에서 같이 살 집을 구하려 발품을 팔았을 때도 우린 어마어마한 가격에 무릎을 꿇어야 했다.

국가에서는 생활 기본권인 '주거권'을 보장하기 위해 다양한 주거 지원 제도를 시행하고 있다. 문제는 그 제도들이 모두 정상가족을 위한 제도라는 것이다. 최근(2019년 12월) 새롭게 시행된 주거 지원 제도를 살펴보면 다자녀 가구, 유자녀 가구에 대한 지원을 확대하거나 강화하는 방향이다. 또한 1인 가구가 늘어나면서 청년의 매입 및 전세 임대 주택 입주 자격을 완화하는 등 1인 가구에 대한 정책 지원도 커질 것으로 보인다.

하지만 언론에서 크게 다루지 않은 1인 가구보다 더 급격하게 늘어난 가구 형태가 있다. 바로 혈연관계가 아닌 비혼 동거 가족 혹은 친구끼리 사는 비친족 가구다. 통계청 발표에 따르면 2018년 비친족 가구는 약 34만 호를 기록했다. 2015년 21만 호였던 것이 3년 만에 60% 증가한 것이다. 부추, 돌김, 나도 비친족 가구에 속한다. 하지만 비친족 가구를 위한 주거 지원 제도는 거의 없다. 그나마 사실혼 관계에 있는 동거

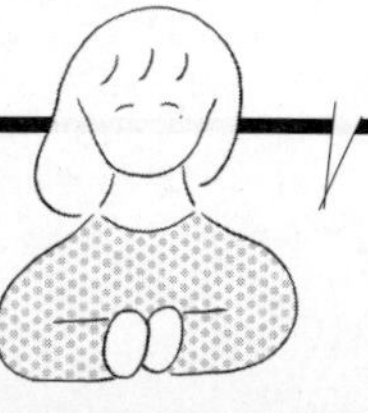

부부(이성혼일 경우)에게 난임 수술을 할 때 건강보험 혜택을 주는 정도가 있지만, 이 또한 주거 제도는 아니다.

가족이 되면 신혼부부나 다자녀 가구를 위한 주거비 지원 혜택을 받을 수 있으니, 대한민국에서 살기 위해서는 정상가족을 이루는 것이 훨씬 유리하다. 국가에서는 우리 같은 가족을 정상가족이 되기 전, 임시 그림자 가족 정도로 생각하는 것 같다. (이쯤 되니 사람들이 우리보고 별나다고 하는 게 이해는 된다.)

4. 가족만 쓸 수 있는 특별 휴가

셋이 모여 살다 보니 한 가구에 부모님이 모두 여섯 분이다. 책방을 오픈한 후 각자의 가족들이 종종 강화도로 놀러 오시곤 한다. 함께 식사하며 부모님께 웃겼던 일화를 일러바치기도 하고, 우리 이렇게 잘 살고 있다며 큰소리도 떵떵 친다. 셋이 동고동락한 만큼 서로의 가족에게도 보통 친구네 가족 이상의 친밀감을 갖고 있다.

물론 그런 일은 먼 훗날에 일어나야 하겠지만, 셋 중 한 명에게 슬픈 일이 생길 경우를 가정해보자. 우리나라 근로법상 가족 및 친족의 경조사에는 특별 휴가를 낼 수 있다. 부추와 돌김은 서로 특별 휴가를 신청해서 옆에서 함께 할 수 있지만, 나는 그럴 수 없다. 부추가 응급실에 실려 갔을 때와 마찬가지로 발만 동동 구르며 미안한 마음만 가득 안고 출근해야 하는 것이다. 반대로 나에게 그런 일이 생겼을 경우, 부추와 돌김 또한 멀리서 마음으로만 함께할 수 밖에 없다. 가족으로 인정받지 못한다는 것은 서로의 경조사를 챙기지 못한다는 뜻이다.

결혼과 가족 제도 자체를 부정하려는 것은 아니다. 그저 온전히 독립적인 개인으로 살아가고 싶은 우리에게 한국의 가족 제도는 부족한 제도라 느끼는 것이다. 그럼에도 부추와 돌김이 결혼한 이유가 궁금해서 언젠가 물어본 적이 있다. 내 물음에 부추와 돌김은 별거 아니라는 듯 “신혼부부 혜택이 많아서 결혼하기로 했어.”라고 대답했다. 그렇다. 법적인 가족이 되면 대한민국은 무진장 많은 혜택을 제공한다. 그래서 외치고 싶다. 우리도 가족으로 인정해주세요! 혜택 좀 나눠주세요!

개인에게 조금 더 너그러운 사회

앞으로 가족 형태가 다양해지고 가족 내 역할도 전통적인 가족과 달라질 것은 자명한 사실이다. 가부장적인 기존 가족 제도에 반대를 표명하며 우리처럼 비친족 가구를 꾸리는 사람들은 늘 수밖에 없다. 현재 가족 제도는 지나치게 무겁고 단단해서 요즘 세대에 맞지 않다. 평등한 세상이라지만 교직에 있는 내가 보는 세상은 아직 여성에게 양육의 의무를 더 많이 부여하고 있고 (보호자 상담에 아버지나 할아버지가 방문한 경우는 손에 꼽는다.) 남성에게도 한 가정을 책임져야 한다는 근본 없는 의무감을 갖게 만들기 때문이다. (왜 내 인생을 다른 남성이 책임져야 하는 건지 모르겠다.) 게다가 한평생을 한 사람과 함께하겠다고 약속하는 나이는 보통 20~30대다. (너무 젊다!)

“그래. 결혼 안 할 수도 있지.”

“네가 선택한 사람(또는 사람들)과 가족을 이뤄도 괜찮아.”

한 개인이 꼭 한평생을 함께할 반려자를 찾지 않아도 괜찮은 세상, 인생에서 잠시라도 친밀하게 지낼 누군가를 선택할 수 있는 세상이 된다면 좀 더 너그럽게 서로를 바라볼 수 있지 않을까. 먼 미래를 생각해보라. 정상가족을 이루어도 둘 중에 한 명은 먼저 세상을 뜨게 된다. 그럴 때 이웃집 친구와 가족이 되어 제도적 지원을 받을 수 있다면? 혼자 남은 노인들끼리도 '아따, 이 할매(할배)들이랑은 같이 살 만 하겠구먼, 홀홀.' 하고 생활 동반자로서 당당히 함께 살아갈 수 있는 세상이 오지 않을까?

우엉

"우리는 왜 가족이 아니란 말인가"

5

234

지속 가능한 삶을

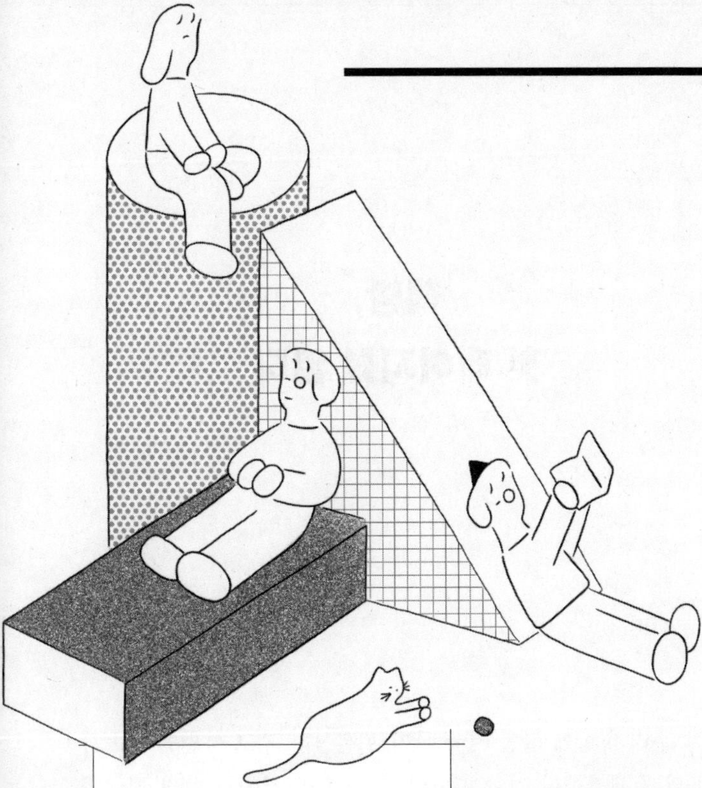

그려갈 시점

부
추

책방,
첫 페이지를 열다

우리가 함께 집을 지어 살기로 결심하고 그 생활을 지속하기 위해 생각했던 것이 책방이었다. 우리 집에서 가장 기대되는 공간이기도 했다.

책방 개업식 날짜를 정할 때 가장 먼저 꺼낸 조건은 '따뜻한 봄날일 것'이었다. 우리 집의 자랑 툇마루에 모두 모여 앉아 개업식을 진행하려면, 바깥에 있어도 기분이 좋은 날이었으면 했기 때문이다. 강화의 3월은 겨울이나 마찬가지인 데다가 이사를 마치자마자 책방을 열기에는 시간이 빠듯했다. 준비 기간을 충분히 갖다가 4월이나 5월에 열면 좋겠다 싶었다.

의미 부여를 좋아하는 우리는 4~5월 중 책방을 열기에 뜻깊은 날을 고르려고 고심했다. “책을 만들어주는 나무를 기리는 의미로 4월 5일 식목일로 할까?” “‘책을 사시오’라는 뜻으로 4월 15일에 열까?” “‘책방에 오시오’라는 뜻으로 5월 15일은 어때?” “전등사랑 가까우니까 부처님의 은혜를 받기 위해 부처님 오신 날에 하는 것도 좋겠다.” 온갖 기념일과 날짜의 발음을 떠올리다가 세계 책의 날이 4월 23일이라는 사실을 알아냈다. “이거다 이거!” 셋은 환호성을 질렀다.

그러나 기쁨도 잠시. 2019년 4월 23일은 화요일이었다. 우엉과 부추는 직장을 다니고 있으니 저녁에 개업식을 해야 하는데, 그렇게 되면 평일 저녁에 개업식에 올 수 있는 분들이 없는 게 문제였다. 손님들은 강화도가 아닌 외지에서 오시는 분들이 대부분일 것이기 때문이었다. 우리는 타협점을 찾아 ‘세계 책의 날’과 가장 가까운 토요일인 4월 20일로 개업일을 정했다.

D-30 책방을 열려면 뭐가 필요하지?

3월 초, 준공 허가가 완료되자 돌김은 곧바로 책방을 열기 위한 행정적인 준비 작업에 들어갔다. 첫 번째 관문은 사업자 등록을 하는 것! 일반 회사에서 근무하거나 사업한 경험이 전무한 나와 우엉에겐 사업자 등록하는 과정이 어마어마한 일로 느껴졌다. 다행히 전 직장에서 사업자 등록증 신청, 수정 업무를 해본 경험이 있는 돌김이 나섰다.

돌김이 행정적 준비를 하는 사이 나와 우엉은 책방 공간을

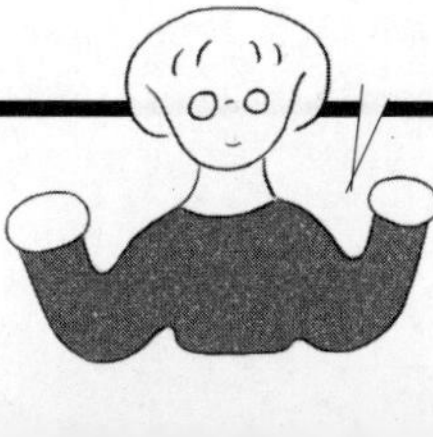

구상하기 시작했다. 거실 가운데에 다 같이 둘러앉아서 책도 보고 이야기도 할 수 있는 커다란 8인용 테이블을 두기로 했다. 그 옆에는 2인용 테이블을 두되, 평소에는 책을 진열하는 공간으로 사용하고 워크숍이나 북토크 같은 행사를 할 때만 책을 치우기로 했다. 거실 가장 큰 창가에도 길고 폭이 좁은 테이블을 놓아 햇살을 받으며 책을 읽을 수 있는 공간도 마련했다. 거기다 책 전면이 보일 수 있는 책장을 두 개 더 놓으니 얼추 책방 분위기가 났다. 이제 책방의 꽃, 책만 들여놓으면 된다.

책방 사업자 등록도 했으니 우리도 이제 어엿한 책방으로 도서 유통 업체와 계약할 수 있는 자격이 생겼다. 사슴의 도움을 받아 도서 유통 업체 정보를 얻은 돌김은 그중 두 곳과 계약을 했다. 문제는 재정 상태였다. 공사를 완료하고도 인테리어에 이사까지 우리의 예상 수치를 웃도는 돈이 들어갔다. 더 이상 빚을 질 곳도 없었다. 고민 끝에 돌김은 비상시를 대비해서 아껴둔 퇴직금을 기꺼이 내놓았다. 그렇게 돌김의 퇴직금은 400여 권의 책이 되어 돌아왔다.

우리가 살림을 합치면서 이미 갖고 있던 책들도 있었다. 그중에 괜찮은 책들도 많았는데 따로 보관할 곳은 없고 버리기엔 아까워 책방에서 중고책으로 할인해서 팔기로 했다. 우리가 본 책은 책등에 '이미 봄'이라고 쓴 스티커를 붙여 새 책과 구분했다. 새 책과 함께 '이미 봄' 책까지 꽂아 두니 이제 정말 책방 분위기가 물씬 풍겼다. 그렇게 책방을 준비하느라 고군분투하는 사이 강화에는 '이미 봄'이 찾아왔다.

D-7 개업식은 어떻게 하지?

어느새 개업날이 코앞으로 다가왔다. 개업식을 준비하면서 가장 먼저 고민한 것은 방문객에게 드릴 선물이었다. 어떤 선물을 드리면 의미가 있을까를 고민하다가 돌김이 메리골드 씨앗 키트를 제안했다. 아주 작은 수고로 생명을 키울 수 있다는 것도 마음에 들었지만, 메리골드의 꽃말이 '반드시 오고 말 행복'이라는 점이 가장 좋았다.

어설프기만 한 작은 책방 개업식에 와준 손님들의 행복을 기원하는 마음을 담아 주문한 메리골드 씨앗이 한 상자 가득 도착했다. 선물도 도착했겠다, 이제는 본격적인 개업식 준비를 해야 할 때. 빡빡하지 않게 슬렁슬렁 진행하되, 개업식에 오신 분들과 함께 만들어가는 개업식을 해보자고 기본 방향부터 정했다.

한 번도 개업식 같은 곳에 가본 적이 없는 우리 셋은 도대체 다른 개업식에서는 무엇을 하는지가 궁금했다. 인터넷을 뒤져보니 흰 장갑을 끼고 리본을 자르는 장면이 제일 많이 나왔다. 우리도 목장갑을 끼고 들풀을 엮은 줄을 낫이나 텃밭용 도구로 잘라볼까 하는 생각도 해봤지만, 이래저래 준비할 게 너무 많았다. 게다가 책방에 오신 분들 모두가 참여하기는 어려웠다. 다음으로 많이 나오는 장면은 현판식이었다. 간판을 흰 천으로 가리고 있다가 다 같이 줄을 당겨서 본격적인 시작을 알리는 의식이었다. 줄을 길게 만들면 꽤 많은 사람들이 참여할 수 있으니 현판식이라면 해볼 만했다. 간판 가리개는 내가 강화 소창으로 바느질을 해 만들어보기로 했다.

손님들이 참여할 수 있는 프로그램은 3가지를 준비했다. 첫 번째 순서는 '뽐내기 대회'. 말 그대로 내가 책방시점이 열리기까지 얼마나 큰 기여를 했는지를 생색내는 시간이다. 사실 이 대회의 우승자는 정해져 있었다. 우리를 여기까지 오게 만들고 여러 도움을 줬던 책방 국자와주걱의 '사슴'이다. 우리는 사슴을 염두에 두고 차가 없는 사슴에게 꼭 필요한 '1억 원어치 픽업권'을 큰 패널로 만들어 준비했다.

두 번째 순서는 게스트룸 이름 공모전. 북스테이로 활용할 게스트룸은 3개였는데 각 방의 이름을 고민하다 아예 개업식 때 공모전을 열어서 뽑기로 한 것이다. (역시 뭔가 막힐 땐 다른 사람에게 떠넘기는 게 최고다.) 마지막 순서인 '당신의 시점은 무엇입니까?'는 엽서에 적어둔 '우리가 00할 시점'에 들어갈 말을 채워보는 시간이다. 우리 책방 이름을 홍보하기 위한 묘책이기도 했는데, 이 엽서는 나중에 책방을 꾸밀 때 활용하기도 했다.

D-Day 사람들이 오긴 할까?

개업식 당일, 우리는 아침부터 정신없이 움직였다. 대청소를 한바탕 끝내고 현판식 때 쓸 가리개를 간판에 매달아 놓았다. 멋지게 현판식을 하고 싶었지만, 손바느질로 제작한 현판 가리개는 작은 간판을 겨우 가릴 정도였다. 다 함께 잡아당길 요량으로 만든 긴 끈이 바람에 펄럭거리는 데다가, 간판을 가리는 것이 생각보다 쉽지 않아서 한참을 낑낑댔다.

거실에서는 책방 중앙에 놓인 테이블에 간식거리들을 어

떻게 예쁘게 놓을까 하는 고민이 한창이었다. 그때 사슴에게 전화가 왔다. “얘들아, 손님 오셔서 나 개업식 못 가.” 뽐내기 대회 우승자가 돼야 할 사슴이 못 온다니, 비상사태였다. 그 뒤로 개업식에 못 오게 됐다는 연락을 세 번 정도 더 받자 슬슬 걱정이 되기 시작했다. ‘이러다가 아무도 없이 우리끼리 개업식 하는 거 아냐?’ 혹시나 너무 많은 손님이 오면 장소가 협소해 불편할까 봐 주변 사람들에게 참석 강요를 하지 않았던 게 후회가 됐다.

약속한 2시가 다 되어가자 초초해지기 시작했다. 우리 집에 차가 들어올 때면 ‘철커덩’ 하고 도로 배수구 밟는 소리가 들리기에, 우리는 귀를 쫑긋 세우고 그 소리만 기다렸다. 드디어 첫 철커덩 소리가 들리자마자 우리는 버선발로 뛰어나갔다. 제일 먼저 온 손님은 돌김의 손님들이었다. 그 다음도, 또 그 다음도 돌김의 손님들이 많았다. 대부분 전 직장 동료들이었는데, 돌김이 이미 두 번 퇴사를 했기 때문에 두 군데의 직장 동료들이 찾아온 것이다. 호기롭게 퇴사하고 새로운 시작을 하는 돌김을 응원해주기 위해 찾아주시니 감사할 따름이었다.

우엉과 나의 친구들, 이웃집 피노키오 아저씨와 백구부부까지 도착하자, 걱정했던 것과 달리 책방 안이 가득 찼다. 고대하던 현판식을 위해 모두 밖으로 나와 함께 끈을 붙잡았다. 책방이 잘되길 바라는 마음으로 ‘하나! 둘! 셋!’ 구호를 외치

며 힘껏 잡아당겼다. TV에서 봤던 것처럼 천이 멋지게 촤르르 내려가고 간판이 딱 등장하는 화려한 현판식은 아니었지만, 작은 천 뒤에서 빼꼼히 얼굴을 내민 '책방시점' 간판은 앙증맞았다.

이제 나란히 툇마루에 둘러앉아 뽐내기 대회를 시작했다. 우리의 시나리오대로 라면 사슴이 "저요, 저요!" 하면서 뛰쳐나와서 본인 자랑을 하며 분위기를 띄웠어야 했는데, 사슴이 오지 않은 탓인지 누구도 나서지 않았다. 우엉은 당황하지 않고 모두 나와서 한마디씩 하도록 강제성을 부여했다. 다들 쭈뼛쭈뼛 나와서는 자기 소개도 하고 응원의 말과 함께 우리 책방의 번창을 기원해주었다. 다음은 대망의 '게스트룸 이름 공모전'. 많은 이름들이 후보로 올라왔고, 박수 투표 끝에 '시방, 점방, 책방'이 방 이름으로 뽑혔다.

준비된 프로그램을 끝내고 손님들께 고심해서 준비한 선물도 나눠 드렸다. 메리골드 꽃말을 듣고 함박미소를 짓는 손님들을 보니 그동안의 우여곡절이 떠올라 기분이 묘했다. 공식적인 개업식이 끝난 뒤에도 손님들이 한참을 책방에 머물며 책을 고르는 모습에 우리가 정말 책방을 시작했구나 싶어 가슴이 뭉클해졌다. 마지막 손님들을 배웅하고 나서야 온몸의 긴장이 풀렸다. 그대로 방바닥에 널브러진 채로 노래가 절로 나왔다. "자, 이제 시작이야. 내 꿈을~ 내 꿈을 위한 여행~ 책방시점! 걱정 따윈 없어. 없어~ 내 친구와 함께니까!" 진짜 시작이다.

돌
김

망하지 않고 시골에서 책방 하는 법

우리가 책방을 하기로 했다고 하면 사람들은 '왜 하필 책방이냐'고 묻는다. 서울에서 온 사람들은 "왜 시골에 책방을?"이라고 하고, 강화도 사람들은 "왜 강화읍이 아닌 이곳에?"라며 갸우뚱한다. 서울이든 강화읍이든 사람이 많이 다니는 도심 한복판에서 해도 될까 말까 한 책방을 왜 이렇게 한적한 시골 마을에 하냐는 말이다.

우리가 강화도에, 그것도 강화읍이 아닌 더 작은 마을에 책방을 연 이유는 명확하다. 우리가 좋아하고 하고 싶은 일을 잘하기 위해서다. 우린 우리만의 방식으로 잘 먹고 잘 살기 위

해 '지속 가능한' 방법을 찾는 중이다. 아무리 좋아하고 의미 있는 일이라도 지속할 수 있는 동력이 없다면 안 된다는 걸 전 직장(생활협동조합)에서 체득했다. 우린 단순히 낭만에 휩쓸려 강화에 온 것도 아니고, 재미만 쫓는 한여름 밤의 불나방도 아니다. 셋이서 시골에 집을 짓고 책방을 열기까지가 좌충우돌 코미디였다면, 지금부터는 그 다짐을 지키기 위한 우리의 진지한 분투기다.

북스테이를 선택한 이유

책방을 오랫동안 유지하기 위해 선택한 북스테이는 나에게 상당한 노동량을 선사했다. 그 덕에 나는 손님이 있건 없건 정신없이 바쁘다. 매일 청소하고 침구를 정리하다 보면 오전은 소리 소문 없이 사라진다. 오후엔 주문한 책을 받아 진열하고 장부를 정리한다. 예약 역시 일부러 포털이나 에어비앤비 같은 예약 플랫폼이 아닌 블로그와 전화로만 받고 있다. 플랫폼을 활용함으로써 얻는 편리함보다는 이곳을 찾으려는 사람들과 직접 소통하고 싶은 마음이 더 크기 때문이다. 이 공간에서 무엇을 원하는지, 먹지 않는 음식이 있는지, 주변 둘러볼 곳이나 식당 등 필요한 정보가 있는지 등을 묻다 보면 손님과 평균 3통의 문자를 주고받는다. 문의는 한밤중에 오기도 하고 이른 아침에 올 때도 많다. 깨어 있으면 언제건 바로 답장을 한다. 이렇게 분주해질 걸 알면서도 우리가 북스테이라는 방식을 택한 이유가 있다.

책 한 권 팔면 책방은 얼마의 수익을 남길까? 요즘 책 한 권이 대략 15000원 정도 하는데 우리같이 작은 책방은 출판 도매 업체로부터 70~75%의 공급가에 책을 들여와 정가에 판다. 책 한 권을 팔면 대략 4000원을 버는 셈이다. 작은 책방이 하루에 책을 많이 팔아야 열 권 남짓이다. 심지어 손님이 한 명도 안 올 때도 많다. 계산 빠른 사람들은 이쯤 되면 대번에 물어본다. “책 팔아서 생활이 돼요?” 떼돈을 벌려고 책방을 연 사람은 없겠지만 자선 사업을 하려고 연 사람도 없다. 사정을 뻔히 알면서도 책방을 연 이유는 우리가 할 수 있는 한 오랫동안 책방으로 살아남는 방법을 찾겠다는 의지이기도 하다.

이제 사람들은 궁금한 게 있으면 포털 사이트가 아닌 유튜브를 열고 ‘how to~’를 검색한다. 포털 사이트마저 시들한 마당에 사람들은 더 이상 책을 통해 답을 찾지 않는다. 하지만 여전히 책은 질문과 성찰, 공감과 위로 등 다른 매체가 대체하기 어려운 본질적인 장점을 보유하고 있다. 책의 쓰임과 의미는 변해도 본질은 변하지 않는다. 공간 역시 그렇다. 책방을 비롯한 대부분의 공간은 흔히 접근성과 규모를 중요시하는데 접근성 좋은 곳은 상상을 초월하는 임대료를 감당해야 한다. 아무리 규모가 크다고 해도 세상의 모든 책을 담을 순 없다. 우리는 목 좋은 곳에 있지만 분주한 책방보다, 찾아가기 불편하더라도 여유 있게 책에 집중할 수 있는 동네 책방이 좋았다. 많은 책을 보유한 곳보다 좋은 책을 잘 선별한 작은 책방이 좋았다.

강화도는 수도권에서 2시간 안에 도착할 수 있지만, 대신 책방 한번 둘러보러 오려고 선뜻 나서긴 어려운 곳이기도 하다. 만약 북스테이를 통해 하루 정도 머물면서 책을 보고 자신에게 집중할 수 있다면 물리적, 심리적 거리는 충분히 극복할

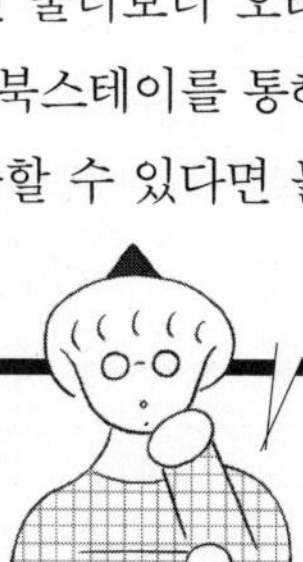

수 있지 않을까? 오히려 책을 좋아하지는 않지만 북스테이를 하며 뜻밖의 인생책을 만날 수도 있고 책과 가까워질 수도 있으니 일반 책방보다 더 잠재 고객이 많을 수도 있지 않을까? 이런 고민 끝에 구상한 책방과 북스테이를 알리기 위해 우리는 집을 짓기도 전부터 팟캐스트를 2년간 운영했고, 매일 블로그에 우리 소식과 책 관련 콘텐츠를 올렸다. 우리의 콘텐츠는 어설프고 유치했지만 꾸준히 지속한 덕분인지 차츰 빛을 보고 있다.

이런 것도 필살기라면

직장 생활 내내 나는 영업이나 판매 등 직접 매출을 올리는 분야에서 일해본 적이 없다. 돈 버는 게 얼마나 힘든지 모르고 살아온 것이다. 책방지기를 맡게 되면서 책 한 권 파는 게 얼마나 어려운 일인지 실감하고 있다. 그러면서 생긴 습관이 있다. 어느 자리에 가건 가방에 늘 책 몇 권과 모바일 카드결제기를 가지고 다니는 것이다. 혹시라도 책을 팔지 모르니까! 뻔뻔함은 잊은 지 오래다. 그렇게라도 책을 팔 수 있다면 보부상처럼 등짐이라도 지고 다닐 준비가 돼 있다. (물론 그렇다고 실적이 좋은 건 아니다.) 책방을 하면서 생긴 버릇 또 하나는 술자리든 대화 모임이든 '기-승-전-책 소개'로 대화를 이어간다는 것이다. 이렇게 밑작업을 열심히 해놔야 우리 책방에서든, 최소한 다른 책방에 가서라도 책을 살 가능성이 높아지지 않을까 해서다.

손님의 체류 시간도 신경 쓰는 것 중 하나다. 오래 머물수록 좋은 책이 많다는 뜻이기도 하고, 책과 공간 속에서 사유할 수 있는 여유를 제공한다는 뜻이 아닐까? 특히 우리 책방은 한 번 찾아오기 어려운 만큼 가능한 한 오랫동안 머물 수 있도록 애를 쓰고 있다. 첫 손님에게 커피를 제공한다거나 손님들과 이야기를 많이 나누려 하는 것도 나름의 전략이다. 직장 다닐 때 배운 타로를 활용해, 책 한 권 이상을 구입하면 무료로 타로 상담을 해주기도 한다. 실제로 우리 책방을 찾는 사람 중 퇴사를 고민하거나 삶의 전환을 결심한 사람이 많기 때문에 타로 상담은 꽤 인기 있다.

책방 중간 정산 보고서

책방은 다분히 손님의 반응에 민감한 공간이다. 책 몇 권을 팔고 얼마를 벌었는지보다 손님들이 어떤 경험을 하고 돌아가는지, 어떤 반응을 보이는지에 더 관심이 가곤 한다. 그동안 초보 책방지기의 눈으로 몇 가지 흥미로운 책방 손님 유형을 발견했다.

우선 '걱정파'다. 문을 열고 들어오자마자 '책방이 얼마나 돈이 안 되는 일인데, 왜 이런 시골에서 책방을 열었냐'며 걱정 반 타박 반이다. 그러면 나는 '손님처럼 이런 책방에 기어코 오시는 분들 덕분에 밥은 안 굶는다'고 뻔뻔하게 얘기하곤 한다. 반대로 손님에게 "왜 많은 사람들이 이 질문을 할까요?"라고 되물으면 십중팔구 '이 좋은 공간이 오래 지속되길 바라는 마음일 것'이라 답한다. 그러니까 걱정파가 많은 건 아주 좋은 현상이다. 게다가 이들은 꼭 책을 한두 권씩은 산다. 같이 온 사람이 있으면 기어코 책을 사 선물을 해준다. 얼마나

감사한 일인가. 우리 책방 미래를 대신 걱정해주고, 도움까지 주려고 하니! 처음엔 인정받고 싶은 마음에 "그래도 잘 살아요."라고 항변했지만, 요즘엔 "아이고 그러게요. 생각이 없었죠."라고 능청맞게 답한다. 능청 떠는 일이 잦아질수록 웃을 일도 많아진다.

다음은 걱정파를 뛰어넘는 '솔루션 제시파'다. 혼자 오거나 대중교통으로 온 스테이 손님을 위해 저녁 가정식을 준비하면 좋겠다는 제안을 처음 한 것도 이런 손님이었다. 그 아이디어가 적극 반영되어 지금도 운영 중이다. 하지만 솔루션을 제시하는 손님 대부분은 '이렇게 책방 운영해선 조만간 굶어 죽는다'는 자기 확신을 가지고 있는 것 같다. 이들이 제일 많이 하는 이야기는 '왜 책방 간판을 크게 만들지 않느냐'는 것이다. 지나가던 사람이 간판을 보고 들어올 수 있게 만들라고 성화다. 커피와 브런치 메뉴를 만들라거나 온라인 택배 유통을 하라고 조언하는 사람도 많다. 왜 에어비앤비와 포털 예약 시스템을 쓰지 않냐고 타박하기도 한다. 가만 듣고 있다 보면 백종원 아저씨한테 혼쭐나는 것 같다. '못 한 게 아니라 안 하는 이유'를 설명해도 납득하는 사람은 많지 않다. 솔루션은 잔뜩 제시하지만 정작 책은 잘 사지 않는다. 요즘 고민은 이런 손님에게 어떻게 능청스레 책을 팔 것인가다.

생각보다 '모델하우스파'도 많다. 이런 유형은 책방에 들

어서자마자 전체 공간을 눈으로 스캔한 다음, 바로(허락도 없이!) 방을 들여다보거나 2층 계단으로 발걸음을 옮긴다. 공간에 호기심을 갖는 건 긍정적이지만 대체로 책은 안 본다. 이들의 관심사는 질문에서 명확히 드러난다. “여기 얼마인가요? 몇 평이고 평당 얼마 정도 해요?” 세상에나! 책방을 온 게 아니라 집과 부동산을 보러 온 사람들 같다. 책에 눈길을 주지 않으니 당연히 사지도 않는다. 마음 한편에는 책방 금기어 메뉴판을 만들어 ‘여기 몇 평’ 질문은 1만 원, ‘평당 건축비’ 질문은 3만 원 식으로 달아두고 싶은 마음이 굴뚝같다. 이 책을 쓰기로 결심한 까닭 중 하나이기도 하다. 앞으로 이런 질문을 하는 사람이 오면 “이 책에 모든 답이 나와 있습니다.”라고 말할 계획이다. 과연 이 책은 얼마나 팔릴까?

이렇게 갖은 묘책을 시도한 덕분인지, 그래도 우린 하루 평균 10권 안팎의 책을 팔고 있다. (놀랍지 않은가? 처음 책방을 열 때 목표는 하루 딱 세 권이었다.) 우리 기준에선 예상보단 잘 벌고 있다는 뜻이다. 심지어 얼마 전에는 책방지기 월급이 올랐다. 책방은 준협동조합 방식으로 운영하고 있다. 함께 지은 공간인 데다, 책방 운영에 부추와 우엉도 상당한 기여를 하기 때문이다. 그래서 나는 책방 사장이지만 월급을 받는다. 책방 수익에서 셋이 합의한 내 월급을 지급하고 세금, 공과금을 내고도 돈이 남으면 공동으로 나눈다. 우리는 그걸 배당금이라고 부른다. 다행히 책방 오픈 후 단돈 10원이라도 배당금을 매달 지급한 공을 인정받았고, 얼마 전 우엉과 부추 이사님(회사 조직 체계를 잘 모르는 둘은 이사가 제일 높은 줄 알고 이사 직함을 달라고 했다)을 모시고 ‘월급 인상의 건’을

보고해 승인을 받았다.

'과연 누가 여기서 책을 사긴 할까?' 하는 의구심은 지웠지만 책을 파는 건 여전히 가장 어려운 일이다. 책방 문을 닫는 날까지 책을 잘 파는 비법은 끝내 터득할 수 없을지 모른다. 하지만 우리만의 속도로 잘 살아가기 위해 고군분투할 것이다. 그러니까 지금 이 글을 보고 있는 당신, "책 사러 오세요!"

돌
김

텃밭,
일석삼조의 생활

이 집으로 이사 온 뒤, 불안하거나 머리가 지끈거릴 때는 장화를 신고 삽과 호미를 챙기는 습관이 생겼다. 외발 손수레를 손에 쥐면 출발 준비 끝이다. 집에서 2분만 걸어 나가면 나오는 작은 텃밭이 목적지다. 한두 시간 허리 숙여 텃밭 일을 하다 보면 땀이 송골송골 맺히고 온몸이 뻐근하다. 고랑을 만들고 풀을 뽑고 마른 밭에 물을 주다 보면 답답한 마음이 차분해진다. 더디 자라고 알맹이가 비실해도 끝내 제 모습을 드러내는 작물을 보면 희망과 용기가 생긴다. 호미질 하나 제대로 못 하는 초보 농부인 나는 텃밭을 일구면서 삶을 다시 배우는

중이다.

얼어붙은 돌밭 일구기: 과정 없이 결과 없다

시골에서 살기로 결심했을 때 가장 먼저 떠오른 이미지는 텃밭이었다. 이곳에서 직접 기르고 수확한 채소, 열매를 푸짐하게 먹는 모습을 그렸다. '감자, 고구마, 옥수수, 고추, 토마토, 가지 그리고 또 뭘 심지?' 강화도에 정착할 즈음, 나는 집 코앞에 있는 텃밭을 일궈나갈 생각에 들떠 있었다. 고작 스무 평 텃밭이지만 계획대로라면 시중의 모든 작물을 키울 작정이었다.

그러나 그 희망은 땅을 보자마자 와르르 무너졌다. 계약서상에는 분명 텃밭이었지만 실은 한 번도 사람의 손길이 닿지 않은 돌밭이었다. 큼지막한 수박 크기의 돌이 군데군데 박혀 있었다. 여기선 감자 한 톨 못 키울 것 같았다. 이 텃밭은 우리만의 소유가 아닌 마을 이웃들과 함께 일구기로 한 곳이었다. 하지만 사정이 이렇다 보니 우리보다 먼저 마을에 들어온 이웃도 개간할 엄두를 못 내고 1년여를 방치했다고 한다.

이때 내가 아이디어를 냈다. 집 앞마당 배수로 공사 때문에 굴착기를 부를 일이 있었는데 공사가 일찍 끝나면 기사님에게 요청해 텃밭의 큰 돌을 모두 걷어 내자고 한 것이다. 이웃들도 좋은 생각이라며 돈을 보태겠다고 반겼다. 며칠 뒤, 도착한 굴착기가 작업을 시작했다. 쏟아내는 돌만 해도 웬만한 집 담벼락을 쌓을 규모였다. 하지만 굴착기가 훑고 지나간 자리엔 여전히 감자 알맹이만 한 돌이 가득했다. 결국은 직접 몸을 써야 했다. 피노키오 아저씨는 삽 머리의 두 배 깊이만큼 땅을 뒤엎어야 밭다운 밭으로 쓸 수 있다며 직접 삽을 들고 와 시범을 보였다. 아저씨는 초보인 나를 위해 기꺼이 텃밭 멘토를 자청했다. 3월 초였지만 땅은 아직 단단히 얼어 있었다. 가장 따뜻한 낮에 서너 시간을 땀 흘려 '삽질'해도 한 고랑을 만들지 못했다. 일곱 고랑을 내는 데 사나흘이면 끝날 줄 알았던 밭 일구기는 보름이 지나서야 끝났다.

솔직히 고백하자면 직장 다닐 때는 대충대충 요령 피운 일이 많았다. 과정은 별 볼 일 없는데 서류상 그럴싸해 보이게 성과 보고를 한 일도 있다. 시골살이, 특히 텃밭에선 그런 요령이나 잔머리가 통하지 않는다. 해야 할 일과 그 일을 할 때가 분명하게 존재한다. 때를 놓쳐선 안 되지만, 기다림과 보살핌의 시간도 중요하다. 어제 감자를 심어놓고 오늘 수확할 수 없는 노릇이다. 땅을 고르고 퇴비를 주고 씨앗을 심는다. 한 달이고 두 달이고 제때 물을 주고 제때 햇볕을 받아야 한다. 모든 순간순간의 과정 없이 결실이 없다는 걸 텃밭이 알려줬다. 그 덕분에 책방 준비와 시골살이 적응도 차분하게 순리대로 서두르지 않을 수 있었는지 모른다.

밭고랑을 내다: 일의 의미

돌밭을 일군 첫날 손바닥에 물집이 사정없이 잡혔다. 다음 날엔 온몸에 근육통이 올라왔다. 거의 평생을 책상 위에서만 지낸 티가 팍 났다. 밤에 잠자리에 들 땐 너무 고돼 텃밭이고 뭐고 다 때려치우고 싶었다. 그런데 다음 날 해가 뜨면 자연

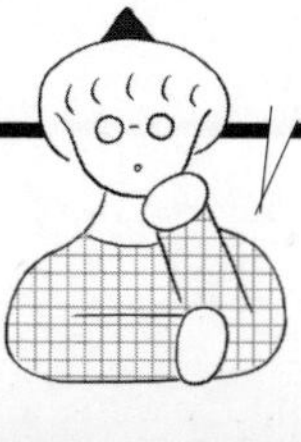

스럽게 장화를 신고 삽을 챙기고 있었다. 몸은 고된데, 이상하게 머리는 상쾌하고 속은 후련했다. 아무 생각 없이 서너 시간 신나게 삽질을 하고 나면 알 길 없는 희열에 빠졌다. 그게 하루 이틀을 지나 보름 동안 이어졌다. 나중엔 돌밭을 일구는 시간이 하루 중 가장 즐겁고 기다려지는 시간이 될 정도였다.

일곱 개의 고랑 중 겨우 두 번째 고랑 만들기를 끝낼 무렵이었다. 왜 이 일을 이렇게나 즐겁게 하고 있는지, 이 즐거움의 원천이 무엇인지 궁금했다. 명확한 답이 떠오르지 않아 내심 답답했는데 그날 일을 마치고 삽을 챙길 무렵이 되어서야 알 것 같았다. 뻐근한 허리를 두드리며 뒤를 돌아봤는데 오늘 하루 내가 힘을 들여 일한 결과물이 뚜렷이 보였다. 고작 2/3 고랑뿐이었지만 세 시간 동안 삽질한 과정과 그 결과물, 앞으로 남은 양이 눈에 훤히 들어왔다.

직장 다닐 때 해소되지 않는 불만이 있었다. 분주히 일을 하지만 내가 어떤 의미의 일을 하고 있는지, 이 일을 왜 하는지 모른 채 장기판의 말처럼 일하는 느낌이었다. 나는 그게 싫었다. 명확한 목표 없이 무작정 열심히 하자는 분위기가 싫었고, 그 분위기에 휩쓸려 영혼 없이 일하는 스스로가 싫었다. 일에서 보람을 찾기 어려웠고 의미를 찾기는 더 힘들었다. 직장생활을 하면서 느끼지 못했던 일의 의미와 재미를 텃밭에서 비로소 느끼고 있다. 텃밭에서는 내가 하고 싶은 일이 무엇인지 온전히 이해해야 일을 시작할 수 있다. 또, 일의 시작과 끝을 내가 직접 결정하고, 책임도 내가 진다. 그렇기에 일의 흐름이 한눈에 보인다. 뭘 했고, 뭘 해야 하는지 알 수 있다. 그 과정에서 작은 성취들이 보인다. 자연이 주는 즉각적인 피드백을 받으며 개선할 점이 무엇인지도 어렴풋이 보인다.

수확한 것 나누기: 돈으로 살 수 없는 가치

경제적인 관점에서 보면 직접 길러 먹는 것보다 마트나 오일장에서 사 먹는 게 더 이득이다. 수확하기까지의 시간과 노동량을 따지자면 말이다. 실제로 귀촌해서 오랫동안 텃밭을 일구던 한 이웃은 손익 계산 끝에 최근 텃밭 노동 은퇴를 선언하기도 했다.

우리는 강화도로 오기 전 주로 생협에서 식재료를 사곤 했다. 적어도 집에서만큼은 건강하고 안전한 먹을거리를 먹고 싶은데 도시에선 구할 길이 마땅치 않았기 때문이다. 주말 농장을 2년 정도 했지만 늘 일에 치이거나 놀러 다니기 바빠 체험 수준에 머물렀다. 여기선 그런 핑계를 댈 필요가 없다. 집 바로 앞에 텃밭이 있고 조금만 몸을 움직이면 건강한 식재료를 얻을 수 있다.

감자, 당근, 가지, 토마토, 호박, 고추, 옥수수, 들깨, 고구마, 완두콩까지. 우리는 스무 평 텃밭에서 가능한 한 다양한 작물을 기르고 있다. 여기에 더해 집 앞 마당 한편에 브로콜리와 상추, 치커리, 로메인 등 작은 샐러드 텃밭도 새로 만들었다. 거의 스무 종에 가까운 작물을 키운 셈이다. 텃밭 첫해 수확물은 소박

했지만 셋이 실컷 먹고 책방에 온 손님들에게 넉넉히 내주고도 남을 만큼은 됐다. 철마다 다양하게 결실을 보는 작물을 보며 이번엔 뭘 해 먹을지 행복한 고민을 한다. 무엇보다 손님들이 텃밭에서 직접 수확한 작물로 만든 요리를 좋아해준다. 요리라고 해봐야 상추와 치커리에 방울토마토를 넣은 샐러드, 감자 브런치, 브로콜리 수프, 고구마 수프 정도에 불과하지만 말이다.

1년간의 텃밭 생활을 경제적인 가치로 환산하면 분명 마이너스일 것이다. 수확은 많지 않았고, 타거나 제대로 자라지 못한 채 죽은 작물도 부지기수다. 이른 봄부터 늦가을까지 공을 들인 노동력을 시간당 최저임금으로 환산해도 분명 실속은 없었을 것이다. 하지만 우리는 이곳에서 돈으로 환산할 수 없는 기쁨과 감동, 함께 나누는 즐거움을 선물받았다. 거기에 한 뼘 더 성장할 수 있는 배움도 있었다. 공짜로 스트레스까지 풀어줬으니 그야말로 일석삼조다. 경제적으론 손해일지 몰라도, 분명 우린 그보다 큰 가치를 텃밭에서 얻고 있다.

부 우 돌
추 엉 김

셋이서
집 짓고 살아보니

이 집을 짓고 이사 온 지도 벌써 1년이 넘었다. 가끔은 서로 다투기도 하고, 집 구석구석 아쉬운 부분도 보이지만, 확실한 건 대출 이자와 통장 잔액도 잊을 만큼 우리의 일상에 소소한 행복이 늘어났다는 것이다. 우엉은 볕 좋은 날 툇마루에 앉아서 강아지들과 노는 걸 좋아한다. 강아지들이 마당에서 뛰어노는 모습, 곳곳에 피어 있는 꽃들을 보며 작은 생명들의 생동감을 느낀다. 돌김은 2층 베란다에 이불을 널 때 정족산 줄기를 바라보는 걸 좋아한다. 숲의 미세한 변화를 감지하고 텃밭에서 할 일을 생각한다. 부추는 아침에 창문으로 들어오는

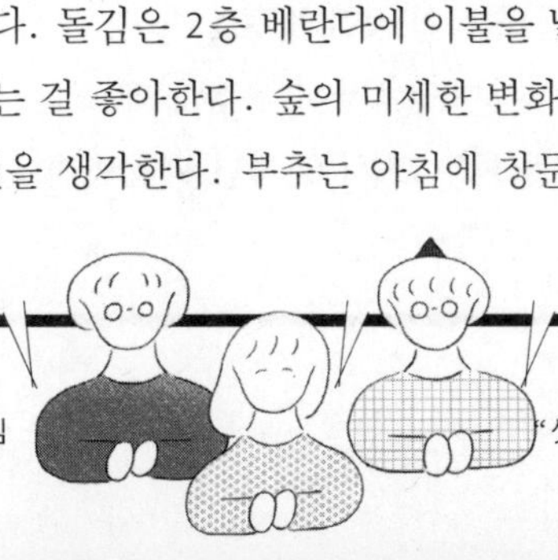

햇빛을 느끼며 잠에서 깨는 걸 좋아한다. 이제는 알람을 맞추지 않아도 햇빛의 양을 느끼며 시간을 가늠하고 일어난다. 우리가 지금 이것들을 누릴 수 있는 것은 그동안의 우여곡절을 함께 잘 건너왔기 때문이리라. 각종 풍파를 해치고 무사히 우리를 이곳으로 데려다주는 데 한몫을 한 소중한 순간들에 대해 말해보려 한다. 그리고 앞으로 우리가 또 무엇을 함께 하게 될 것인지에 대해서도. 하고 싶은 건 많이 소문낼수록 이루어진다지 않던가.

그것 참 두고두고 잘했다

우엉's pick - 전등과 마니, 새 식구가 생긴 것

우리 집에 방문하는 모두가 칭송하는 존재는 나도, 돌김도, 부추도 아닌, 강아지 마니와 전등이다. 우연히 다른 볼일을 보러 부추와 사슴네 책방에 들렀다가, 난 한눈에 이 녀석들의 포로가 되어버렸다. 내가 강아지를 데려오고 싶어하는 눈치를 보이자 돌김과 부추는 "네가 다 돌보면"이라는 조건하에 동의해주었고, 난 고개를 백만 번 끄덕이며 그길로 40여 분을 달려 강아지 두 마리를 업어왔다. 녀석들의 이름은 강화도의 명소 마니산과 전등사에서 따왔다. 닥스훈트와 동네 개가 눈이 맞아 생겼다는 강아지들은 새까만 엄마 개와 달리 전형적인 시골 누렁이다.

마당에서 자유롭게 뛰노는 전등, 마니를 볼 때면 도시가 아닌 이곳이기에 가능하다 싶

어 안도감이 들기도 한다. 물론 예방 접종하랴, 집 사주랴, 울타리 세워주랴, 먹이고 씻기랴 더 분주해졌지만, 집에 오면 아무런 조건 없이 세차게 꼬리를 흔들며 반겨주는 존재가 생겼다는 사실만으로도 많은 위로를 받는다. 셋이 아닌 다섯이 되니 산책하는 시간도 늘었다. 공통의 이야깃거리가 또 하나 생겼고, 손님과 어색할 땐 치트키 역할도 톡톡히 한다.

이렇게 우리에게 많은 것을 선물해준 마니와 전등이는 이 책이 나올 때쯤엔 만 1세가 될 것이다. 시골 책방에 와서 손님맞이하랴, TV 출연하랴, 뮤직비디오 촬영하랴 누구보다 바쁜 강아지였던 마니와 전등. 앞으로도 이렇게 건강하게만 자라주렴.

돌김's pick - 책방을 통해 동네 사람들과 연결된 것

아무래도 이곳으로 와 가장 잘한 일이라면 책방을 연 일을 꼽고 싶다. 감사하게도 책방은 생각보다 많은 분들이 찾고 애정해주는 공간이 되어가고 있다. 어떤 분은 마트에 진열된 돌김을 보고 책방지기가 생각났다며 사진을 찍어 보내주기도 할 만큼 팬도 생겼다. 얼마 전에는 좋은 기회로 지역 청년이나 작가들과 연계해 다양한 프로그램을 해냈고, 작은 책방들과 프로젝트를 진행하기도 했다. 덕분에 책방시점은 여행자뿐 아니라 동네 분들이 시 낭송을 하러, 책을 사러 종종 방문하는 장소가 되었다.

동네에서 사랑을 받는 만큼, 우리도 동네에 보탬이 될 수 있는 게 없을까 늘 궁리를 한다. 그중 하나가 할 수 있는 한 동네에서 소비를 하는 것이다. 북스테이 손님에게 내드릴 아침

식사를 동네 빵집과 마트에서 조달하는 것처럼 말이다. 인터넷으로 주문할 수밖에 없는 물품, 주문용 책을 빼면 대부분 동네 어귀, 걸어갈 수 있는 곳 안에서 해결한다. 최저가를 찾아 밤새 스마트폰을 검색해 얻는 작은 이익보다 서로가 서로를 먹여살리는 유기적인 관계가 더 중요하다고 생각하기 때문이다. 앞으로도 그런 관계망을 더 다양하고 깊게 만들어가고 싶다.

부추's pick - 하나도 둘도 아닌 셋이 된 것

우린 그저 같이 살 뿐인데 관심을 많이 받았다. 일반적이지 않은 가족 구성원 덕에 뉴스 인터뷰도 하고, 다큐도 찍게 되었다. 카메라 앞에 있는 게 어색해서 처음엔 거절했었지만, 가족의 개념을 넓히는 데에 도움이 된다는 생각에 오글거림을 무릅쓰고 촬영에 임했다. 가족의 다양성을 이야기하고 생활동반자법의 필요성을 알리는 데에 우리의 존재가 조금이나마 기여가 되었다면 기쁜 일이다.

삶의 자립도를 높일 수 있었던 것도 셋이 함께 살기에 가능했다. 혼자 살며 배달 음식이나 인스턴트로 끼니를 때우던 시기와 비교하면 지금 삶의 질은 매우 높아졌다. 빛 하나 안 드는 원룸에 살던 시절과 비교해도, 어디든 햇볕이 잘 들어 사진발도 잘 받는 우리 집에서 마음 맞춰 같이 사는 사람들이 있다는 것은 크나큰 행복이고, 두고두고 잘한 일이다.

셋이서 이것도 해보고 싶어

부추가 바란다

내 개인적인 바람이긴 하지만, 시골에 산다는 이점을 살려서 웬만한 먹거리는 직접 해결해보고 싶다는 생각을 한다. 특히 요즘 비건 지향으로 살면서 비건 요리에 관심을 갖게 됐다. 우리가 직접 키운 채소들로 비건 요리를 만들고 사람들과 나눌 수 있다면 얼마나 좋을까? 이건 정말 가장 큰 목표인데, 자연에서 얻은 것이 많은 만큼 자연에게 최대한 해를 끼치지 않는 삶을 살아가고 싶다. 그래서 요즘 불편한 삶을 기꺼이 감수할 수 있는 용기를 길러가는 중이다.

우엉이 바란다

내가 아는 사람들 중 부추와 돌김은 내 생각과 가장 많이 닮은 사람들이다. 비슷한 관점과 깊이로 생각해주는 이들이 둘이나 있다는 것은 얼마나 큰 행운인지. 그래서 셋과 가장 해보고 싶은 것은 무엇보다 여행이다. 우리처럼 재밌는 공동체가 꾸려나가는 장소나, 지역에 잘 어우러져 제 역할을 톡톡히 하고 있는 사람들이 있다면 누구보다 둘과 함께 가보고 싶다. 또 마니와 전등이도 데리고 강화도의 아름다운 장소들도 찾아다니며, 지금 우리가 함께한 기록을 최대한 많이 남겨둘 수 있다면 좋겠다.

돌김이 바란다

함께 마을 지도를 만들어보면 어떨까? 셋이 함께 다닌 강

화의 좋은 곳들을 많은 사람들에게 소개해주고 싶다. 또, 강화에도 우리처럼 자기들만의 방식으로 하고 싶은 일들을 따복따복 해나가는 젊은 친구들이 많으니, 그 친구들과 함께 또 다른 작당 모의를 해봐도 좋겠다.

우린 이제 어떻게 될까?

이 책을 준비하고, 가족을 주제로 한 뉴스와 다큐멘터리 촬영에 참여하게 되면서 우리가 처음 같이 살기로 결심한 까닭을 다시금 마주하고 있다. 우리는 왜 같이 살기로 했을까? 어떤 땐 지금 함께 사는 게 너무 당연하고 익숙해져서 '우리가 그런 꿈을 품었던가?' 하고 놀라기도 한다. 딱 적절한 시기에 우리 관계를 되돌아볼 수 있는 기회를 마주한 것이다. 힘들 걸 알았고 모든 사람이 만류했지만 우리가 선택한 일이다. 서로 해야 할 일들과 아쉬운 점을 말하면 끝이 없다. 그럴 때면 가장 중요하지만 너무 당연해 어딘가 깊은 곳에 묻혀 있던 이야기를 꺼낸다. "우리 같이 살아보자, 재미있을 거야."라고 했던 우리의 초심 말이다.

셋이 살기 시작하며 처음엔 힘든 시기도 많았다. 셋이 같은 퍼즐을 맞추고 있는 줄 알았는데 아무리 해도 퍼즐이 완성되지 않는 느낌이었다. 그러다 문득 깨달았다. '우리가 그려온 그림은 뭐였지?' 생각해보니 같이 산다는 추상적인 목표만 세웠을 뿐, '어떻게 같이 살지'에 대한 그림을 구체적으로 함께 그려본 적이 없었다. 사실은 서로 전혀 다른 모양의 퍼즐을 갖고 있었을지도 모른다. 안 맞는 조각들로 억지로 하나의 그림을 완성할 순 없을 것이다. 이젠 서로가 다른 조각을 갖고 있다는 걸 인정하기로 했다. 우린 지금 그 조각들을 이리저리 놓으면서 서로에게 어울리는 부분을 찾아가고 있다. 언젠간 아름다운 그림이 완성될 거라 믿으면서.

그렇다고 우리의 이야기가 동화의 마지막 장처럼 '공주와 왕자는 오래오래 행복하게 살았습니다'로 끝나지는 않을 것임을 안다. 그저 지금처럼 각자 해보고 싶은 것이 있고, 누군가 먼저 신나게 꼼지락거리고 있으면 다른 두 사람도 관심을 가지게 될 것이다. 그러다 보면 셋이 작당한 또 다른 일이 탄생하게 될 거다. 같이 산다는 건 그런 거니까. 지금까지 우리는 마주한 수많은 난관 앞에서 최선의 선택지가 없을지라도 좌절하지 않고 함께 방법을 모색하고 실행하곤 했다. 그러니 앞으로 뜻밖의 난관과 어려움이 닥쳐도 지금껏 그랬던 것처럼 함께 정면으로 마주하고 해결책을 찾으려 할 것이다.

3년 전만 하더라도 우리가 이렇게 같이 살게 될 줄 예상하지 못했듯, 우리가 앞으로 어떻게 될지는 우리도 알 수 없다. '이렇게 될 거야' 하는 목표를 가지고 사는 것이 때로는 부담만 지울 뿐 앞으로 나아가는 데 방해가 되기도 한다. 평생을 약속하는 무거움보다 지금 이 시기를 함께하고 있다는 사실만으로도 충분하다, 우린.

고마운 사람들

우리 세 사람이 함께 만나 집을 짓고 살기까지, 긴 시간을 함께해준 사람들이 있습니다. 현실적인 문제로 집 짓기가 돌연 중단되었을 즈음, 불안함을 감추고자 시작했던 팟캐스트 '우리가 함께할 시점'에서 책손님으로 기꺼이 함께해준 분들. '집알못'이었던 우리에게 어디서도 들을 수 없는 현실적인 조언을 아끼지 않았던 강화 사람들과 친구, 동료, 가족들. 그 분들께 받은 따뜻한 응원 덕분에 포기하지 않고 여기까지 올 수 있었습니다.

집 짓는 과정을 함께하고 응원해주셨던

책방 국자와주걱의 사슴, 피노키오 아저씨와 영숙 이모, 연떠모, 산타, 집요정 도비들, 강 아저씨, H주택, 땅을 넘겨주신 박 사장님, 가구를 만들어주신 김원갑 님, Judy, 민곰, 온이네, 한살림서울 사람들, 주영 님, 잘걷는나무 님, 안테지지치 님, 이상미 기자님 외 EBS 다큐촬영팀, 동네책방과 지기님들, 우리 셋의 원가족분들

팟캐스트 ‘우리가 함께할 시점’ 책손님

쫄보, 사슴, 연꽃, 여연, 종범, 줄리엣, 나무, 홍시, 쌀, 고래, 깍지, 치커리, 한달, 배배, 마늘, 장책방, 모리, 함박꽃, 달토끼, 밍칠, 산만한샘, 로움, 상욱, 바람구두, 정다이, 마이쏭&석초딩&석봉 가족, 죠니, 어떤책방, 솜다, 앨비스, 누비다, 치덕, 망치, 온모밀, 행복소년, 혜민&백구 부부, 벅벅이, 달콤, 자하라

그리고

책이 나오기까지 텀블벅 펀딩 프로젝트에 힘을 보태준 323명의 후원자분들과 우리의 이야기가 책으로 나올 수 있게 기획해주고 만들어준 출판사 900KM 편집팀

우리 편이 되어주셔서 감사합니다.

강화 온수리에서

우엉, 부추, 돌김

초판 1쇄 펴낸날
2020년 7월 1일
2쇄 펴낸날
2021년 1월 11일

요즘문고 001
셋이서 집 짓고 삽니다만

지은이 우엉, 부추, 돌김
기획·편집 이혜민
디자인 오늘의풍경
일러스트 나노
교정·교열 다미안

펴낸이 이혜민
펴낸곳 900KM
출판등록 2016년 10월 31일
2016-000019호
전자우편 900kmbooks@gmail.com
페이스북 facebook.com/900km
인스타그램 @900km_official
홈페이지 900km.net

ISBN 979-11-959388-5-8 03810

이 책은 환경보호를 위해 재생종이를 사용하여 제작하였으며
녹색출판 마크를 사용하였습니다.

이 도서의 국립중앙도서관 출판예정도서목록(CIP)은 서지정보유통지원시스템
홈페이지(http://seoji.nl.go.kr)와 국가자료공동목록시스템
(http://www.nl.go.kr/kolisnet)에서 이용하실 수 있습니다.
(CIP제어번호 : CIP2020023385)

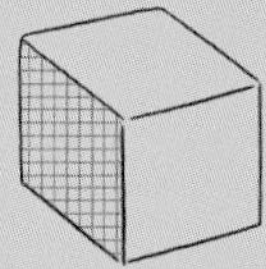

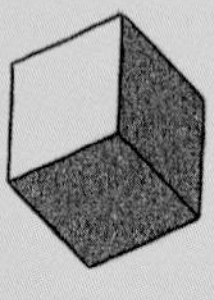

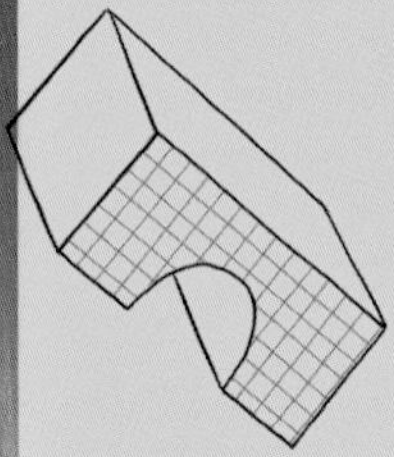